臥斧

抵達夢土通知我

CALL ME UP
IN DREAMLAND

目次

【零】在夜的燥熱當中

在夜的燥熱當中，不知何故，我覺得像個沒娘的孩子

——〈In the Heat of The Night〉by Ray Charles

I.

摟住她的剎那，我的大腦倏地塞滿互相推擠的疑問，讓不出思考的空間。

她的個子不高，隔著圍住她上半身的大浴巾，我可以感覺到她豐腴肉感的軀體持續顫抖。現在是三月下旬，這城夜半的空氣仍然有點寒意，但在浴巾裡頭，她只穿了貼身內衣褲，我的視線由上而下，可以從浴巾沒遮住的範圍看見深深的乳溝。

可惜我現在完全沒有欣賞女體曲線的興緻。

她的顴骨有明顯的瘀青，嘴角破裂，眼眶外圍烏黑腫脹，裸露的手臂上交疊著又紅又紫的色斑，胸前覆著大片血汙。順著血汙淌流的路徑回溯，可以發現源頭來自她的頭部兩側——本來應該長著耳朵的部位，只剩下兩個血洞。

血洞邊緣的皮肉不大平整，可能是外耳先被用力拉扯，再遭到不夠鋒利的刀剪之類器械割除；傷口看起來仍然新鮮，不過從側臉到前胸的血汙都已經乾涸，可以推斷這雖然不是幾分鐘前剛發生的、不過絕對是這幾個小時內才遇上的經歷。

也就是說，我剛才在路邊走來走去、偶爾坐下聆聽短講時，她可能就在幾個街區外被人凌虐。

約莫一週之前，一項極具爭議的法案在立法機構被民意代表以不合程序的手段強制通過。這起事件引發幾個公民團體不滿，集結在立法大樓外抗議，其中有不少成員是關心時局的學生；部分學生趁下班後的立法大樓警備較鬆，潛進議場靜坐，接著其他學生突破警方的封鎖線，占據立法大樓的主要議場。那天晚上，到立法大樓增援的警力數度嘗試攻堅，但學生們用議會裡的座椅阻擋出入口，成功抵擋警方的行動；警方驅離未果，也沒有撤離，開始與學生對峙。

幾個鐘頭內，接到消息的各種公民團體已經在立法大樓外集結，聲援學生的抗爭行動，也有民眾因為擔心衝突升高、學生受傷，於是自動在立法大樓周邊靜坐守望。

接下來的幾天，立法大樓外圍的學生和民眾數量有增無減，各方捐贈的物資、醫療小組、律師團隊也陸續出現，一方面提供必要的援助，一方面也直接表態，支持抗議行動。占領議場的學生代表發出聲明，希望與政府領導人針對法案進行對話，但領導人只在媒體上發言譴責，完全沒有認真面對，情況持續乾耗。

我從新聞裡得知的狀況大致如此。

先前我在網路上看過很多國外的抗議報導，總以為現在的立法大樓附近應該會有氣氛緊繃的警民對峙、警員舉著盾牌揮著短棍、抗議者隨時從地上撿起破磚角或水泥塊奮力丟擲之類的場面。

但等到自己在現場待了一會兒，才發現氣氛與原先想像的不同。

立法大樓外圍靜坐的公民團體正在舉辦短講，邀請各界學者簡單說明法案的問題及行動的宗旨，包括藝人、樂團在內的公眾人物也前來打氣，還有單純關心學生及法案的一般民眾上臺分享自己的觀察和經驗；靜坐抗議的現場，儼然是個難能可貴的街頭公民教室。

我混在人群裡，感覺很奇妙。

除了學生和公民團體之外，看得出來現場還有不少自動自發前來參與的一般民眾，在他們上臺講述自己為什麼到這裡來的短講中，會發現有些人是一下班就趕過來的，有些人則是特地請假、從外地搭車來參加。

我的工作時間不怎麼固定，完全看老闆什麼時候交辦了多急迫或多複雜的差事，所以理論上有許多空餘時間可以運用；但和這些充滿熱血的行動派不同，我雖然持續關注抗議行動相關新聞，卻一直沒打算來現場聲援。

追根究柢，我不確定這個行動能產生什麼作用。

況且，真到了現場，還發現整個行動比想像中平和太多。議場不可能一直占著，政府目前的應對方式看起來就是持續拖延，時日一久，這場運動的能量大約就會耗盡。

但我的同事猩猩不這麼想。

猩猩身材高壯，鼓脹的肌肉似乎隨時會繃開勉力勾著鈕眼的襯衫鈕釦，他和我一樣為夜店老闆工作，負責的是代客泊車、管控入場秩序，以及處理隨時可能發生的各類麻煩——簡而言之，猩猩是夜店的圍事，每個晚上都有固定的上班時間。

去年獨力撫養猩猩長大的祖母過世，原因與猩猩老家的果園農地被徵收有關，自此之後，猩猩就開始注意各種公民團體的活動，他認為祖母在世時他沒能幫什麼忙，至少可以替其他被公權力壓迫的人盡點力。

是故，從公民團體占領議場那晚開始，猩猩每天都到立法大樓外頭報到。

「現場人數愈多，條子愈不敢用太過激烈的手段強制驅離；」猩猩告訴我，「議長不就公開說不會派警力對付學生了嗎？證明我們在那裡守著，是有作用的。」

我認為議長的公開喊話原因沒那麼單純。眾所皆知，目前的執政黨中存在許多明爭暗鬥，議長與執政黨黨魁不合根本是公開的祕密，所以，議長的舉動說不定只是鬥爭手段之一。不過猩猩十分認真，我也認為沒必要潑他冷水，身為朋友，我能做的就是幫他站在夜店門口代班。

但遇上週末，猩猩就很難請假。

週六週日夜店一向很忙，尤其是午夜前後，狀況常常很多，有時猩猩和另一名圍事金毛忙不過來，還會找我去幫忙——幾個小時前我在夜店附近吃晚飯時接到猩猩的電話，本來也以為他要找我去店裡支援。

「你能不能到抗議現場去一下？」猩猩在電話裡問，「我現在走不開。」

猩猩告訴我，幾個小時之前，一群抗議人士衝進行政大樓。行政大樓與立法大樓只隔幾條街道，目前立法大樓外的靜坐和短講仍在繼續，但有人通知猩猩，希望盡量找人到場。

「我擔心會出事，」猩猩道，「幫我個忙，去現場看看。」

雖然到了現場，但我不知道自己該做什麼，只能到處晃來晃去。圍牆上、人行道上、天橋的樓梯欄杆上，甚至帶刺的蛇籠拒馬上，都貼著許多諷刺執政當局的漫畫及標語，走在其中，似乎正在參觀大型的公共藝術展覽。一個短講剛結束，主持人提及行政大樓附近警力明顯增加，鎮暴水車也已經出動，呼籲大家不要使用暴力、注意自身安全。

我離開靜坐隊伍，走到行政大樓附近張望，行政大樓裡頭傳出用大聲公演講的聲音，配備盾牌和棍棒的警察數量的確變多了，但看起來還算穩定，雙方沒什麼火藥味。過了一會兒，一部分原來在立法大樓外圍的群眾也移到行政大樓附近繼續靜坐——大家的想法可能和猩猩類似：人數愈多，警方愈不可能硬來。

時間接近凌晨一點，現場看起來仍然平和，我判斷不大可能發生衝突，猩猩大約是多慮了。我用手機發訊息告訴猩猩說現場沒什麼問題，想了想，決定走一段路到健身房，做完例行運動，再回住處睡覺。

繞過兩個街區，我拿下口罩，拐進一條巷子，然後遇上她。

2.

附近街道的路燈昏暗。我先注意到從不遠處走來的她腳步不穩，再發現她居然沒穿鞋子，接著驚覺：她披著一條浴巾、光裸著腿，半夜如此在外獨行，一定遇上了什麼事。

我趕前兩步，她看見我，踉踉蹌蹌地跑了起來；我加快腳步，她撞進我懷裡，喘著氣快速說出幾句話，接著昏了過去。

那幾句話的發音不怎麼標準，夾雜一些帶著口音的英語，加上她的淺棕膚色與五官樣貌，我猜她來自東南亞國家，可能是以英語為官方語言的菲律賓；她是個嫁到這城的外籍新娘？還是個來這城工作的外籍幫傭？她剛才那幾句簡短的話，反覆講的是「救命」、「恐怖」，以及「我被攻擊了」。她是不是和夫家或雇主起了什麼爭執？她做了什麼事，才會被人虐打、割下耳朵？或者這和夫家或雇主無關，而是她倒楣遇上了壞蛋？

我擡起頭，路上看不見血跡，無法判定她是從哪一棟樓房裡逃出來的；這一帶的建物全是舊公寓，彼此之間挨得很近，巷弄靜謐，我沒看見有人追她，也看不清對她施虐的人是否躲在暗處。我皺起眉，忽然察覺懷裡的她顫抖幅度變大，開始抽搐。她的傷勢比我看見的情況更嚴重，我看不見的部位，一定也遭受了暴力攻擊。

危險。我把顱腔裡不停出現的疑問掃開，掏出手機撥一一九，快快地說明有個傷患急需救助，講了大略地址。

「我們馬上派車過去；」接聽的男子聲音保持平穩，「不過你所在的位置附近有抗議行動，救護車可能得花點時間才到。」

「多久？」

「大概二十到三十分鐘。」

半個小時？她的狀況可是分秒必爭。「最近的醫院？」我問。

電話那頭講了醫院地址，我估算一下，如果撐一下，我應該可以在十分鐘內趕到。事不宜遲，我把她攔腰抱起，撒腿就跑。

附近道路晚上人車不多，我沒理會沿途的六個紅綠燈，抱著她直接衝進醫院急診室。

值班的護士明顯被我嚇了一跳——我大半夜裡戴著墨鏡，張口喘氣，講不出話，看起來就是個危險人物；不過我臂彎裡的傷者立刻吸引護士專業的注意力，護士拿起電話，兩名醫護人員馬上推著病床出現，將她送進急診病房。

我沒看錶，不確定自己跑了多久，但應該已經超過原來估計的時間；因為雖然我為了節省時間違反交通規則地大闖紅燈，但她比我想像得重多了。手臂上的負擔一鬆，我彎下腰呼呼喘息，幾乎無力擡起。我一面試著緩下心臟幾乎撞開胸骨的劇烈跳動，一面思索：自己是否應該要增加在跑步機上運動的時間和重量訓練的強度？

這思緒其實可笑，因為我不可能常常遇上這種突發狀況；不過身體的運動暫停、腦袋的轉動開始，抱著她狂奔時切進腦子裡的雜亂影像，便重新聚焦。

3.

兩年多之前，我遇上一場火車出軌意外。

火車中段的兩節車廂猛烈扭曲，力量大到數名乘客被拋出車外，我也是其中之一。我飛得最遠、臉朝下著地、滾了幾圈之後鼻子和額頭蹭著沙礫滑下邊坡，很不合群地離開事故現場，沒被趕來的急救隊伍發現。要不是老闆當時正好駕車經過下方公路、停下來查看，我可能就會在草叢裡躺到停止呼吸。

我的口袋裡沒有任何身分證件，清醒之後想不起自己是誰，除了老闆，住院期間沒有別人來探望過我。老闆替我墊了醫療費用，要我出院後到夜店工作、分期償還，還在夜店地下室騰出一方空間當我的住所；對我而言，老闆不但救了我的命，還提供了延續這條命的重要助力。

出院後我常覺得身體不聽使喚，於是開始持續運動；飛出車窗、滾下邊坡後留在身體上的傷害大多已經痊癒，只留下臉部上方橫七豎八的疤痕，以及在翻滾時不知頸部撞上什麼而受損的喉嚨——這兩個問題都不難應付。只要出門，不管白天黑夜，我都會戴上運動型墨鏡遮住傷疤；至於說起話來粗嘎可怕的情況，只要我少開口就不會嚇到人。

幸好我本來就不喜歡說話。

那場意外後最古怪的一件事，是我發現自己有閱讀他者記憶的能力。

我不確定這是我與生俱來的能力，還是意外後才出現的異能。只要我用手指接觸他者，就可以拉出由他者記憶凝成的晶亮絲線。最初我發覺只要能將糾結的絲線理順，被我拉出絲線的他者就能做場好夢，所以將這些絲線命名為「夢線」；但過了一陣子，我發現只要集中精神，我就能經由夢線讀到他者的記憶。

經過實驗，我歸納出這個能力的限制：首先，我必須接觸到他者的肌膚，如果隔著衣物，無論材質或厚薄，這個能力都無法啟動；再者，他者必須處於失去意識的狀態，如果他者是清醒的，這個能力就沒有作用。

最後，也最諷刺的，是我沒法子用這個方法讀自己的記憶。

或許這是因為第二個限制——我不可能在自己失去意識的同時集中精神閱讀記憶。

也或許這個能力就是如此。

除了我之外，沒有別人看得到夢線，這件事聽起來匪夷所思，所以我沒有告訴任何人。夜店的同事並不知道我是個沒有過去的人，唯一知道這件事的老闆，也不知道我有這種異能。

方才抱著她狂奔，我沒有餘裕、也沒有打算閱讀她的記憶——記憶畢竟私密，我給自己定了規矩，如非必要，不會主動去做這件事；但在到達醫院之前，她的記憶卻片片段段地撞進我的腦海。可能因為她受虐的記憶滿載激動的驚恐情緒，所以強制啟動了我的能力；可能因為她在我奔跑的途中時昏時醒，所以我讀到的記憶也就斷斷續續。

如果從剛才讀到的幾個片段推測，她的記憶不大連貫的原因還有一個可能：在被虐打之前，不管是自願還是被迫，她都使用過某種迷幻藥物。

閱讀記憶的過程像闖進電影已經播到一半的劇院，但除了看到沒頭沒腦的影像之外，我還會聽到、聞到、感覺到他者經歷該段記憶時，五感所接收到的一切訊息，以及像電臺雜訊似的思考加注。

她的記憶，是段意識不清時看到的恐怖電影預告。

4.

她身處一個不大的房間，光線微暗但是溫暖，沒看到窗戶，一面牆上掛著幾個鑲著玻璃的木框，從厚度看來不像是繪畫作品，而像是小小的標本箱；玻璃的反光和她模糊的視線，讓她依稀看見標本箱裡展示著的東西，似乎是展翅的蝴蝶。她躺在地板上，整片地板都鋪著地毯，躺在上頭的感覺蠻舒服的，只是她認不出這是哪裡，又意識到自己的手腳都被綑綁，心情完全輕鬆不起來。

越過房間與蝴蝶標本相對的，是幾個挨著另一面牆壁擺放的唱片櫃，唱片數量很多，除了CD，也有黑膠，看得見的牆面上沒有壁紙，貼滿厚厚的灰色吸音綿；她遲鈍地轉動脖子，我看見一個單人用的懶骨頭沙發。整組播放器材架在對面的牆邊，包括一個大尺寸、幾乎占滿小小牆面的薄型螢幕，以及安置在角落的巨大名牌音箱。

這是一間精緻講究的小視聽室。

音箱裡傳來的旋律有點哀傷，也有點緊張，時響時靜的鋼琴伴奏急急地持續，一個乾淨的男聲用聲樂唱腔吟唱，我聽不懂歌詞，只覺得聽起來像是德文。

這是我綜合幾段紊亂紛雜影像得出來的印象。她的感官有時清醒有時昏沉，眼中看見的顏色有時正常有時怪異，空氣的味道聞起來很普通，倒是那段不斷重覆的詠唱還算清楚。

唱片櫃一側的牆面有個銀色的弧狀圓柱，我花了點時間才看清那是個喇叭鎖門把。門把轉動，灰色的隔音綿整齊地切出一條線，一個人走進房間。

那人身高中等，身形看得出是名男子，不胖不瘦，沒什麼特色，穿著每家便利商店都會販售的拋棄式廉價雨衣。

怪異的是，那人戴著一個馬頭面具。

面具不是只蓋住臉部的簡單款式，而是包裹住整個頭部的頭套，棕色的馬頭頂端和後頸還加了鬃毛。馬嘴半開，兩眼圓睜，本來應該滑稽好笑的表情，在這樣的場景裡顯出一種詭異的驚恐。

馬頭人抱著一捲透明的塑膠布，用鼻音哼著歌；雖然隔著頭罩，但仍聽得出馬頭人哼的就是音箱裡播放的旋律。馬頭人放下塑膠布，掏出膠帶和剪刀，她和我同時緊張起來。不過馬頭人沒看她，自顧自地拉開塑膠布，剪下大大的一塊。

她情緒稍鬆，又昏睡過去。

下一段記憶開始，她感覺到自己被推著滾了幾圈；還沒弄清楚發生什麼事，她又被滾回原處，身體與地毯之間，多了塑膠布的觸感。她睜開眼睛，看見馬頭人背對著她，正在把覆滿房間地面的塑膠布沿著牆腳貼牢。她眨眨眼，發現整個房間都已經貼滿塑膠布，唱片櫃、標本盒、播放器材和音箱全都被塑膠布蓋住。

馬頭人完成工作，拍拍手，站起身子，轉頭俯身，湊近她的臉。

她看見面具上方圓凸的假眼似乎正無神地瞪著天花板，馬頭黝黑的鼻孔正對自己；她張開嘴，無法控制地發出尖叫。

馬頭人似乎一點兒也不意外。她幾乎聽得見頭罩裡頭發出一聲短笑。

那是一種大權在握、成竹在胸的輕蔑笑聲。

她深吸一口氣，還沒發出下一輪尖叫，馬頭人的拳頭已經揮下。

5.

我得到的記憶資訊只有這些。

沒有房子的外觀、也看不見馬頭人的真正長相，不知道她當時身處哪棟建築、也不知道馬頭人的身分。雖然我讀到的記憶或許能夠為找出這個戴頭套的施虐者提供助力，但資訊太少，用處不大。

而且，我要怎麼告訴警方這些訊息？

警察先生，您好，我在離開抗議現場的時候救了這位小姐。雖然她陷入昏迷，但我恰好有可以在人家失去意識時閱讀人家記憶的超能力，所以從她的記憶裡得知，她應該是在一間小視聽室裡被一個戴馬頭頭套的男人虐打，這男人可能很喜歡一闕聲樂樂曲，因為他施虐前邊聽邊哼，只是我不知道那闕聲樂的曲名，也不知道唱的是什麼。

別鬧了。警察根本不會理我。

其實警察也不需要我多事。等她醒來，就能提供相關資料；不管她是自願服藥還是被人下藥、是與人發生爭執還是被人綁架，這都是警察該去處理的問題。

再怎麼說，警方查辦這宗施暴案件，都比在立法大樓或行政大樓與學生和公民團體對峙來得理所應為。

我直起腰桿，走到急診櫃檯另一邊的飲水機喝水。醫院的丟棄式紙杯容量很小，我連著喝了三杯，看看手錶，已經快兩點了。我一面倒第四杯，一面考慮：負重跑了這一段之後，還要去健身房做重量訓練嗎？

刺耳的警笛聲忽然由遠而近衝來。

我轉過頭，看見門外出現兩部救護車，醫護人員正十萬火急地將傷患搬下車、送進急診室。

經過我眼前的傷患，個個頭破血流，受的似乎都是外傷；大多數年紀不大，有幾個上臂或頭部綁著在靜坐抗議會場常見的黃底黑字標語布條。立法大樓或行政大樓那裡發生了什麼事嗎？

我擡頭望向架在天花板下方的電視螢幕，小小的螢幕裡正在進行直播；字幕告訴我，警力已經進駐我剛離開不久的抗議現場，開始強制驅離，但無聲的影像只看見靜坐群眾，沒看到驅離畫面。

只是強制驅離，為什麼會出現這麼多傷患？

一週前靜坐抗議活動開始後，就有熱心的網友每天到現場進行直播，直播的畫面通常比媒體的直播車更快速，也更多元。我想起這事，掏出手機，快快找到其中一個直播頻道。

我皺起眉頭。

不是因為直播畫面晃動得太厲害。而是因為直播內容看起來太震撼。

幾個鐘頭前我還想著：這城的抗議行動真是和平，與國外街頭抗爭的照片完全不同；但現在手機裡出現的景象，比那些照片更誇張。

警察將手臂勾在一起的靜坐民眾一一扯開，擡離道路——這種情況很正常，一般而言，警方會把抗議人士擡到較遠的地方，如果警力充足，警方還會把抗議人士用車載走，讓抗議人士沒法子馬上回到現場——讓我覺得震撼的，是警察將靜坐民眾或拖或擡地拉扯一段距離之後，把他們扔在地上。

接著，警方舉起棍棒盾牌，開始痛毆。

房間裡空調的溫度設定成恰到好處的涼爽，但他的背上有層薄薄的汗水。因為他正赤裸著身子，壓在女友上方，激烈地動作。撞擊暫停，挪動姿勢；他架高女友的腿，一鼓作氣地挺進，重新開始。

這回，女友發出了呻吟。

他的唇角浮出一抹被成就感拉擡起來的微笑，但馬上回復成原來的直線。因為他覺得，真正讓女友感到愉悅的並不是性愛，而是女友剛才嗑的毒品。

他狠狠地衝刺了一會兒，然後放慢速度。

是了。雖然正在與女友作愛，但他知道自己心裡對女友的愛意早就已經連殘渣都沒有剩下了。

他只是在發洩慾望。

既然是發洩慾望，那當然要以自己為主，甭管女友有什麼感覺，專心為自己累積快感就好。

女友的呻吟聲逐漸消失。他停下進出的動作，女友並沒有任何反應。過了會兒，他發現女友似乎睡著了。

和我作愛讓妳無聊到睡著了？他的憤怒猛地燃燒，前臂肌肉倏地收縮，拳頭捏緊。正要揮拳的時候，他又平靜下來。

倒不是他捨不得真的揮拳揍女友。事實上，他已經揍過女友無數次了。這也是一種需要發洩的慾望。

沒有動手的原因，是他想要晚點再來品味發洩暴力的爽快。

忍住了這個慾望，另一個慾望就脹得更飽滿了。

他恢復下半身的動作。女友沒有擺腰迎合，但他沒有停。

妳就睡吧，他在心裡對女友道，妳沒機會醒了。

這句話在他腦中浮現的同時，他突然覺得身體裡像有某個開關被觸動了。

那個開關一被觸發，就代表高潮即將來臨。

他加速動作，在最後一次深深撞入時痛快地炸裂，感到前所未有的舒爽。

沒有移動，喘著氣，他閉著眼睛、充滿愛意地喃喃說出一個暱稱。

「你在叫誰？」一個聲音從他身下傳來。

他一驚睜眼，正好對上女友看起來剛剛走出藥錠迷霧的清澈視線。

【一】夢之逝

感覺結局就是如此，我無法將其重寫一遍

——〈Death Of A Dream〉by The Eden Project

I.

手機鈴聲把我吵醒。不是我設定的鬧鐘，而是有人打電話給我。

我躺在床上，沒睜開眼，只是伸長手臂，撈了兩次，搆著手機，結果鈴聲停了。我把手機湊近，眨著睡眼，看到一個不認識的號碼。

再看看手機顯示的時間，我才睡了三個多小時。

凌晨在急診室發現警方使用暴力對付靜坐群眾後，我重新回到現場；警方已經擡離了大多數在行政大樓外圍的抗議群眾，行政大樓廣場上仍然有學生靜坐，氣氛詭異，好像我幾十分鐘前在急診室看到的傷者和這個地方沒有關係。

我想起馬奎斯偉大的小說《百年孤寂》中那個目睹廣場大屠殺的席根鐸。他在機槍掃射的混亂中失去意識，醒來時發現自己躺在行駛中的火車車廂裡，除了他之外，整列火車上都是屍體。席根鐸跳下火車、沿著鐵道走回故事裡的馬康多小鎮，看見廣場已被清洗得乾乾淨淨，沒人相信他親身經歷的屠殺場面，彷彿那只是一場夢。

現在想起以武力鎮壓抗議民眾的小說情節，實在太不吉利了。我轉頭望向行政大樓，看見警方推進，試圖拉起靜坐的學生。

衝突爆發。

原來守在現場的醫療團隊和剛才被擡離的民眾全都有了動作，我一下子反而不知該做什麼才好——夜店的生態複雜，老闆把黑白兩道都打點得很好，所以我到抗議現場還特別戴上口罩，免得不小心被認出來，給老闆添麻煩；加上靜坐抗議原來就倡言和平，所以我也不能衝進人群朝對群眾施暴的警員拳打腳踢。

雖然警員對高舉雙手表示不願抵抗的民眾們，一點兒都沒有留情。

我瞥見一個青年被警員硬拽出隊伍之外，於是搶在警員還沒揮下棍棒之前，衝上前去用腳勾住警員的腿；警員重心一歪，剛要跌倒，就被我撐住後心，重新站穩。警員轉頭看我，防暴面罩後面的表情有點莫名其妙，搞不懂我是不是故意絆他，也不知道我為什麼又扶了他一把。趁警員還沒搞清楚狀況，我快快拉起地上的青年，把青年往外推。

看到有人倒地，我就設法在不招惹警員的情況下搶救，看到有人掛彩但醫護人員不在左近，我就把傷者先扶到一旁；救護車來來去去，行政大樓廣場被漸漸清空，剩下堅守大門的靜坐群眾。

接著，鎮暴水車從不遠處駛來。

早上八點，我才回到住處。

我住在夜店所在大樓的地下室，睡覺的房間外頭就是夜店的倉庫和廚房，這個時間靜悄悄的，沒有半個人影。這棟大樓的一、二樓是夜店，三到六樓是國際連鎖健身中心在這城的據點之一，七樓是夜店行政人員的辦公空間，老闆的辦公室占據整個八樓。我不是健身房的會員，也不想頂著滿臉疤痕到健身房嚇人，不過身為健身房股東之一的老闆知道我的運動習慣，於是准許我在打烊之後到健身房去使用器材。平常我會在運動之後順便淋浴，但健身房六點開始營業，現在我沒法子溜進去用浴室，只好先在廚師們使用的廁所裡刷牙洗臉。正在用毛巾沾水擦身體的時候，接到老闆打來的電話。

「到辦公室來找我。」

老闆知道我不愛說話，也知道我一向會隨傳隨到，所以照例說完就掛了電話。

我嘆了口氣，換上襯衫長褲，到八樓找老闆，領令出門工作；事情做到一半，接到安帛傳來的手機訊息，於是等工作結束，我又跑了一趟圖書館。

雖然我記不起自己的身分，但腦袋裡塞滿一大堆莫名其妙的東西，諸如電影對白、搖滾歌詞、小說情節，以及各種歷史傳說；加上我對蒐尋資料有種偏執的熱情，遇上有興趣的題目就會一個勁兒地查找，所以與我比較熟的同事遇上不知道的事，常會覺得可以從我這兒問出答案。

安帛是店裡的舞孃，一直想要再回學校唸研究所，買了教材斷斷續續地讀著；除了遇上不解的部分可能會找我之外，也會同我聊聊她有興趣的音樂。她在簡訊裡問的問題我有點印象，但不大確定，所以還是去查了一些文獻；其實我可以直接回答她說我不清楚，讓她自己去找資料，不過我很樂意多幫安帛一點忙。

因為我很重視安帛。

雖然安帛有男朋友。

忙了一陣，我再度回到住處，時間已經過了中午。

不吃午飯了。我朝床墊一歪，倒頭就睡，直到那通不知名的來電把我吵醒。

既然鈴聲停了，我於是重新閉上眼睛。

手機像看準了時機似地在我上下眼瞼緊密接觸的剎那再度響起。

我皺著眉接起電話，忽然睡意全消。

2.

便利商店裡頭人不多。

用餐的尖峰時間已經結束，座位區是空的，店裡只有一個阿伯在雜誌架前頭翻雜誌，一個店員正在擦地板、另一個在櫃檯後頭把咖啡豆倒進咖啡機。

這家二十四小時歡迎光臨的便利商店就在夜店附近，夜店營業的時段人氣特別旺，金毛來這裡買菸、猩猩固定來買八卦雜誌，舞孃和侍者來這裡買飲料，我也不例外。但我光顧的時間都是深夜，很少在這個時段走進這裡，我不認識這兩個店員，兩個店員也不認識我。

到底有多少事物就存在於日常生活左近，我卻一直沒有注意過？

我拿起架上最後一個肉鬆飯糰，點了中杯熱美式咖啡，在座位區坐下。

半個小時前打手機給我的那個人，在電話那頭報上姓名，自稱警察，先說感謝我凌晨時送一名受傷的外籍女子就醫，接著說因為他得寫報告，所以有幾件事需要向我請教。

本來以為他是要我上警局，正覺得有點麻煩，他主動提及，自己晚點會到夜店附近，問我能不能到這家便利商店等他。

電話裡的聲音聽起來有點年紀，好聲好氣，沒什麼不答應的理由。

我用三口咖啡把飯糰沖進肚子，覺得腸胃還是十分空虛。待會兒早點吃晚飯好了。

一個穿著卡其色薄夾克、寬鬆灰色西裝褲的男人走進便利商店，與櫃檯後的店員相互打了個招呼，看來是這個時段的熟客。男人左右看看，沒有走向貨架，逕直朝我走來，叫出我的名字向我問好；雖然和我素未謀面，但語調充滿自信，沒有半點懷疑。

我還沒反應過來，男人已經遞出名片，在我對面坐下。「我是剛打電話給你的警察。」

這的確是我在電話裡聽到的聲音。但我以為我在等的是個制服警員，怎麼來的是個便衣？我接過名片，上頭的職銜是組長。這解釋了他為什麼沒穿制服。因為他是刑警。

我忽然覺得不對勁。

如果只是想確認凌晨送醫細節寫報告的話，應該不需要出動刑警；再說，這個刑警打了我的手機、約我到夜店附近，他為什麼會知道我的手機號碼和住處位置？

「感謝你熱心協助傷者送醫，要是多一點兒像你一樣的市民，我們的工作就會輕鬆多啦。」刑警咧嘴笑著。

刑警年紀可能在五十到六十歲之間，斑白的頭髮理得很短，看得見頭皮；刑警的鼻頭兩側微紅，原因可能是常常喝酒，也可能只是沒理會自己的油性膚質，因為除了臉上泛著油光，刑警的肩上也看得到明顯的頭皮屑。

「方便問你幾個問題嗎？」刑警左手拉過夾克，右手從夾克口袋裡掏出原子筆和小小的活頁筆記本；我注意到刑警的手指粗短，左手無名指和小指都少了前端兩個指節，剩下的無名指根部套著一個樣式簡單的婚戒。

見我沒有反應，刑警又問了一次，「可以吧？」我點點頭，刑警拉開筆套、翻開小活頁本；看著邊緣磨損得很嚴重的小活頁本，我覺得自己好像正在美國的推理影集裡跑龍套。

「你認識被你送去醫院的那名外籍女子嗎？」刑警問，我搖頭。

「她是菲律賓人，在這城的一戶人家當看護——你不知道？」刑警繼續問，我繼續搖頭。

「所以你真的是剛好遇上狀況，所以熱心助人啊；」刑警用原子筆敲敲筆記本，「你是在哪裡遇上這個菲律賓小姐的？」

我講了路名，刑警低頭記錄，接著擡頭轉轉眼珠，「那麼晚了，你在那裡做什麼？」

今天凌晨警察高舉棍棒盾牌毆打抗議民眾的畫面，自動在我腦中播出；刑警剛剛營造出來的溫和形象似乎倏地消失。

「路過。」我答。

「三更半夜路過那裡？」刑警又寫幾筆，瞇起眼睛，「聽說你抱著她跑到醫院，體力不錯啊？看你體格蠻好的，平常做什麼運動？打自由搏擊？」

這什麼意思？刑警懷疑我是對外籍女子動手的人？

我皺起眉心，「我的手機？」

3.

「手機？」刑警愣了一下，「喔，你是問我怎麼會知道你的手機號碼？你不是打過一一九嗎，勤務中心會有紀錄嘛，你的防備心真重啊，哈哈。」

「我的住址？」

「問一下手機系統業者就知道啦，他們一向樂於和警方合作。」

如果警方對我沒有任何懷疑，何需費事去查我的手機號碼和住處地址？我幫了一個女人，卻被當成虐打女人的惡棍，混蛋到家。「我沒打她。」我直截了當地說。

「這麼緊張幹嘛？我可沒這麼說啊；」刑警又咧開嘴，這回看起來一點笑意也沒有，「畢竟大半夜裡抱著人家跑步，不是一般人會做的事嘛。你的臉是怎麼回事？」

「意外。」運動型墨鏡雖然已經遮住我臉上大部分的疤痕，但仍有些傷疤蜿蜒在墨鏡的範圍之外，其中還有一條橫過鼻梁；平時走在路上不見得人人都會注意到，但刑警就坐在我對面，不可能錯過這些張狂的紋理。

「被人砍是意外，或者該算是職業傷害？」刑警放下筆，視線直直地穿過墨鏡射向我的眼睛，「你是混哪裡的？有沒有案底？」

我根本不知道自己是誰，如果你知道我在哪裡混過，我還要麻煩你告訴我咧。

「怎麼不說話了？」刑警沒等到回答，不打算放鬆，「有什麼不敢說的？」

「是我送她就醫的。」我在「我」這個字上加重語氣。如果我就是施虐者，那我何必還費事把她送到醫院？

「那又怎樣？」刑警聳聳肩，「一定是你想和她爽一下但她不想跟你爽，所以你認為身為男人就該好好教教女人，邊打邊爽，很過癮吧？結果你爽夠了才發現下手太重，怕沒法子收拾，才火燒屁股把她送到急診室。」

聽起來外籍女子被虐打時也遭到性侵，否則刑警不會這麼說。我的眉頭皺得更緊，想起當時讀到的回憶畫面，「何必下藥？」

「因為她不想和你回家爽嘛；」刑警觀察我的表情，「或者你們已經回家了，但在家裡起了爭執，所以你下藥讓她無力抵抗，然後才下手。」

「我不住那區。」在家裡起爭執？這是哪來的推論？

「所以你在那個時間出現在那裡就更可疑啊！」刑警用迷你木樁般的手指點點筆記本，「你剛說你是路過。要去哪裡的時候路過？你有朋友住在那一區？還是你在那附近有另一個住處？或者你根本是去那一區找她的？」

愈說愈荒唐了。「就是路過。」

「這個說法很沒說服力哦。」刑警重新拿起筆，「最近乖乖待在城裡，我隨時會找你；把證件拿出來讓我登記一下。」

「不。」

「很大牌嘛；」刑警鎖起眉心，「告訴你，我找你之前還沒完全確定，但現在覺得事情一定是你幹的。」

「我的疤？」很多人因為我的疤就認為我是黑道，但刑警因為這個當我是嫌犯就太過分了。

「因為你提到藥——我可沒提這件事哦；」刑警瞪著我，「如果你真的只是路過幫忙，怎麼會知道她曾被下藥？」

禍從口出。

「證件拿出來。」刑警又說了一次。

「不。」

「沒膽子讓我看證件？」

「於法無據。」

「居然和我講法律？」刑警嘴角向下拉，「你合作一點，不然的話，我和這裡的管區很熟。」

和管區警員很熟又如何？居然用公權力威脅我這個安善良民？不快點去找出對女性施暴的壞蛋，反而把時間耗在熱心公民的身上？我們的警察就這麼點兒能耐？

原來還覺得生氣，但想到這兒，我笑了出來。

4.

刑警很不高興地走了。

我喝了一口半涼的咖啡，覺得味道很差。

那名外籍女子的狀況可能比我以為的還糟。刑警知道她在這城工作，可見不是雇主不知怎地找到她了，就是她清醒之後告訴警方的；但她應該知道我不是施虐者，如果她清醒後警方問過她的遭遇，刑警為什麼還把我當成嫌犯？施虐者不大可能戴著馬頭在外面到處走，就算她是被迷昏綁架的，她也該見過馬頭面具下的臉孔。難道馬頭人是在她沒注意到的時候下藥的？或者她和我一樣，在意外之後失去部分記憶？

手機響起。老闆召喚。

「聽說剛有刑警找你？」老闆優雅地點菸，在煙霧飄過眼前時眉頭微蹙。

我站在老闆的辦公室裡。

老闆的辦公室獨占整個八樓，右方牆面嵌著可以收看多頻道節目及連結夜店裡外所有監視器的四十二個薄型螢幕，除此之外，整個辦公室從家具到裝潢全是白的，連桌上的菸灰缸也不例外。

似乎成天都待在辦公室的老闆，除了臉上永遠完美細緻的妝和柔亮的黑色長髮外，穿著也是一身潔白：白色小外套、白色短窄裙，裹著長腿的白色絲襪下頭，是鞋跟細得很危險的白色高跟鞋。

唇間彈出一個菸圈，老闆在菸灰缸裡輕輕撣落一小段菸灰，把一縷長髮掠到耳後，「金毛來上班的時候經過便利商店，看見你在店裡，認出和你說話的那人是個刑警。這是怎麼回事？」

金毛和猩猩這兩個店裡的圍事，從前曾是道上兄弟，進出過幾次警局，說不定還和這個刑警打過交道。我想起刑警問我是混哪裡的，顯見我就算真的曾是黑幫分子，活動範圍也不在這城，或者只是個幫派裡的無名小卒，否則刑警就應該認識我。

我簡短描述了事件始末，老闆搖搖頭。

「這城東區有很多夜店，」老闆道，「我們這家特別與眾不同。」

我眨眨眼。老闆要說什麼？

「往南三個街區，有一家『Sister Mor』，標榜從菜單、酒款、音樂到廁所，一切都為女性顧客量身打造。『Sister Mor』背後最大的股東是個製藥公司的小開，非常有錢，開店對他而言根本只是在打發時間。」老闆修長的手指挾著菸在空中比劃，「往東一點，有一家『Shining』，城裡自認走在潮流最前端的客人，都愛去那裡展示當季的各種流行。『Shining』由幾個退休的高階警界人員合夥投資，不但手頭闊綽，和地方勢力的關係也很好，標榜該店是絕對安全的消費空間。」

八〇年代有一部由恐怖大師史蒂芬·金原著、大導演庫柏力克執導的電影，內容講的是一個深山裡頭孤絕的飯店，傑克．尼可遜飾演的主角帶著妻子小孩在冬季去飯店當管理員的時候，發現飯店鬧鬼。這部電影的譯名叫《鬼店》，英文片名和小說原著都叫「The Shining」。那些前警察大人們把自己投資的夜店取名為「Shining」，應該是希望店裡充滿新潮的閃亮氣氛，而不是散著腐臭的森冷鬼影吧？

「剛提到的夜店，背後都有夠強的力量，可能是錢，可能是權；」老闆看著我，「但我沒有這些。所以我經營得很小心。我會打點黑道，也會打點白道，更重要的是，我讓他們有理由到店裡開心玩，但沒理由找這家店的麻煩——因為我會盡可能不讓一些麻煩有機會長出來。」

我點點頭。我知道老闆要說什麼了。

老闆深深地吸了口菸，把問句隨著煙箭射向半空，「你為什麼不配合刑警，把身分證拿出來？」

5.

火車出軌意外發生之後，我在醫院裡醒來，想不起任何關於自己的事，唯一來探望我的人，是老闆。

醫院裡的醫生和護士大多認為老闆如果不是我的女友，就是我的親人；我自己無法確定，問過老闆，得到兩者皆非的答案。

有些醫生會趁老闆來醫院探視我的時候藉機提出邀約，不過總是得到委婉的拒絕；我要出院的時候還有些醫生不打算放棄，老闆都禮貌地請他們到夜店來玩，那些醫生也真的都來過店裡消費。不過如非工作人員，在夜店裡幾乎不會遇上老闆，那些醫生也沒有任何一個曾被老闆邀進八樓辦公室。

老闆幫我墊了住院的費用，提供我工作機會，安排我住在地下室，准許我在非營業時間到健身房裡運動。

受了這麼多恩惠，我的確應該乖乖與刑警合作，別給店裡招來可能的麻煩。

無論如何，刑警對我有所懷疑，所以查出我的手機號碼和住處地址，還找我出來談話；如果手機系統業者把我的身分證字號等個人資料告訴刑警，那麼刑警可能已經查過我的相關紀錄，知道我身家清白。

由此可知，刑警要我出示身分證件，目的只是威嚇，根本沒有什麼實際的作用；加上刑警先熱絡再恫嚇的伎倆讓我很不舒服，所以我完全不想照辦。

「抱歉。」我聳聳肩。

「我知道你覺得自己問心無愧，但誰知道那個刑警是不是個會利用職權搞小動作的傢伙？我知道你昨天晚上到抗議現場去了，這事你沒告訴警察吧？」老闆瞪我一眼，我搖搖頭，老闆似乎稍微放鬆了點兒情緒，但還沒打算放過我，「況且，我先前特別找關係替你弄了身分證，為的就是不想在這種時候橫生枝節嘛；平常看你冷靜得像塊石頭，怎麼反而在這種時候耍脾氣啊？」

老闆說要聘我工作的時候，提過我的工作內容並不固定，只要老闆吩咐，我就得設法辦到。這工作說好聽點兒像是特別助理，說直接一點兒就是個打雜的。所以我有時會在門口代客泊車，有時會和園事一起處理客人的糾紛，有時會幫行政同事處理關於合作廠商的瑣事，還曾經領命去找過失蹤的舞孃。

原來我以為我沒有身分，所以這份工作不會有正式的聘雇合約，老闆會用現金付我薪水，還可以藉機規避員工保險之類的支出。

沒想到我進公司上班的第一天，老闆不但已經辦妥了我的勞健保，還拿出一張聘雇合約，要我簽名。

「簽名？保險？」我覺得一頭霧水；我連自己的名字都想不起來，要簽什麼？沒有身分證，保險又是怎麼辦的？

「喔，對了；」老闆遞來一張列表機印出來的A4紙，「反正你不知道自己是誰，所以我找人替你弄了新的身分，記清楚啦，這些就是你的個人資料。待會兒你去拍個快照，到戶政事務所和郵局去，說身分證和健保卡丟了，就能領到新的。」

我看著紙上印著姓名、生日、籍貫和住址，覺得有點不可思議。「何必麻煩？」

「就是為了以後不要有麻煩。」老闆回答。

6.

身分證和健保卡讓我可以享有勞健保，可以辦手機和信用卡，但也讓我得乖乖繳稅。刑警從手機系統業者那裡問到的就是這個身分，相關紀錄應該乾乾淨淨，什麼麻煩也沒惹過。這個全新的身分如此這般成了我的一部分。這個身分的名字很普通，沒什麼特色，我想不大可能恰巧和我的本名相同，不過倒也沒什麼不合適的感覺。畢竟如果沒有臉上的這些疤，我也就是個長相沒什麼特色的普通人。

一晃眼過了兩年。

三個多月前，元旦清晨，我做完例行的重量訓練，沖過澡，走向酒館。

跨年夜的夜店裡客人多、事情雜，我留著幫忙，凌晨三點左右才進健身房；為了節省時間，暖身後略過例行的半小時慢跑，直接開始做胸大肌的重量訓練。

健身房營業到半夜十二點，接著是清潔人員的打掃時間，為了不要遇到人，我平常大概兩點之後才會用老闆給的鑰匙開門入內。固定的訓練大約得花兩個多小時，再洗個澡，健身房六點為會員敞開大門前，我已經悄悄離開。

歐式lounge bar、日式居酒屋、藝文咖啡館、平價熱炒店，夜店後方的巷弄裡有不少這類店家。這些店家大多下午開門，持續營業到凌晨時分，替晚上到這一區的顧客提供填滿肚腹的食物，或酥麻腦袋的酒精。

凌晨兩三點，人潮漸散，這些店家大多會在四點之前陸續打烊。到了清晨六點左右，巷弄裡還亮著燈的，只剩下我要去的這家酒館。

這家酒館音箱流洩出來的不是舞曲或沙發音樂，而是藍調和經典搖滾，牆上螢幕播放的不是球賽或美食頻道，而是老電影，尤其是黑白片。這類音樂和電影很合我的胃口，加上酒館清晨六點才打烊，所以我結束訓練後，常會到酒館喝兩杯酒，再回地下室睡覺。

酒館不大，唯一的酒保是個美女，從臉蛋到身材都無可挑剔。酒保曾經對我抱怨，說店裡常見的大量男性顧客都只看到她的外貌，品不出她調酒的獨到滋味；我雖然點頭附和，但因為從沒喝過她的調酒，所以也無從確認她的技術究竟多麼出色。

不過，我倒是知道酒保另一項鮮為人知的技術。

平常這個時段酒館裡已經沒有客人，將店裡清理得差不多的酒保大多獨個兒坐在吧檯聽音樂或看老電影；但那天我走進酒館時，發現裡頭桌椅混亂，還有個女客趴在吧檯，頭埋在手臂裡，看起來已然熟睡。

「要幫忙嗎？」我站在門口。

酒保從一張桌子旁邊擡起頭來，看看我，再看看四周，把抹布朝桌上一扔，「算了，我先休息一下，待會兒再說。」

我坐上高腳椅，酒保回到吧檯後頭，洗了手，俐落地鑿下一塊冰角，倒了三指高的十二年波莫給我——我每次來都點相同品牌的威士忌，她早就已經放棄向我推薦其他酒款和調酒的念頭。

「一群來店裡跨年的客人剛走。」酒保替自己倒了水，一口氣灌下半杯，「點了不少酒，但沒有人好好品嚐，個個比快，好像在比賽跑百米，酒品又不好，吵得要死。」

「下回休息？」耶誕節、跨年夜這類時段，都是這一區最熱鬧的時候，我在夜店工作兩年了，很清楚客人鬧起來是什麼景況。酒保嫌太吵，下回遇上這種日子，乾脆不要開店吧？

「不成。」酒保笑笑，「這只是發發牢騷，我才不跟鈔票過不去。」

我笑著啜了一小口波莫。泥煤的煙燻味道在舌面上散開，滑進喉頭，在胃部燃起一點點暖意。

「剛被吵暈了，來看部老片子調整心情吧。」酒保拿出一張ＤＶＤ，「我有先見之明，準備了默片。」

7.

酒保選的是卓別林作品《淘金熱》。故事的時空背景設定在二十世紀初期，當時有人在美國阿拉斯加的河川裡發現黃金，吸引大量懷抱發財夢的人潮湧入。

卓別林的編劇一向充滿嘲諷卻又帶著同情，動作看起來隨意輕巧但其實精準無比，加上輕快的鋼琴伴奏，讓這部九十年前的老電影，如今看起來仍然充滿趣味。

電影播了一半，我喝完一杯波莫，剛才靜靜看著電影的酒保一面幫我倒第二杯，一面道，「跨年的客人就像那些淘金客一樣，一窩蜂地出現，以為會在這裡發現讓這段時間變得光輝燦爛的某種東西；他們沒想過，其實假日就該放鬆休閒，不是揮霍精力，嘖嘖。」

倘若大家不在假日出門消費，酒館大概也就甭開了；這是服務業工作者的兩難，我知道這和剛才一樣，只是酒保的牢騷，接過酒，點頭道謝，沒有說話。

「而且你看，阿拉斯加冷得要死，一直下雪，路也難走，不但會遇到熊啊狼啊之類的野獸，還得和其他淘金客你爭我搶；跨年夜的人潮也一樣，讓附近的交通塞得亂七八糟，喝醉了可能會出事，還得和別的客人搶位子。」酒保沒停下嘮叨，「而且剛才那群客人，在酒館裡吐得一塌糊塗，你來之前我才剛收拾好，臭死了。」

我沒想過卓別林的《淘金熱》與跨年人潮有這些共通之處，但聽著酒保的抱怨，倒是想起這城裡常會見到的外籍勞工和幫傭。我讀過一些資料，知道這些從東南亞到這城工作的外籍朋友，在家鄉可能也有不錯的學歷，他們願意離鄉背井出國工作的原因，除了母國的就業環境及經濟狀況不佳之外，不也是因為覺得在這裡能夠找到某種想像中的夢？

又或許那是種人類歷史中並不罕見的集體癲狂，在大多數人依著不同目的卻做出相同決定之後，無論個人有意願或沒有意願，都會被捲進那個渦流，隨之旋轉，隨之迷亂；大多數人會在隨波逐流之後往黑暗中心無盡沉落，但也有少部分人撐過幾個渦漩，當真找到一方堅實的立足之地，開始長出全新的未來。這種找到嶄新起點的虛妄允諾，可能才是人們寧願自斷根基、放手讓瘋狂的時代洪流將自己帶往未知的原因？

話說回來，我也知道，到這城找出路的外籍朋友，與當年湧到阿拉斯加淘金的狂熱分子並不完全相同。

上個世紀的淘金客大多數來自社會的中下階層，沒有什麼後路，所以賭命到阿拉斯加碰碰氣；外籍朋友們並不打算到一個窮山惡水的極北之地工作，也沒幻想要一夕致富，相反的，他們認為這城是個較安全、穩定的所在，掙的錢不會太多，只是與故國相較，這城已是一方夢土。

那麼，我又如何呢？我沒有記憶、原來就不確定自己根植何方，但也絲毫未被這些一窩蜂的狂熱感染。我的人生早就重新開始了，但我究竟打算朝哪個方向走去？

看完《淘金熱》，我喝完第二杯威士忌，趴睡在吧檯的那名女客一直沒醒。酒保伸了個懶腰，「幫我一個忙吧？」

沒問題，我點點頭。

「我得把店裡清完才能回去睡覺，不過我女朋友喝多了，根本叫不醒，她睡在吧檯，我待會兒不好做事。」酒保從吧檯抽屜裡拿出鑲著銀色標誌的鑰匙搖控器，「我的車停在後巷，你知道的，那部灰色的Swift，你先幫忙把她載回我家，我收拾好了會騎她的車回去。」

「新女友？」原來我身邊的睡美人是酒保的女友，我沒見過，不過倒不意外。酒保喜歡胸部飽滿腰枝纖細的辣妹，不過每段感情都不長久；從我知道她是個同志之後，她更換女友的次數已經多到我懶得算了。

「幾個小時前剛認識的，還不知道值不值得交往。」酒保瞥見我嘴角掩不住的笑，兩眼一瞪，「別告誡我說什麼感情要長久經營，這話和我爸要我去找個男人一樣，聽了就煩。」

當初老闆只幫我準備了身分證和健保卡，沒給我駕照，我也一直沒去考。我還記得怎麼開車，有時也會開公司的車去辦事，不過因為無照駕駛，所以總是很留意路上有沒有交通警察。這種時候路上應該有不少臨檢，我又喝了兩杯威士忌，如果被交通警察攔下，無照加上酒駕，麻煩很大。

看我皺眉，酒保眨眨眼，「擔心酒駕問題？我很清楚警察臨檢的路線，照我說的方法走，絕對不會遇上。」

不只這個問題。我搖搖頭，酒保笑了，「也別擔心你沒駕照的事。」

我一愣。酒保怎麼知道我沒駕照？

8.

「大約兩年前，我從一個中間人那裡領了一個案子，要替某人假造身分。」酒保把長髮束成馬尾，「中間人說，委託人只需要身分證和健保卡，所以我也只駭進戶政機關和健保局的資料庫新增紀錄。一分錢一分貨，委託人沒說，我絕對不會主動奉送。」

想來這也是老闆替我準備新身分的方法。花點費用找資訊掮客，掮客聯絡有相關技術的駭客，請駭客進入資料庫，根據老闆提供的資料替我建立新身分；只要我申請掛失重發，就能領到「真的」身分證和健保卡。

「後來你到店裡來，聊到你的名字時，我有點起疑。不過因為那個名字很常見，所以我那時還問了你的生日和星座。」酒保道，我記得這件事，點了點頭。

「名字和生日都符合，我知道你就是那個需要假身分的人。」酒保看著我，我眨眨眼，有點訝異。我雖然知道酒保是個駭客，但沒想過她就是幫我製作新身分的人；照酒保的說法，她早就知道我的身分是她假造的了，不過相識的這段日子裡，她從沒問過這件事。

大約是看出我有點疑惑，酒保笑了笑，「做我這行的都知道，每個人要換身分的理由各有不同，但我們完全不需要知道，所以我從沒問過。直到上回你救了我。」

大約一年前，酒保在自己的店裡被一個肌肉線條鍛煉得很漂亮的男子襲擊。肌肉男在健身房裡認識了酒保當時的女友，兩人運動完一起到店裡消費，肌肉男在酒保女友的酒裡下藥，想要占便宜，被酒保阻止時，乾脆也對酒保下手。我那時正想來喝酒，在門外發現不對，於是出手幫忙。

這件事讓我發現了酒保的性傾向，也因為酒保馬上利用網路對逃走的肌肉男展開報復，讓我得知她具備駭客技術。從那次事件後，我在酒保眼中不再是單純的顧客，而是朋友。

「那時我說我能在網路上報復肌肉男，可不是因為嚇傻了就糊里糊塗地讓你知道我有這種技術哦；」酒保搖搖手指，一臉得意，「一方面當然是因為你幫了大忙、我覺得你值得信賴，但另一方面我也明白，我握有你沒告訴別人的祕密。」

既然酒保知道我的身分不是真的，我於是把遇上意外和失憶的經過簡單地說了一遍。我沒向任何同事提及這段過去，一來沒什麼機會講，二來也覺得沒什麼必要說，況且時日一久，自己的新生活已經漸漸安定，我擔心說出來反而會造成什麼變化，所以除了老闆之外，沒有別人知道。

現在有個朋友可以說這件事，感覺很好。

「結果你的過去連你都不知道？這根本不算什麼祕密嘛，真無聊；」酒保聽完我的敘述，揮了揮手，「你想太多了啦。雖然你不記得自己是誰，但我們認識兩年了，我很確定你是個會替朋友挺身而出的人。這麼有正義感的人不會是壞蛋。我現在就替你搞定駕照資料，放完年假你就可以去監理所要他們發張新的給你。」

能拿到駕照是不錯，不過我也可以幫酒保清理店面，讓她先載女友回家呀。「我打掃？」

「不成。」酒保直接了當地拒絕，「我的地盤，我自己管。不要扭扭捏捏了。」

酒保把路線告訴我，取來女友的外套；我把酒保的女友裹在外套裡抱了起來，聞到混著酒氣的香水味，看見女孩傲人的上圍。

「別毛手毛腳哦；」酒保注意到我的視線，出言警告，「你幫我送美女，我幫你弄駕照，不另收費，已經很划算了，別想再多要其他福利了。」

我不知道駭客的收費行情。不過幫這個忙聽起來的確很划算。

9.

老闆結束叨唸，把我趕出辦公室。我下樓回到夜店門口，看看時間，盤算著該先去吃點東西還是回地下室補眠。

天色近晚，金毛和猩猩站在門邊閒聊，夜店待會兒才會開始營業，今晚打算揮霍精力的人潮還沒出現。猩猩已經從金毛那兒聽說我和刑警談話的消息，關心地問了一下狀況；我大略講述凌晨發生的事情，猩猩嘟囔了幾句抱怨，說這年頭好人難當，救人的反而被當成傷人的。

「不好意思。」猩猩結束抱怨，抓抓腦袋，「如果我沒有要你去幫忙，你也不會遇到這種衰事。」

我搖搖頭，金毛插話，「你沒聽他說嗎？他大半夜抱了個豐滿的美女運動耶！這種爽事哪裡衰了？」

「你覺得爽啊？」猩猩回嘴，「下回換你去。」

「我有興趣和美女一起做的運動不是扛人跑步啦。」金毛長得帥氣，黏在他身上的豔遇傳聞多得驚人，內容火辣的程度根本已經接近都市傳說，只是金毛有回同我說，那些傳聞絕大部分不是真的。「老實說，如果我遇到那個打女人的混蛋，我一定會揍死他。」

「總之不好意思。」猩猩又道了一次歉。

「我說你也別去了，」金毛又插話，「抗議的事好像鬧得很大，但店裡還不是這麼多客人？你覺得這些來花錢的客人裡頭，有誰會關心立法大樓那裡發生什麼事？」

猩猩皺起眉，但沒有生氣。他和金毛是中學時就認識的朋友，彼此都很瞭解對方的個性。「我是為了阿嬤去的。」

「這我知道，」金毛的語氣和緩了點，「但你不來上班卻成天和人家在那裡抗議，阿嬤在天上知道了會怎麼想？」

「阿嬤會誇獎我。」猩猩轉轉眼睛。

提到猩猩過世的祖母，金毛沒再講話，拿出紙菸，隨手抖出一根。

我看見一個熟悉的身影騎著車進入大樓旁邊的巷道，過了一會兒，安帛背著背包從巷子裡走出來，一部寶馬跑車呼嘯而過，前燈橫掃，安帛鎖骨上有一點黃亮一閃而逝。

那是安帛的琥珀鍊墜。

打從認識安帛開始，她就一直戴著同一條琥珀項鍊；我原來以為安帛是因為喜歡琥珀才以「Amber」當自己的英文名字，後來才搞清楚，雖然她的確喜歡琥珀，但「安帛」就是她的本名。

「嗨，」金毛舉手招呼，「今天戴門又加班？」

戴門是安帛的男友。

第一次見到戴門那晚，他坐在舞臺邊猛喝龍舌蘭，醉得一塌糊塗，當時臺上的舞孃就是安帛。金毛和我合力把他架出大門，猩猩找到他口袋裡的名片夾，得知他是個設計師，叫了計程車把他送回名片上的工作室地址。隔天他到店裡來向我們致謝，後來成了常客，還順利地與安帛開始約會，成了情侶。

金毛和猩猩總說這是件怪事，因為安帛從來沒有答應過顧客的邀約；其實戴門斯文俊挺，安帛青春漂亮，兩人如果談得來，會在一起沒什麼好奇怪的。那天真正的怪事，是我在門口照看戴門的時候，首次發現自己拉出夢線的能力。

戴門手頭闊綽，想來事業有成，雖然我一直不知道他設計的是什麼。戴門常會接送安帛上下班，同事們大多覺得這樣的男友十分體貼，只有一兩個講話總是帶刺的舞孃酸溜溜地認為，這可能只是因為男人的占有欲和控制欲太強。安帛曾經私下對我說過，戴門十分善妒；所以雖然我沒有參與那些在背後嚼舌根的八卦討論，不過心裡覺得那幾句好像從醋裡撈出來的評論可能比較接近事實。

真正讓安帛比較不舒服的倒不是戴門的善妒，而是他反對安帛考研究所繼續唸書；兩人雖然因此吵過架，但安帛還是偷偷繼續準備，只是進度難以控制。因此最近戴門因為加班所以不常出現，安帛似乎也就多了比較充裕的用功時間，每回看她自己騎車上班，我都感覺她蠻開心的。

又或許那是我的一廂情願。

安帛和我們寒喧幾句，進了夜店，沒過多久又走出來。「剛聽其他舞孃說有刑警找你？」她好奇地對我眨眨眼。

向老闆報告就算了，金毛到底還向多少人提過這件事？我轉向金毛，金毛擺出會讓大多數異性戀女子和同性戀男子融化的無辜神情，「別看我，不是我說的。」

不是你會是誰？金毛總愛找題材和女同事們胡扯，光是我臉上的疤他就發展出五、六套不同版本的故事，我在這些故事裡有時是和老大翻臉所以被毀容的黑幫分子，有時是血戰一場後退出江湖的冷酷殺手，沒有任何一個版本是遇上交通意外的衰毛。

我覆述了經過，金毛不忘在一旁加油添醋。「警察真是找麻煩；」安帛點著頭，「你怎麼可能會做這種事？」

刑警大概也就只是照章行事。如果那名外籍女子清醒的時間不夠長、來不及提供其他線索，刑警就會從手頭找得到的資源設法開始追查。我真不該答應和刑警見面；臉上的疤讓我看起來不是流氓就是殺手，加上態度一點都不合作，見了面反而讓我的嫌疑更重。

「你會自己去找出犯人嗎？」安帛問。

這是警察的事呀，不然我繳稅做什麼？我微微皺眉搖頭。

「我知道你會覺得這是警察的工作，不過你之前有找人的經驗嘛；」安帛眨眨眼，「如果需要我幫忙的話，記得告訴我哦。」

我點點頭，雖然開心，但也明白自己不打算做這種偵探工作。

「不過，」安帛歪著脖子，長髮滑開，露出頸側性感的弧線，「那個施虐的人到底是誰？」

是個戴著馬頭面具的男人。我在心裡回答。

10.

金毛和猩猩說會利用道上人脈打探消息，看看有沒有人聽說過這個虐打女性的傢伙。「這種混蛋有時喝了幾杯就會吹牛說自己多有男子氣概，對女人多有辦法；」金毛告訴我，「欠揍。」

附近街區流動的行人數量開始變多，混著汗水和慾望的甜膩香水味道開始變濃，像是加熱久了愈來愈稠、愈來愈黏的糖漿。猩猩回到門邊待命，金毛走到一旁想趁客人還沒大量出現前再抽一根菸。

「對了，」安帛剛要轉身走回店裡，忽然停住動作問我，「我昨天看了一部片，叫《蘇西的世界》，你看過嗎？」

「我只看過原著小說。」

「喔，那你知道一首叫〈凱爾特搖擺〉的曲子嗎？」安帛想了想，「這是電影結局時出現的插曲。」

「知道。范・莫里森的作品。」

「對，問你果然沒錯。」安帛開心地道。「我看電影的時候就覺得這首曲子很好聽，所以看完電影特別去查了曲名。」

「莫里森在這首曲子裡吹薩克斯風，不過我覺得聽他彈吉他唱歌更棒；」只有和安帛聊天的時候，我才會講這麼多話，「他在《滾石雜誌》評選的百大吉他手中名列第四十二，值得一聽。」

「你背得出百大吉他手？」安帛問，神情似乎真的認為我能背出整列名單。

「沒那麼誇張，我只記得幾位自己熟悉的樂手而已。」我搖搖頭。

「你喜歡他的哪些專輯？推薦給我聽聽。」安帛繼續問。

我想了想，「莫里森的專輯……我對《他的樂隊和街頭合唱團》那張印象不錯，裡頭有首歌叫〈抵達夢土通知我〉，我很喜歡。」

「下回借我。」

「好。」

我想借這張專輯給安帛，我也知道我手上沒這張專輯。

存放在我腦子裡的東西一大堆，但只要與我個人有關，記憶就會殘缺不全。在火車意外之前，我一定聽過這張專輯，或許還曾經擁有這張唱片；但我是在什麼時間、什麼地點聽的？我完全想不起來。

回到地下室，我打開筆記型電腦，瀏覽了幾個國內販售唱片的網站，每個頁面都顯示「本專輯目前缺貨」，拍賣網站也沒搜尋到這個品項。

不意外。《他的樂隊和街頭合唱團》是一九七〇年的專輯，莫里森在國內也不是大紅大紫的流行藝人。

國外的購物網站倒是有庫存。不過我打算去這城西區的一家唱片行找找。那家唱片行的貨源很充足，老闆和店員都很專業，我時常會去胡逛，總會有些驚奇。好一陣子沒光顧唱片行了，這幾天可以去那兒碰碰運氣，真的找不著，再到國外的網站下單。

儲存了國外網站的商品網址，我在觸控板上滑動手指，在youtube找到〈抵達夢土通知我〉。雖然手頭沒有唱片，但還是可以先複習一下。

〈抵達夢土通知我〉唱的是友人離鄉尋夢的心情，歌詞簡單，講了許多張皇、許多惋惜，但旋律輕快，莫里斯唱得非常瀟灑，似乎所有問題都能找到解答。

我一面聽歌，一面切換視窗看線上新聞。抗議活動仍是媒體的焦點，我捲動頁面快速掃視相關訊息，注意力忽然被一行標題吸引。

點進連結，我皺起眉頭。

新聞很短，講的是有名菲律賓籍的女子，在凌晨時分被送進急診室。這則新聞內容與抗議活動無關，標題會在相關連結當中出現，是因菲律賓女子被發現的地點離行政大樓只有兩個街區。新聞裡沒提協助送醫的人是誰，但提到這名菲律賓女子在這城擔任居家看護工作，名字叫阿嘉莎，警方已經聯絡上她在這城的雇主。

今天中午，阿嘉莎因內出血狀況嚴重，宣告不治。

刑警下午找我的原因，不是因為我有虐打阿嘉莎的可能。

而是因為我有殺人的嫌疑。

求學時代，他一直是個不需要長輩擔心的好孩子，學業成績不錯，每回考試都名列前矛，運動神經欠佳，不過身體十分健康，沒什麼病痛。小學時代曾學過一陣子小提琴，上國中之後雖然沒再繼續，但仍保留了對古典樂的喜好；八歲生日那天，他獲得生平第一隻寵物——母親送的，胖胖的看起來有點傻氣的小狗。

他用手指逗弄小狗，不料被小狗咬了一口。他嚇了一跳，皺皺眉，抓起小狗的尾巴，反手把小狗甩向牆角。

母親發出一聲尖叫，父親趕過來，要母親把他帶開。

從那一刻起，他就再也沒見過那隻小狗。他沒問父親，因為如果父親告訴他，小狗被他那一甩弄傷甚至弄死了，他一定會很開心，但不知該表現出怎樣的悔恨才算適當；如果父親告訴他小狗沒事，他一定會很不高興，但不確定能否隱藏住心裡的不甘。

幸好，父親也沒同他提過小狗的事。

父親是個警政單位的高階主管，收入穩定，嚴肅認真，做事極有條理。父親總是告訴他，擬妥計畫，按部就班，是達成一切目標的不二法門。他認為自己是個有創意的人，未來也許不適合依循父親的成功之道、進入公家單位任職，但他也明白這些叮囑是父親身體力行的實用法則，就算自己未來不任公職，「擬妥計畫」仍舊是應當遵行的人生守則。

母親是個傳統的家庭主婦，一天會擦拭兩次家中所有家具，執行清潔工作之前會先替他準備便當，但體質虛弱，時常進出醫院，照三餐服用的藥錠比盤子裡的食物還多。原來大多是些小毛病，但他考上明星高中那年，母親的健康狀況開始急速惡化。

明星高中的課業繁重，父親的工作也忙，母親不願意父子兩人分神照顧她，而事實上他們也沒有什麼餘暇這麼做。

父親與母親商量之後，決定清出家裡兩個原來堆放雜物的小房間，聘雇一個全職照料母親的外籍看護。父親移到其中一個小房間去睡，免得夜間必須照料母親，影響白天工作的精神；另一個鄰近主臥室的小房間，則提供給外籍看護居住，讓她方便隨時照看母親。

他對這個決定不大高興，因為他認為如此一來，家裡就會多一個外人，父親應該要先同他商議；但他初見外籍看護的瞬間，不悅意外地煙消雲散。

那天他結束補習班的課程，搭公車回到家時，已經接近晚上十點。母親已然回房休息，他向坐在客廳裡看新聞的父親打了招呼，轉進廚房——按照慣例，父親替他預留的晚餐會擺在桌上，等他重新微波加熱。

讓他吃驚的是，廚房的桌上沒有飯菜，倒是有個他沒見過的女孩，背對入口，站在流理臺前，正在洗碗。

「對了，」父親的聲音從客廳傳來，「我們的看護今天報到，她會幫你準備晚餐。」

女孩聽到父親的話，回頭看見他，大方地露出微笑，「你好。」

他又吃了一驚。

女孩的嗓音清脆，沒有他想像中難以理解的外地口音；女孩的年紀不大，膚色不深，不是他想像中的看護阿嬸。但讓他吃驚的主因，是女孩長得十分漂亮，雖然鼻頭和唇形不夠小巧，但盈滿笑意的大眼睛非常吸引人。

「呃。」他點點頭，忘了打招呼，也忘了自己平時在哪張椅子上落坐。

「請坐。」女孩替他拉開一張椅子，「想吃什麼？今天做晚飯時先生要我多做一份等你，不過我想還是另外做比較好。先生和太太很客氣，說我做的菜味道不錯；我不確定你能不能吃得慣，不過我會試試看。」

他看著女孩的眼睛，完全沒有想法。

很多時候他認為，因為自己長相並不出眾，所以才會讀到高中還沒有談過戀愛；也有些時候他認為，因為要回應父母的期待，所以自己太專注於課業當中，所以才會一直沒有和異性交往的經驗。

但他也知道，自己一直沒交女朋友的原因，在於以他的標準看來，女生全是一些只會向無腦偶像尖叫、朝傻氣事物發笑的愚蠢生物。

所以雖然有時他也會對生活中年紀相仿的女孩產生一些綁色遐想，但都沒有進一步的行動，不是他覺得對方一定會嫌棄他的長相，就是他認為對方不可能理解他到底是個多優秀的男人。

他明白自己的閱讀量比同儕高出許多，也明白自己對音樂和戲劇有獨特的品味，但這些優點不會顯現在外表上，那些愚蠢的女孩們怎麼會懂？

外籍看護把熱騰騰的晚餐放在他面前、他回過神來的時候，腦子裡想的就是這些事情。他舉起筷子，看著外籍看護期待他開動的表情，心忖：這個外國女生大概也是如此，對我比較熱絡，只因我算是她的雇主。

外籍看護來自菲律賓，與他年齡相近，個性開朗大方，不但會主動與他聊天，講起話來也沒什麼距離。他雖然不認為外籍看護有足夠的內涵能和自己對話，不過也開始習慣每天晚餐時分有人陪伴——至少賞心悅目嘛，他對自己這麼說。

過了一陣子，外籍看護同他聊到，自己大學還沒畢業就因家裡的經濟問題中輟、投入菲律賓政府引以為傲的外移勞力市場。

「原來妳念過大學？」他問，「沒能畢業，會不會覺得很可惜？」

「還好啦，」外籍看護露出微笑，「工作會學到更多東西，也會認識更多人呀。」

妳的意思是很高興認識我嗎？他心中一動，快快轉移話題，以免自己的表情洩露心裡的興奮，「妳在大學時主修什麼？」

「音樂。」外籍看護回答，「我主修古典樂。」

「真的？」他的眼神被另一種興奮點亮，「我也喜歡，妳偏好哪個時期？我很喜歡古典時期的精準漂亮的樂句結構，所以蒐集了不少那個時期的作品；不過我覺得莫札特有點太明亮了，我比較喜歡貝多芬那種和人生撞擊的力道。當然，第九號是很棒啦，不過我總覺得那不是豁達，而是妥協了，每回聽都覺得有點可惜，好像他放棄了自己看世界的特殊角度。」

「我覺得貝多芬的第九號交響曲很不錯呀；」外籍看護等他說完，才笑著接話，「不過我比較熟的是浪漫時期。」

「喔，」他有點失落，想了想，問，「那妳推薦誰的作品？」

「舒伯特。」

「那還是很接近古典時期嘛。」他又開心起來，「妳喜歡哪一首？〈鱒魚〉？〈野玫瑰〉？」

「〈魔王〉。」

【二】失蹤女孩

豎起姆指、拉高裙襬，有人會因此停下車子

——〈Lost Girls〉by CocoRosie

I.

晚上我沒去運動，也沒去喝酒，早早上床；明明很累，卻翻來覆去睡不著。

我不確定自己意識斷訊、滑進睡眠的時間，但接近中午、睜開雙眼的時候，我發現自己還在想著同一件事。

遇見阿嘉莎的時候，路燈的燈光不夠亮，除了她被割除的耳朵和身上的瘀痕之外，我沒有看到太多明顯的外傷。有些內出血是可以從外表看出來的。如果當時的照明充足，我會不會注意到？如果她當時顱內出血，我又抱著她狂奔，劇烈的震盪很可能會造成無法挽回的嚴重後果；我的熱心，是不是間接將她推向死亡？如果我就在那裡等救護車，她會活下來，還是根本撐不到中午？

我眉心深鎖，起身刷牙洗臉，出門胡亂找館子吃中飯，不大確定自己吃了什麼。

回到夜店門口，有部髒髒破破的舊款喜美違規停在街邊，昨天的刑警倚車站著，沒理會褲子的臀部正與車身的灰塵愉快地磨蹭。

「有空嗎？」刑警看見我，直起身子，拉開車門，「陪我到局裡一趟，有幾件事請教。」

想起老闆的告誡，我沒反對。

「昨天我的口氣不大好，真是不好意思。」大約因為我的態度合作，所以在前往警局的路上，刑警恢復剛開始那種有禮貌的說話方式。「我最看不起打女人的男人了，這種男人根本就是人渣。每次遇到這類案子，我的火氣就特別大，尤其是這回的受害者被打得這麼慘，所以我比較激動，你別見怪啊。」

阿嘉莎不是被打得很慘，她是被打死了。

「我後來想想，你救她的時候，可能看得出來她昏昏沉沉的像是用過藥；」刑警搖搖頭，「這根本不是什麼可以把你當成犯人的證據嘛。」

我當時怎麼可能看得出來？阿嘉莎自願或被迫使用迷幻藥物，是我從她記憶中得到的推論；刑警現在的想法，和昨天把我當成嫌犯的想法一樣站不住腳。不過既然他可以這樣合理化我昨天的失言，我也沒什麼必要糾正。

「說起來還是要感謝你，」刑警繼續道，「如果你沒有出手相助，那個菲律賓小姐就來不及送醫了。」

就算我出手相助也來不及了。而且說不定我根本就是在幫倒忙。

不對。

我昨晚看過新聞，知道阿嘉莎已經傷重不治。但刑警的話裡頭很明顯地迴避了這件事，似乎想讓我以為阿嘉莎在醫院裡的狀況穩定，正在接受照護。

昨天我不願意提供身分證，但刑警應該已經從手機系統業者那裡得知我的身分資料，就算昨天找我之前還沒時間細查，過了一天，也應該已經查過我的相關紀錄。雖然我不可能留有案底，但刑警是否仍然覺得我有嫌疑？

不管我是不是施虐者，在大多數媒體版面被抗議事件的發展情況占據時，都可能還沒注意到阿嘉莎死亡的新聞——如果刑警仍然懷疑我是凶手，那麼故意隱瞞，就是要讓我放下戒心，再找機會施展別的招數。

我答應到警局，一來是想起老闆的叮囑，二來是擔心自己當時救人的舉動幫了倒忙。已經做了的決定沒法子更改，但如果我提供一些遇上阿嘉莎時的細節，對於找出真凶，可能多少有點幫助。我沒法子告訴警方因為自己讀了阿嘉莎的記憶，所以看過她被虐打的現場，這種事警方一定不會相信；就算我說出來，他們也信了，仍不大可能藉此找出那個戴馬頭面具的男人和不知藏在哪棟建築裡的視聽室。

不過我可以告訴警方自己當時朝哪兒走，阿嘉莎是迎面撞進我懷裡的，加上她應該走得不遠，所以可以縮小範圍，減少需要搜索的建物，節省警方的偵查時間。那晚我沒在路上看到血跡，倘若警方知道阿嘉莎的行進方向，或許就有找到這類跡證的機會，可以更快鎖定目標。

資訊不多。但總會有點用處。

只是刑警表面熱絡、內裡算計的姿態，讓我腦中響起警報。

或許什麼都不提比較好？這事本來就和我沒有關係，除了昨天講過的之外別再多說什麼，把它從我的生活裡切割出去，明哲保身。反正警方最後一定沒法子把罪名安在我頭上。

但我真的覺得阿嘉莎的死與我完全無關嗎？

2.

繞過接待櫃檯，就是警局的會客空間，幾個人坐在藤編沙發上泡茶聊天，不時爆出大笑；我張望了一下，覺得他們個個都像橫眉豎目成天對善良百姓作威作福的混帳流氓，看不出來誰是警察。另有幾個人隱在盆栽後面，占據一張小桌彼此低語，聽不清楚在說什麼。

我依指示在刑警桌邊的辦公椅落坐，還沒確定是該緊閉嘴巴，還是該把少得可憐的資訊全說出來。

辦公椅的邊緣破了一個洞，露出一點點填充物。椅腳下的滾輪很卡，我挪挪身子，椅子就嘎吱嘎吱地責備我坐沒坐相。

桌上有不少東西，雖然堆得整齊，但仍把桌面塞得很滿。電腦主機放在桌子下面，外殼蒙著一層灰。

刑警搖搖滑鼠，喚醒螢幕，按了幾個鍵叫出檔案，開始問我問題。

幾個問題都是昨天問過的，我的答案也都一樣；我每答一題，刑警就慢吞吞地看看鍵盤，用力戳戳，輸入答案。刑警問話的態度始終好聲好氣，沒再追問我出現在那個街區的原因，似乎認為我已經沒有嫌疑。

「幸好你話少，不然憑我的打字速度，你大概得待到吃宵夜的時間才能走；」刑警檢查了一下螢幕，點了點頭，按鍵儲存，「好了，謝謝。你可以走了。要我送你回去嗎？」

我覺得有點疑惑。

只是想重新詢問這幾件事，刑警根本不需要把我載到警局，也沒必要對我隱瞞阿嘉莎的死訊。

「沒事了？」

「對，」刑警寬厚地笑笑，像個寵溺頑劣孩子的父親，「你有什麼要補充的嗎？」

我遲疑了一會兒，還沒決定該不該開口，就聽見一個尖利的高頻問句，「你就是凶手對吧？」

一個嬌小福態的女人快步走來，高跟鞋重重砸向地面，燙成大捲染成暗紅的頭髮隨著腳步顫抖，長長的耳墜在髮下旋轉搖蕩，像是想要逃離某種巨大怪獸的慌張路人；花色鮮豔的上裝衣襬頗長，被亮晶晶的扣環紮在腰間，下頭的內搭褲顯得太緊，沒什麼塑形的效果，反而凸顯了腿部贅肉的晃動。

女人在我身邊站定，「就是你對我們家阿嘉莎下毒手對吧？她那麼乖，你居然把她打死了！」

我皺起眉。這個女人應該是阿嘉莎的雇主。她為什麼會跑到警局來指稱我是凶手？

一個男人跟在女人後面出現，個子高瘦，梳著整齊的西裝頭，表情看起來有點尷尬。

「宋太太，宋先生，」刑警向兩人點點頭，「這位先生是來協助辦案的，不是凶手。」

高瘦的宋先生剛張開嘴，矮胖的宋太太已經搶得先機，「別想騙我！這傢伙看起來就是黑道！一定是他幹的！不要放過他！」宋太太伸手一指，幾乎刺中我的墨鏡，「你說，你到底對阿嘉莎做了什麼？」

「送醫。」我實話實說。

「這麼好心？」宋太太哼了一聲，「把人打了一頓才發現不對，然後慌慌張張地送醫對吧？來不及了啦！」

宋太太的聲音太尖利，對著我的耳膜一刺再刺，我的頭開始痛了起來。

我嘆口氣。

「不耐煩啊？我一看就知道你是個沒耐性的人！我……」宋太太一揮手，差點撥掉我的墨鏡，我偏頭閃過，正在提防宋太太回手甩我巴掌，不料她縮手摀臉，突然哭了起來，「我……我們家阿嘉莎那麼聽話，你怎麼可以……」

我起身離座，宋太太放下手倒退兩步，後背貼上宋先生，「你想幹什麼？這裡是警察局！不要亂來！」

還是走吧。我為什麼要在警局面對這種煩人的指控?我看看宋太太,決定離開。宋太太的身高只到宋先生的胸口,我瞥見宋先生極輕微地對我點了點頭,眼神裡閃著歉意。

我轉頭看看刑警,發現刑警也注視著我。

3.

還沒越過馬路,就聽見身後有人叫我。

轉頭一看,阿狗剛跨出警局大門。

阿狗之所以被叫做「狗」,原因有二:其一是因為他的名字裡有個「國」字,唸得稍不標準聽起來就成了「狗」,其二則是因為他的職業。

前年年底,一個寒流剛掃過這城不久的凌晨四點多,我到酒館去喝睡前酒,認識了坐在吧檯的阿狗。那時他已經喝多了,一見到我就遞上名片,說像我這樣夜裡戴著墨鏡遮掩刀疤的人一定有很多故事,身為一個熱愛工作的記者,當然要認識我。有一搭沒一搭地喝到五點多,阿狗沒問出我有什麼故事,倒是開始叨叨絮絮地提及一則新聞並不單純、另有內幕。

那則阿狗所謂「不單純」的新聞,指的是寒流過境那晚,一名這城西南區露宿街邊的遊民凍死。新聞占據的版面很小，吸引我注意的緣由，是因為我去西南區買唱片看電影時，會順道坐在街邊觀察人群，所以與一群遊民變成朋友——凍死的遊民，就是其中之一。

阿狗當時的女友在建設公司上班，他聽女友提過，建商為了節省經費，會找遊民發傳單，凍死的遊民就曾經接過這樣的工作，而且因此與建商發生糾紛。阿狗串起資訊，認為遊民凍死雖是意外，但找遊民發傳單的建商應該得負間接責任，於是利用自己的閒暇時間整理資料，交給電視臺；沒想到建商不知用了什麼方法對電視臺高層施壓，新聞播出時完全沒有提到建設公司的名字。

那群遊民的事不會有新聞媒體有興趣，但他們和我有交情，我想為他們出點力。聽了阿狗的描述後，我做了些調查，發現得為那樁事件負責的不只有建設公司，還有一個這城西南區的民意代表。我把查到的資訊轉給阿狗，一週之後，阿狗傳簡訊給我，說他已經找足證據，雖然電視臺高層仍然不願播出這宗事件的內幕，但他已經決定要在網路媒體上公開。

我沒再見到阿狗，只在幾個月後輾轉聽酒保提起，阿狗離開了電視臺，但沒有放棄記者的身分，仍然滿腔熱情地想用媒體替社會底層生活者發聲。

「好久不見，最近如何？」阿狗追上我，「我剛看到老爸把你帶進警局，嚇了一跳，你惹了什麼麻煩？」

阿狗稱呼刑警「老爸」？我皺眉。「你父親？」

「啊？我爸？你在說……喔，我懂了，你聽錯了。我講的是『老八』，一二三四五六七八的『八』，不是爸爸的『爸』啦；」阿狗舉起左手，彎曲無名指和小指，「你應該有注意到吧？那個刑警的左手斷了兩根指頭，所以才有這個綽號。」

原來如此。

「聽說那兩根指頭是在一次槍戰裡被打斷的，但他還是很神勇地制服了歹徒。老八破過很多案子，傳奇人物啊。」阿狗感嘆，「我常會想，如果我們的警界多幾個像老八這樣的警察，治安和警界的風氣一定會變得更好。」

看起來阿狗對老八的印象很好。可惜老八這兩天的作為，實在沒法子讓我產生什麼好印象。

「記得第一回見面時你話就很少，沒想到那次你會查出建設公司和民代的內幕。」阿狗沒理會我的沉默，「難得遇上，真想好好聊聊，但我得趕著去捷運站，要一起走嗎？路上可以聊一下。」

今天晚上我得回夜店幫忙，搭捷運很方便；我自己沒什麼材料好聊，倒是想多聽點關於老八的事。

「好。」

4·

「後來幾次去那家酒館都沒再遇到你，可能是我去的時間太早了？不確定酒保有沒有對你說過，我已經不在電視臺了，改到網路媒體上班。」阿狗一邊邁步，一邊掏出名片。「自由多了，但忙得要死。不過我關注的議題都能有報導的機會，忙也就忙得有價值。」

我接過名片，阿狗續道，「先前我很關注遊民的生活狀況，因為我覺得這城裡的大多數人完全忽視他們；但跑了一陣子新聞後，我發現這城居民不只對遊民視而不見，對藍領階級的勞工，以及從國外來這城工作的外籍移工、看護或者家庭幫傭，也全都視而不見——你看過那種眼神嗎？剛在來警局的路上，我遇到兩個站在街邊聊天的中年太太，一面講說外傭要好好管啊一放鬆就會出事什麼的，視線完全穿透就站在她們身旁的外籍幫傭，好像人家不存在一樣。這也是我剛才到警局想查的事情。」

「外傭死亡的事？」我問。

「對，你知道那個死亡的外籍幫傭叫阿嘉莎吧？」阿狗點著頭，「她是菲律賓人，在這城工作好幾年了，沒有任何不良紀錄，誰知道會遇上這種事情？我聽說那天凌晨是有人在路上發現她、把她送到醫院的，可惜還是來不及救她的命。」

那個發現她的人就是我。

我簡單地向阿狗敘述事件。這事其實不複雜，不過就是晚上救了個人。真正的麻煩是我始料未及地被老八當成嫌犯，在昨天令人不悅的問話之後，今天還被找來警局浪費時間；而且除了老八，阿嘉莎的雇主也不知為何就認定我是凶手，用可怕的高頻指責轟炸我。

阿狗露出古怪的笑容，「我猜，這就是老八找你來警局的原因。」

「我今天到警局，原來是想找老八聊聊，看能不能問出什麼偵辦進度——這方法很老氣啦，不過比在網路上找新聞扎實多了。雖然老八對記者一向很提防，不過對我倒是還好，所以我想試試。」阿狗閃過幾個排成一列緩慢散步、堵著人行道的中年貴婦。「結果和我很熟的警員告訴我，老八出門了還沒回來，但他已經約了阿嘉莎的雇主，宋家夫妻正在接待區等候。」

所以，老八在找我之前，就已經把宋先生和宋太太找來警局了。

「能訪問雇主也不錯，可以聊聊阿嘉莎的工作狀況，瞭解一下這個外傭平常的生活作息，所以我就拜託警員讓我先進接待區找他們。」阿狗繼續說，「聊到一半，我瞥見你被老八帶進來，心裡還在奇怪：老八該不會忘了宋家夫妻還在等他吧？結果我和宋家夫妻還沒聊完，就有個警察過來，說要帶他們去找老八，還告訴他們，『老八找到嫌犯了。』」

難怪宋太太一見到我就尖聲叫罵。我分明是被老八算計了。但他如果找不出其他與我有關的線索，光讓阿嘉莎的雇主出面罵我有什麼意義？

「我猜老八現在手上沒有別的嫌犯，但又找不到其他理由來辦你，所以才會安排讓你和宋家夫妻來個不期而遇——老八是想看看你的反應啦。」阿狗和我站在下行的電扶梯右側，讓出左側通道給趕時間的行人。「老八是很老派的刑警，就是那種勇往直前、非常執著的個性，所以如果他覺得你有嫌疑，就會追到底，你要有心理準備。不過往好處想，如果這事不是你幹的，老八也不會為了破案在你頭上亂安罪名。」

這話一點安慰的作用都沒有。希望老八早點發現別的線索，別來煩我。

或者，我是否可能查出什麼，指引老八正確的偵辦方向？

話又說回來，雖然不確定在我記不得的過去歲月裡自己是否奉公守法，但至少這兩年我都按時繳稅，拿稅金養警察，就是要他們好好查案子，不是要他們來騷擾我這個熱心助人的公民，或者用暴力對付抗議群眾嘛。

我嘆了口氣。

5.

電扶梯下端連接著這城的交通核心底層，各級鐵道及捷運系統都在這裡交會串接。地下通道連結鐵路車站、高速鐵路月臺、捷運轉乘系統、停車場、城裡的公車站、國道運輸的起迄點，以及繁華的精品商城。

主要的地下通道兩側排列著出租鋪位，各式店街組成每個區段自有特色的地下街。這些地下街道看起來似乎筆直通暢，但隱在店家旁邊的連通小門有的朝上、有的朝下，有的可以連結到附近的商場大樓，有的可以把人導進公共廁所，有的通往其他地下街區，有的通往閒人勿入的工作場域。

牆上看得到標示。但大多數標示都設計欠佳，讓人不大明白自己身在何處。

彷若一顆進階版智力球。

玩家轉動球體，控制透明球殼內的圓珠滾動，從起點朝終點前進，每個轉折需要思考的不是該轉哪個彎才能繼續前進，而是該怎麼控制圓珠才能越過障礙、避開陷阱——智力球裡頭的徑路理論上只有一條，玩智力球的挑戰不是該選擇哪條路，而是該怎麼走唯一的那條路。

把智力球裡的徑路置換成每個轉彎都有諸多選擇的立體迷宮，就是我眼前現在看到的景象。

「照我的走法，可以省至少十分鐘；」所幸阿狗對自己前進的方向非常有自信，我跟著他在邊門與通道之間穿行，鑽出一扇門，忽然發覺自己出現在地下街中段。

「這一區的服飾鞋子看起來都很不錯，而且價格低得你難以想像；」阿狗伸手比劃我們眼前的地下商街，「我之前那雙鞋已經很破了，有回下大雨，我跑進這裡，發現鞋子不但全都溼了，鞋尖也已經開口笑，只好在這裡臨時買一雙，才知道這城原來還有這樣的消費行情。」

我順著阿狗的手勢看看商街。夜店裡常見的名牌標誌當然不會出現在這裡，貨架上的商品標價比那些名牌少掉兩三個零。為什麼能賣得這麼便宜？我看不出來。

「材料和做工不是很好啦，像我這種成天在外面跑的，在這裡買的鞋根本撐不了多久；」阿狗聳聳肩，「不過那麼便宜，沒什麼好挑剔的。平常會在這裡消費的，當然也不是城裡那些喜歡高檔貨的上流階級，最常來這裡買東西的，其實就是外籍勞工和幫傭，所以我也常到這裡，有機會就和他們聊聊。」

現在是大多數勞動者的工作時間，這裡看不到太多外籍面孔，不過走在商街的人潮，倒真的都不怎麼注意兩旁大量陳列的低價商品。

「外籍朋友們假日會在車站聚會，不同國籍的就自成一區；」阿狗放慢腳步，「後來站方把車站裡的椅子都撤走了，外籍朋友們就改到站外的小公園去。」

這件事我有印象。站方說撤走座椅的原因是民眾抗議，但除此之外，車站樓上和附近的精品店也對站方施壓，認為外籍勞工有礙觀瞻。

「我剛說城裡人對很多外籍工作者視而不見，但那是外籍工作者替城裡人工作時的情況，如果不是工作時間、城裡人卻發現自己遊逛的地方出現外籍勞工，就會覺得很礙眼。」阿狗哼了一聲，「這城的居民自以為住在國際性大都市，其實只喜歡看到金髮碧眼的老外，看不起膚色較深的勞工。我認為城裡人的歧視不是因為驕傲，而是因為自卑。外籍朋友們不只會在這裡聚集，也會去教堂或清真寺，和他們混熟了之後，發現他們有時還會去河濱公園散心或野餐。」

河濱公園離這裡不遠，向西走幾個街區就到了。我知道這城的居民會去那裡運動、騎單車或是遛狗，倒沒想過外籍朋友也會去。

「是啊；」阿狗的笑帶著一種感同身受的落寞，「外籍朋友說，在那裡可以背對這個城市，看著河水，感覺離家比較近。」

「我得先回公司一趟，晚上還要去輪班；」阿狗從口袋裡摸出捷運的儲值通行卡，「我已經一個禮拜沒有好好睡覺啦。」

「輪班？」我問。

「對呀，立法大樓外頭的抗議事件可是大新聞啊；」阿狗手指朝上胡亂指了個方向，「雖然我不負責政治線，但我們公司人少，所以得互相支援，大家輪班到現場去注意事件有沒有什麼發展。不過身為媒體人，遇到這麼重要的事，我當然也不想缺席啦。」

「兩件事有點像。」

「啊？」阿狗一臉疑惑。

6.

三個多月前和酒保一起看《淘金熱》的時候，我想起這城裡外籍勞工的狀況。這些外籍朋友們離開自己的土地來到這城，就是希望能夠尋找讓自己實現夢想的材料。

一週前在立法大樓引爆的抗議事件，則是關心這個社會的公民，不願意看到暗裡有那麼多利益糾葛、實際上則會影響到許多不同民眾的法案被倉促通過，才會聚集起來表達訴求。

無論是離開的或者是留下的，其實想的都是要抓牢自己的夢。

解釋完了，我忽然覺得心裡不大踏實。

因為，三個多月前在酒館裡，我還想到：這個關於夢的想像，說不定只是一種集體的狂亂，被捲入其中的人，有些可能有別的盤算，有些則根本沒有真正思考，只因身旁的人被如此沖刷，他們也就隨之而去。

而且，諷刺的是，當時我也想到：對外籍朋友們而言，這城提供了比較安全穩定的工作環境。我沒想過後來自己會遇上一個飽受凌虐的外籍女子，還被刑警當成施暴的凶手。

再說，這回的抗議事件就算可以獲得讓抗議團體滿意的解決方案，算得上是圓了什麼夢嗎？真要把這城變成夢土，不會這麼簡單。

「原來如此。」阿狗倒是被我說服了，露出一臉恍然大悟，「經你這麼一說，還挺有道理的。

我一直沒問你在哪兒高就，聯想力很不錯嘛，是作家嗎？」

我是在夜店打雜的。我搖搖頭。

「其實我覺得政府本來打算就拖著，看看抗議群眾能撐多久，你知道吧，這城居民對於會影響日常生活的群眾運動其實很反感。」阿狗看著進出捷運閘門的人群，「這樣會讓無力發聲的人更無力，階級對立更明顯。好笑的是，這些覺得抗議群眾妨礙日常秩序的人，都沒想過，自己其實也是被特權階級欺壓的人。」

我點點頭。

「不過警察打人這事情，政府失算了。」阿狗壓低聲音，「警察擡走靜坐群眾之後，為什麼還要毆打？我一直覺得這不合理。你想，如果你是警察，被這些抗議分子搞到成天加班，心裡一定很不爽，對吧？很多人想到這裡，就覺得警察打人是在藉機洩忿，而且今天相關首長也撇清關係，說沒授意讓警察動粗，所以大家更會覺得這是部分警察的過激行為。」

聽起來蠻合理的啊。

「但是我跑新聞的心得是：沒有警察會吃飽太閒去做上頭沒交待的事。如果上頭真的只要他們把人擡走，他們就會把人擡出來扔到外圍的地上，你看過嗎？像在拋什麼貨物一樣。他們連把人好好放下都不肯，更不可能花力氣去揍人了。」阿狗解釋他的看法，「打人很累的啊。我認為已經加班站崗覺得很疲憊的警察，不會自願費力去做這種事的。」

我微微皺眉。

「我今天稍早和一個警察聊過，他說上頭指示：要讓占據行政大樓的抗議人士害怕、知道他們不能為所欲為——也就是說，警察對民眾動粗是故意的，重點不在洩忿、也不在懲罰，而在用暴力讓所有人害怕。不過現在我覺得不爽的人比害怕的人多太多了。那天警方先把我們這些記者擋到外頭去，才開始對抗議群眾下手，根本就是早就計劃好了要過當執法；但這招沒成功，因為抗議人士的手機或夾雜在群眾裡的公民記者，都在第一時間拍到畫面，每個電視頻道都還不知道狀況，消息就先在網路上傳開了。要是戒嚴時代，這種鎮壓一定會讓大家變得安安靜靜，但現在不一樣了，我覺得民眾看到那些畫面，被激怒的會比被嚇到的多……咦？」阿狗原來擡頭沒有目的地看著天花板，忽然低頭把視線聚焦在我臉上，「這麼說來，我那天看到的真的是你。」

啊？

「前天，也就是三月二十三日的晚上，我到立法大樓外面值班；」阿狗盯著我，「過沒多久，因為行政大樓被占領了，所以我就跑到行政大樓外側去守著。過了半夜，我看到一個戴著墨鏡和口罩的男人離開現場，那是你對吧？」

戴著墨鏡和口罩還會被認出來？「可能是。」

「一定是啦！你一定覺得戴著墨鏡和口罩就不會被認出來，但那是晚上啊！晚上戴墨鏡的人很少啊！你這樣反而很明顯，所以我才會記住呀！」阿狗很得意，好像剛偵破了一樁千古懸案，「這樣就說得通了。你離開現場後遇到阿嘉莎，很熱心地送她就醫，而且如果你先前在現場，那就不可能是打她的人，因為你有不在場證明嘛！我知道你一定不是凶手，你應該把這件事告訴老八，我來幫你作證！」

遇見阿嘉莎的時候，她外耳被割去的傷口已經停止流血，所以她受虐的時間應該是三月二十三日的晚上；我離開行政大樓的時間大約是三月二十四日凌晨一點，阿狗在那時看到我，沒法子證明我先前一直待在那裡。

況且，倘若我的裝扮反而顯眼，那我就該擔心老八會不會想到要去查看抗議現場的紀錄畫面、從裡頭認出我來。

老八畢竟是個警察，倘若他認為抗議者都是些滋事分子，那麼我在抗議現場出現，嫌疑就更重了。

我搖搖頭，露出苦笑。

7.

和阿狗坐上不同方向的捷運，乘客不少，但仍有空位。

坐在我身邊的大嬸低頭在玩手機遊戲，坐在我對面的青年兩手拿著手機、指尖快速點擊螢幕，應該也在玩手機遊戲。放眼望去，車廂裡的乘客有一半低頭盯著手機。

我一向會在隨身的背包裡塞本書。帶領我在這城移動的工具主要有二，一是雙腿，二是大眾運輸網路，捷運比公車平穩，適合讀書。

可惜被老八找去警局時我沒想到該先回住處把背包帶出來。

手邊沒書，也不玩遊戲，乾脆閉目養神。

眼睛剛剛閉上，口袋裡的手機發出短短的通知訊息。

別理它好了。如果是老闆找我，那一定會打電話；如果是其他人找我，那一定都不是急事。

手機又響了一次。

我睜開眼睛，掏出手機，認命地加入車廂裡的低頭族群。

第一則訊息是安帛發的。

安帛知道我不喜歡開口，當然也不喜歡講電話，雖然見面時我和她很有話聊，但有事找我時，她都會體貼地以傳送訊息代替。

「四月二號晚上你有空嗎？」安帛的訊息寫著，「我想去聽Metro Vocal Group的演唱會，你有興趣嗎？」

我在心裡推算一下。四月二號是週三，店裡不忙，如果老闆沒派工作，那麼我應該沒事。「Metro Vocal Group」是一個來自美國的無伴奏人聲樂團，近年以香港為主要的發展基地，而且還翻唱過香港樂團「Beyond」的名曲〈海闊天空〉。雖然在網路上聽過幾首這個團體的作品，但我沒買過他們的專輯，也沒聽過現場表演。

既然是安帛邀約，就沒什麼理由拒絕，但找我去聽演唱會，戴門不會有意見嗎？我不希望造成安帛的困擾。

第二則訊息也是安帛發的。

「演唱會的票我已經買好了，本來要和戴門一起去，但他最近常加班。我和他說好了，如果他確定沒空但是你有興趣，就可以把票讓給你。」

原來如此。我的感覺有點複雜，摻著開心和不是滋味。看起來就算戴門的醋罈子很大，也不認為女友和我一起出門有什麼了不起，因為我這長相對他根本不會造成威脅。

我哼出一聲短笑。我有什麼好不是滋味的啊？我知道自己的長相是什麼德行。戴門想的並沒有錯。

小心眼。我在心裡暗罵自己，然後回覆訊息，「好。」

走出捷運站，我繞到書店逛了一會兒。

因為抗議事件的緣故，書店把原來比較冷門的人文及社會相關論述，全挪到靠近門口的顯眼位置，湊成臨時的社科書展。我一面瀏覽每本書封底的簡介，一面回想皮夾裡還有多少現鈔，但挑來揀去，似乎沒有任何一本可以讓我更明白地看清楚目前行政特區抗議事件的所有面向，分析後續造成的影響。

不如回去多找點相關的新聞和論述，自己多想一想吧。

結果離開書店時，我還是買了一本《獨裁者的進化》——這本書裡講了許多國家的抗議案例，看看大家為了什麼事情抗議、當地政權如何動用公權力對付抗議者，以及這些公民的挑戰最後獲得什麼成效，應該會有些參考價值。

而且，走進書店，我一向不會空手離開。

對資料狂而言，想閱讀的書籍永遠都有，能閱讀的時間永遠不夠。

早早吃過晚飯，窩進地下室，在網路上隨機選聽幾首「Metro Vocal Group」的作品，覺得改編和演唱的方式都挺有意思。

如果可以和安帛一起去聽現場演唱，應該很棒。

乾淨清澈但不油滑的人聲唱著。我翻開書。

讀書和找資料真是人生最大的樂事。

十一點半，讀完《獨裁者的進化》。

雖然我一直想從其他國家的經歷裡找出某種脈絡，好預測目前進行中的抗議行動會如何結束、公權力與民眾的衝突要如何處理，或者，這場抗議是否可能真的對問題法案產生任何動搖。但書裡沒有答案。我也沒有。

我在筆記型電腦上點開瀏覽器，想趁去健身房前先看看新聞。

警員攻擊群眾的畫面已經在各大新聞媒體上披露了，有張照片不但清楚地拍到警員揚起鋼棍、齜牙咧嘴的模樣，還拍到這名警員的一部分臂章，臂章上可以模糊地看見幾個編號數字。

警員的表情，明顯處於一種狂暴的狀態，彷彿揮下鋼棍不但能夠發洩情緒，還能夠帶來愉悅。

阿狗推測警員施暴是承接上級「要讓抗議團體害怕」的命令，不是宣洩連日加班的不滿；從照片上看來，這名警員的確認真地執行任務，毆打無武裝平民時的眼神熱血澎湃，沒有任何於心不忍的表情。

高階警官及行政部會的首長，都說自己並沒有下令使用強制手段，還有部會首長表示警方的行動並無過當；而在面對網路上大量警察對民眾拖行、棍打、腳踹、盾毆的照片時，警界高層統一口徑，說無法確定照片中那些警員的身分。

睜眼說瞎話。我眉心交纏地瞪著螢幕，手機響了。

「有空來我店裡一趟嗎？像平常那個時間就可以了。」酒保的聲音從手機裡傳來，「有事要請你幫忙。」

8.

「啊，你來了。」看見我走進門，酒保朝我揮揮手，指著坐在吧檯前的一名男子，「這位是阿剛。」

「你好。」阿剛轉身，朝我伸出右手。

阿剛臉頰瘦削，顴骨明顯，皮膚緊緊地繃著頭骨，看起來應該不到四十歲，但眉毛上方刻著很深的擡頭紋；我握住他伸來的手，感覺他手掌有點粗糙，右手指節明顯有繭，可能慣做粗活。低頭瞄了一眼，沒發現他指甲縫裡有任何髒汙，倒是瞥見捲起的襯衫袖口邊緣露出一點點刺青。

「阿剛和我是老朋友了，從前他每回進城，都會來店裡坐坐，不過已經好一陣子沒出現啦。」酒保鑿下一方冰角，「他是個藝術家哦。」

「我只是個工匠。」阿剛搖搖頭。

「別那麼謙虛，」酒保拿出波莫，「你的作品，可不是一般工匠做得出來的。」

阿剛笑笑，喝了口眼前的海尼根，以瓶就口，酒保也沒給他啤酒杯。

我坐上阿剛左邊的高腳椅，將裝著汗溼運動服的背包放在一邊，「找我？」

「你家老闆去年要你找人，你也成功地達成任務；」酒保把琥珀色閃著光的波莫放到我面前，「所以我想這件事你幫得上忙。」

去年夏天，夜店一個名叫玻瑟芬妮的舞孃連著幾天曠職，老闆聯絡不上，有點擔心，派我去找出她的行蹤。

店裡的同事都稱玻瑟芬妮為「玻玻」，不過我一一問遍當時所有同事，發現居然沒有任何一個對玻玻有比較深入的認識——有的同事注意過她的服飾和提包是舞孃薪水難以負擔的名牌，有的同事注意過她總是化好妝才來上班、表演完下班時也不卸妝，但沒有同事知道她平日的生活狀況、興趣嗜好、玩不玩線上遊戲，沒人知道她有沒有社群網站或線上論壇的帳號，也沒人知道她住在哪裡。

線索不多，但我的閱讀記憶能力以及酒保的駭客技術，在查訪過程裡發揮了作用；我找到了玻玻的下落，過程中牽扯到這城裡的都市更新計畫，以及常在媒體上曝光的某個政治明星。

我發現自己能夠閱讀他者的記憶後，有一陣子頻繁地實驗這種能力，幾乎變成一種不為人知的癮頭，以探知他者沒有說出口的內裡為樂。但過了一陣子，我驚覺這種舉動分明帶著偷窺的骯髒快感，在玻玻的事件之前，已經強迫自己不要使用能力。玻玻事件帶給我的最大啟示，不是讓我發現自己熱愛找資料的個性蠻適合擔任尋人偵探，而是讓我開始瞭解：閱讀記憶的能力不見得只能用來窺私，還能做些我認為正確的事，來決定自己要成為怎麼樣的人。

尋找玻玻，沒有讓我知道自己的過去，但讓我開始思考自己要用什麼姿態走向未來。

因為酒保幫了忙，所以我認為有必要把查找的結果告訴她；但也因為事件內幕涉及部分敏感人物，為了不要節外生枝，我只告訴酒保事件已經解決，沒告訴她詳細的過程。

「找人？」我問。酒保提起這件事，難道也要我託我尋人？

「對。」酒保點點頭，「不過不是我要找人。是阿剛。」

9.

快打烊了，酒館裡沒有其他客人。

平常這種時候，酒保大多獨自欣賞老片或聆聽藍調，如果我來喝酒，就入境隨俗，她看什麼我就看什麼，她聽什麼我就聽什麼。不過現在音箱裡流洩出來的旋律，不是藍調或老搖滾，而是安迪・威廉斯唱的〈用他的歌溫柔地殺死我〉。這首曲子是當年的暢銷流行金曲，有無數藝人團體翻唱，包括安迪・威廉斯最膾炙人口的詮釋在內，我聽過很多不同版本，但從沒聽酒保在店裡播過這首曲子。

威廉斯一曲唱罷，出現短短的空檔，下一軌前奏切進來，「漢子與洋娃娃」唱的〈那是很多很多愛〉出現。

今晚的音樂主題是西洋老式情歌。

阿剛仰頭喝乾海尼根，搖搖空瓶，酒保放上一瓶新的，阿剛看著酒瓶，「我喜歡西洋老歌。好久沒聽了。柔伊也喜歡西洋老歌。我好久沒看到她了。」

柔伊是阿剛的妹妹。安迪・威廉斯開始唱歌之前，阿剛告訴我，他想請我幫忙尋找妹妹，他們兩人失去聯絡，已經接近兩年。

我仔細端詳阿剛遞過來的生活照。照片看起來是在自家客廳裡拍的，十分日常的擺設，柔伊坐在沙發邊緣，沒有化妝，湊近鏡頭，笑得很歡，與一臉嚴肅的阿剛完全不同；她的長相看不出與阿剛有血緣關係，眼睛和嘴唇倒是顯露出東南亞的熱帶風情。

「令妹？」我問。柔伊的膚色不深，不過五官讓我想起阿嘉莎的外籍特徵。

「看起來不像？我知道。」阿剛似乎對這問題習以為常，「我很小的時候，媽媽就過世了。爸爸帶著我到菲律賓去做生意，在那裡娶了小媽，柔伊是小媽生的，混血兒。」

柔伊的長髮撥到耳後，兩邊耳輪都戴著耳飾，左耳一個垂墜，右耳三個假鑽耳釦。

勞倫斯．卜洛克的小說《酒店關門之後》裡頭提到，每個人的耳朵其實長得都不一樣。村上春樹的小說《尋羊冒險記》與《舞、舞、舞》中，出現過一個身兼出版社校對、高級應召女郎及耳朵模特兒的女孩，這女孩的耳朵漂亮得不可思議，但平常都用頭髮遮住，一旦露出來，彷彿就變成另一個人。

柔伊有一種充滿活力、熱情的美，不過我想像不出如果她用頭髮把耳朵蓋住，是否看起來就會完全不同？倒是因為想起這幾本小說，我注意到在柔伊的右耳耳釦附近，似乎還有些照片上看不清楚的什麼。

「這是？」我豎起食指比劃自己的耳朵。

「喔，你問她的耳洞？」阿剛看看酒保，再回頭看我，顯出好奇的神色，「一般人不會馬上注意到那個。」

阿剛解釋，柔伊喜歡算命占卜之類的東西，對所謂的「天使數字」尤其著迷。「小妹的右耳有十一個耳洞，左耳一個，加起來就是天使數字的『111』。」阿剛指著照片，「她說這個數字代表『仔細看顧想法，只想想要的，不要想不想要的』。」

我對「天使數字」沒什麼研究，不過聽起來「111」是個提醒自己小心慾望的數字。

「也許是吧，我也不明白；」阿剛搖搖頭，「不過小妹的確應該要多小心，她性子很野，喜歡熱鬧，常跑夜店。我曾經告誡過她，但沒什麼用。」

阿剛說他前幾年不在國內，本來還與柔伊保持聯絡，不過一年多之前就斷了音訊。上週回國，阿剛馬上開始尋找妹妹，問過幾個朋友都沒有消息，直到他聯絡酒保。

「我幫他查了柔伊的信用卡紀錄，」酒保道，「最後一筆紀錄是一年前在這城裡的夜店『Shining』刷卡消費；手機門號大半年沒用，也沒繳費，已經被停話了。」

所以阿剛也知道酒保的駭客身分。藝術家和駭客，這兩人是怎麼認識的？

「因為如此，」阿剛接下話頭，「我才會到這城來。和酒保討論之後，她說可以找你幫忙。」

我可以盡力幫忙，不過這事應該要找人民保姆出場才對。

「我不喜歡和警察打交道。」阿剛搖搖頭，補充了一句，「柔伊也是。」

我用手機翻拍了柔伊的照片，阿剛問，「我該付多少？」

付錢？我愣了一下。我只想試著幫忙，沒想過應該收費。我又不是專職尋人的徵信社員，不懂行情。我搖搖頭。

「酒保也說你可能不會收錢，但我不能讓你做白工；」阿剛掏出一個厚厚的信封，「我帶了些現金，你先用，不夠再告訴我。」

「先放我這裡好了，」酒保注意到我的表情，伸手接過信封，「如果有需要我出力的地方，我就一起算。」

「沒問題。」阿剛點點頭。

10.

我打算喝第二杯波莫。阿剛已經走了，但酒保沒換唱片，波西．史雷基唱著〈坐在灣邊碼頭上〉。歌詞裡的主角離開老家，獨坐在碼頭發呆，覺得十分孤獨。我想起阿嘉莎，然後想起出國後與妹妹失聯的阿剛。

「你今天的酒錢就從這裡扣了，」酒保拍拍那個信封，「賺了外快，要不要改喝貴一點的酒？」

我回過神。這種厚度的信封，裡頭裝了多少鈔票？「波莫。」我沒打算換酒，「藝術家？」

「很有錢的藝術家。」酒保拿出威士忌，「阿剛做的算是裝置藝術吧。」

我聳起眉心，酒保看看我，「想知道詳情，就直接問他，當酒保的不會把客人的祕密說出去，是朋友就更不能講。就像你的狀況一樣。」

有道理。但我不確定幫阿剛找妹妹要收多少錢。

「費用你得自己定，端看你認為自己花了多少工夫。」酒保精準地在杯子裡倒進三指高的波莫，「我接案子的時候，會評估工作有多麻煩以及執行的風險，依此報價。你也可以估算看看。」

毫無頭緒。我拿起酒杯。

波莫的味道還是一樣。沒必要因為多了一筆收入就換酒。

況且我搞不清楚合理的費用，甚至不確定自己能否真的幫上忙。

「我一向不怎麼注意新聞，不過這幾天常從客人口中聽到關於立法大樓抗議事件的事；」酒保替自己倒了一杯水，「前天凌晨還發生暴力事件不是嗎？」

是啊。而且我就在現場。

我概略說了當天發生的事以及自己被無端捲入的風波，酒保皺皺眉，「你也太倒楣了吧？不過我認識的警察的確會這樣。電影裡有法庭戲的時候，不是都會說壞人未被法院定罪之前，就要認為他是無罪的嗎？」

「無罪推定。」這個原則是許多國家刑事訴訟中被告享有的基本權利。

「對對，就是這個。」酒保道，「不過我認識的警察告訴過我，如果你的名字出現在嫌犯名單上，他們在破案之前，都會認為你是有罪的。我是可以理解他們不想放過任何一點線索的心情啦，但如果事情牽涉到他們自己人，他們又會換一套標準——不然你說那些打人的警察都被拍到了，警政單位怎麼可能找不到？交給我的話，隨隨便便就可以從他們資料庫裡把人比對出來啦。」

「去幫忙？」我半開玩笑地提議。

「當個熱心的公民嗎？我才不幹。看看你的熱心給你惹上什麼麻煩；」酒保搖搖頭，「況且我也不想讓警察知道我是個駭客，否則今後碰上什麼相關事件，我就會變成他們眼中的嫌犯。」

我想起老八。

老八現在的確讓我覺得麻煩，不過照阿狗的說法，他似乎是個不錯的刑警。老八會怎麼看行政大樓外圍的暴力行為呢？他會包庇動手的同僚，還是把他們揪出來？如果這真是高層的授意，那他會坦然接受，還是反抗？

「話說回來，我覺得再怎麼說，毆打毫不反抗的平民還是太過分了；」酒保看看自己的水杯，「我認識的警察應該不會做這種事吧？我下回問問他們對這件事有什麼看法。」

如果警方的態度像今天一樣，擺明了要包庇同僚，那酒保去問有什麼用？我沒說這個，改問別的，「認識很多？」

「的確認識不少，都是年紀大的，現在有些應該升官了、有些應該退休了；」酒保撥撥頭髮，「其中一個還幫我介紹過男朋友咧，對方也是個警察，我不好意思推辭，所以和那個人見過一次面。」

「結果？」

「沒結果呀，我早就知道自己對男人無感，只是約出來聊聊聽什麼音樂看什麼電影有什麼興趣之類的，純粹應付一下；」酒保聳聳肩，「好笑的是，那次見面結束之前，那個人主動對我說，『妳喜歡的音樂和妳的外型都不是我的菜，我們不用再浪費時間了。』」

「啊？」我看看酒保比例完美的身材，她做了個鬼臉，我笑了，「妳怎麼回？」

「我回，」酒保清清喉嚨，「『幸好我不符你的品味，不然我一定會覺得自己做錯了什麼。』」

●

過了幾天，他在常去的唱片行裡找到一張收錄〈魔王〉的唱片。

這城裡古典樂和搖滾樂貨色最齊全的唱片行，可能是西區的一家老字號店鋪，藏在一棟舊建築二樓，架上塞滿不可思議的品項；次佳的選擇，可能是近期才進駐這城的跨國連鎖唱片行，座落在這城東區，寬敞明亮，占據五個樓層，彷彿找得到全世界的每一張唱片。

但這兩處都不是他的首選。

西區的唱片行離他的學校較近，但與他回家的方向相反；東區那家，他認為只有愛炫耀的傢伙和初學者才會去。他常去的那幾家唱片行，藏在這城中區偏東的一座陸橋下方。

陸橋下方有個商場，地上地下各一層，早年充滿賣舊書的商號，後來漸漸被賣電腦零件、盜版軟體，以及日本動漫周邊產品的商家取代，舊書店仍有幾家撐著，但盛況已然不若過往。

地上樓層和地下樓層各有一兩家唱片行，雖然貨架上的軟體光碟日漸其多，但古典唱片仍然不少。他從國中時就常常光顧，外籍看護同他提到〈魔王〉時，他馬上想到要來這裡找找。

吃過晚飯，他不顧外籍看護的工作還沒結束，堅持要她一起聽新唱片。鋼琴前奏響起，外籍看護眼睛一亮，從他手中接過唱片外盒，看了看封底的演奏資料，笑著對他說，「這個版本我沒聽過，但是很棒。你選得很好哦。」

他看著外籍看護的笑容，完全聽不見流進自己耳邊的旋律，只聽得見自己的心搏一記一記撞擊著耳膜。

接下來幾個月，他造訪橋下商場的次數愈來愈多。

去橋下商場的目的之一，自然是買唱片。外籍看護每提到一首新曲目、一個特定的演奏版本，或者一張他沒有買過的唱片，他就會到橋下商場的唱片行裡去尋找，如果找不到，就請店員幫他訂貨。不過，他並非每回都會帶著唱片離開，持續到橋下商場，還有另一個目的。

除了電腦產品、動漫周邊、唱片和舊書之外，橋下商場裡，還有許多販售色情光碟的店家；發行國家從東方到西方，影片內容從唯美到變態，封面上撩撥慾望的姿態各有風騷，光碟裡燒錄壓製的內容皆無授權。

打馬賽克的色情光碟大多可以直接從架上購買，沒有馬賽克的交易過程就比較神祕，可能要鑽到店家後頭隱蔽的小隔間裡翻尋，也可能要先從目錄上挑，再由店家打電話吩咐編號、等人送來。無論怎麼買，總有幾部影片裡的女子看起來與封面上絕對不是同一個人。

他從國中開始就在這裡買色情光碟，如同他從國中開始就在這裡買古典唱片，但這幾個月，他對這兩者的需索都愈來愈饑渴。很多時候，他不確定自己是因為記起外籍看護提及的古典曲目，所以走進商場找唱片，還是因為想到外籍看護，所以走進商場找光碟。

有幾回，他試著把剛買到的古典唱片送給外籍看護，外籍看護一概沒有接受，不過會利用工作空檔陪他聽一會兒；有幾回，他試著向外籍看護示好，外籍看護只說他年紀還小，或說他該好好把握能夠安心讀書的機會。

他鎖著房門，戴著耳機，坐在電腦前面洩恨似地猛烈自慰。他當然知道「年紀還小」只是外籍看護推託的用辭，事實就是這個唸了大學、懂古典樂、長得漂亮談吐大方的外籍女子，和他認識的其他同年女生一樣，對他不感興趣。

「不過就是個從落後國家到這城來討生活的下人，對我擺什麼姿態？妳應該要叫我少爺或者主人、對我言聽計從才對！」他恨恨地想，一面盯著螢幕上相互撞擊的胴體，一面緊握自己滾燙的慾望，「哪天我就像這樣，把妳按到床上操到妳對我伏伏貼貼，看那時妳還會不會說什麼年紀還小！」

他爆發了。然後癱軟下來。心裡嘆了一口氣。因為他覺得可惜。因為他認為自己太聰明、太理智，這兩個優點讓他不可能相信現實生活裡會發生色情光碟的情節，所以他知道自己和外籍看護之間不會有那種放肆暢快的大戰。

這真是太可惜了。

拿下耳機，他抽出幾張衛生紙，一面收拾殘局，一面留心外頭的動靜；這時，他發現門縫下的光影閃過幾下變化。

他快快穿好褲子，悄悄推開房門，矮著身子探出頭去，看見一雙骨肉勻稱的腿閃進一道門。那是父親目前獨居的小房間。那是外籍看護的腿。

他讓門留著一條縫，坐在地上，頭抵著門框，盯著父親房門外的喇叭鎖。家裡很靜，他留意傾聽，覺得自己能聽見某種聲音，和方才從耳機裡聽見的那種十分接近。

又或許自己什麼也沒聽見，只是幻想？他擡眼看看喇叭鎖，又低頭瞄瞄手錶；錶面上的數字每次跳動，都讓他的懷疑和幻想愈來愈趨近真實。

過了近二十分鐘，喇叭鎖出現動靜。他輕輕關上門，把耳朵貼在門板上，專注聆聽。他肯定自己聽見父親含糊地說了幾句話，也聽見外籍看護壓低音量的輕笑。

他並不覺得失落，也不覺得難過，沒有感到被誰背叛，倒是感到理所當然。

這肯定不是第一次了，他想，而且沒有誰被強迫或誰被引誘的跡象。父親一定是詳盡考慮過所有細節、做好計畫之後，才決定這麼做的。

有些願望無法實現，只是自己在自我設限，只要再加把勁，一定就會成功；他坐在地板上自我檢討，接著想起，他今晚在廚房吃飯的時候，聽見父親吩咐外籍看護，「過幾天我有飯局，要到午夜才能回來，那天不用準備我的晚餐。」

外籍看護每晚十點前就會服侍母親就寢，那晚肯定也不例外。而且那天補習班沒課。很好。他對自己點點頭：父親返家之前，還有足夠的時間。

【三】在這城聖人難以生存

當你只是個離家走在街上的孩子時，很難當個聖人

——〈It's Hard To Be A Saint In The City〉by Bruce Springsteen

I.

睜開眼睛，我伸手撈來放在床頭的手機，撳亮螢幕，時間剛過中午。

我點了幾下，叫出凌晨翻拍的柔伊照片，先傳給老闆，同時麻煩老闆聯絡「Shining」，問問有沒有人對柔伊有印象；再傳給金毛和猩猩，請他們向在其他夜店工作的朋友打聽，問問有沒有人最近見過柔伊。

阿剛說柔伊喜歡去夜店。柔伊最後刷卡的地點是「Shining」，雖然那已經是一年前的事，不過柔伊可能仍持續到「Shining」光顧，只是改成付現；請老闆出馬詢問，最直接省事。

柔伊長得很漂亮，如果常在這城的夜店出沒，就可能有人記得見過她。金毛和猩猩有幾個在其他夜店工作的朋友，說不定會其中某人會認得出來。

我想起去年尋找玻玻的過程。

找資料的方法我很熟悉，先看到幾個起點，延伸出連結到下一個點的線，慢慢地就能畫出平面，勾勒出整體樣貌；尋人的方法也有點像，只是點與點之間的可能性變得更多、更複雜——因為循線追蹤到的每個人，為我指出的下一個方向，都可能帶著他們自己的算計。

關於柔伊，我現在有的起點資料很少，只能把問題像小石頭一樣到處亂扔，聽聽哪些方向傳來回音，再每個都試試能否有向真相前進的可能。有的回音淺短，有的深沉，但不真的去瞧瞧，就不能確定那裡究竟有什麼線索，不真的去接觸連結在線索彼端的那些人，就不能確定下一步到底應該朝哪些可能想像。

猩猩回了訊息，說他可以幫忙，還問柔伊有沒有其他特徵。

高大粗壯體型像摔角選手的猩猩，其實心腸很軟，做事也仔細。

「她是混血兒，所以看起來有點像東南亞來的；」我想了想，多打了一句，「右邊耳朵有十一個耳洞。」

「一有消息就告訴你。」猩猩回覆。

金毛回了訊息，除了說會幫忙，也誇柔伊長得漂亮。

「所以你沒見過？」我想到金毛身旁有無數個女伴來來去去，趕忙按出訊息。

「沒有。不然我一定記得。」金毛回得很快，句末加了一個賊笑的表情符號。

金毛五官立體，大眼劍眉，比那些一線偶像明星還像明星，但不知女孩們是受不了金毛混亂的男女關係還是受不了金毛被外表掩蓋的壞脾氣，所以雖然他身邊的女伴非常多，但沒有一個留得住。

不過金毛從不覺得自己需要改變，「開心就在一起，不開心幹嘛勉強？」他曾經這麼對我說。

「你知道城裡哪些地方是算命占卜之類服務的熱門地點？」我繼續鍵入訊息，「最好是沒被媒體報導過、但女生之間會私下流傳的那種。」如果是媒體報導過的，我自己查就可以了。

「聽過的很多，現在一個都想不起來。」金毛馬上彈回訊息，「我再幫你問問。」

「這孩子我沒印象，」老闆收到訊息後打了電話過來，「找她做什麼？」

我說我在幫人找失聯的妹妹。「我打電話幫你問問『Shining』的幾個經理，也請他們問問店裡的工作人員，」老闆的聲音帶著關切，也帶著疑惑，「上回我要你找玻玻，你推三阻四說沒經驗，現在反倒打算轉行當全職偵探嗎？」

「不。」

「別又莫名其妙惹上警察啊。」老闆掛掉電話前叮嚀了一句。

我也不想遇上警察啊。

2.

雖然我不想遇上警察，但警察很想遇上我。

我離開地下室，打算出門找食物填肚子，看到陽光的同時，也看到站在夜店門口的老八。

四目相對，根本沒法子裝傻偷偷溜走。

連著三天一睡醒就見到老八，感覺很像鞋底踩到什麼髒東西，雖然努力刷洗乾淨了，但一穿上鞋就又聞到那股討厭的味道。

「你出現的時機正好，」老八快步走過來，「我正打算撥電話給你。」

一點都不好。

「上車，」老八對我說，「到局裡去一趟。」

我搖搖頭。昨天因為想幫忙所以跟老八到警局，結果根本是自投羅網去迎接高音穿刺耳膜的戰慄經驗。我才不要再被設計一次。

「那到便利商店坐一下？」老八沒勉強我，「有東西要你看看。」

我又搖搖頭。便利商店的咖啡味道已經不怎麼樣，再加上一個把我當成嫌犯的警察就更糟糕。我的一天不想如此開始。

「很大牌嘛？」老八笑笑，「沒關係，你得意不了太久了。我有了新證據。」

我根本什麼都沒做，你會有什麼證據？別想誆我；我在心裡哼了一聲：真的有什麼了不起的證據就會直接來逮捕我了啦。

「首先，」老八不管我有沒有反應，自顧自地道，「我接到匿名檢舉電話，檢舉人指稱在三月二十四號的凌晨，聽見隔壁公寓有女子呼救及毆打的聲音，聲音停止後，檢舉人偷偷看到一個戴著墨鏡和口罩的人離開。檢舉人原來不想多管閒事，但後來看到新聞，認為這件事與阿嘉莎的案件有關，所以才打電話到警局；檢舉人提供的地址，的確就在你發現阿嘉莎的那個街區。」

戴著墨鏡和口罩的人？我皺了皺眉。

「是不是有點心虛了啊？」老八看起來很得意，「接到電話後，我查了附近的監視畫面，沒什麼收獲，卻意外在另一段錄影畫面裡，發現了這個施暴者。你看看，」老八從口袋裡摸出一張摺疊起來的A4紙，在我眼前攤開，「上頭這個人，是不是很眼熟啊？」

A4紙上是一張電腦列印出來的模糊照片，許多人擠在一起，其中的確有個戴著墨鏡和口罩的男子。

我知道這張照片是在哪裡拍的。照片裡的男子就是我。

「你認得出來吧？這是行政大樓外側的錄影畫面，」老八用食指彈彈A4紙，「時間是三月二十三號的半夜。你看看，一模一樣的墨鏡，這個人絕對是你。」

這張照片很不清楚，同款式的墨鏡也不能代表什麼；我知道老八雖然講得絕對，但沒有十足把握，所以繼續閉緊嘴巴。

「依我的推測，你在三月二十三晚上參加了行政大樓的抗議行動，說不定還是那些衝進行政大樓的暴民之一咧。」老八把A4紙收進口袋，「你離開抗議現場後，可能是和阿嘉莎發生爭執，也可能就是手癢犯賤，所以把阿嘉莎打了一頓，沒想到自己下手過重，等到發現狀況不對，才急急忙忙地把她送到醫院。」

老八應該很清楚，阿嘉莎不是在送醫前剛剛被打傷的。況且，「有人聽到阿嘉莎呼救」和「阿嘉莎被下藥」這兩件事互相矛盾，老八不可能沒有發現。不管是不是真的有人打電話檢舉，這番話和他在警局的安排一樣，都不是事實，只是想要看看我有什麼反應。

「沒有話要說嗎？」老八揚起一邊眉毛看著我，「趕流行去抗議現場，但又戴著墨鏡口罩，深怕被人認出來；打女人打得那麼狠，但又不敢承認。我想你那天半夜就離開行政大樓，應該是看到有警力集結、擔心我們弟兄攻堅吧？你真的很孬。」

激將法對我無效。

為了不想給老闆惹麻煩所以戴了口罩，沒想到反而成了被認出來的特徵，失算；但因為整張臉被墨鏡和口罩分別遮蓋，所以老八也沒法子確認，這倒不壞。

「這不是你第一次這麼做了對吧？」老八哼了哼，「會打女人的都是慣犯。你還對其他女人下過手吧？你也把她們送到醫院？還是乾脆打死了事？」

所以馬頭人可能也虐打過其他女性？我保持面無表情。

「待在城裡，不要亂跑；」老八指著我的鼻子，「我隨時會找你。」

老八把我搞得很煩。但我沒打算跑。

或許我不該理會阿嘉莎的求救，如此一來這幾天根本不用忍受老八；或許我不該抱著阿嘉莎衝到醫院，這個舉動可能加劇她的內出血問題。但真正該為我的麻煩和阿嘉莎的死亡負責的，是那個虐打她的凶手。

我不想當偵探。不過我要把他找出來。

3.

「你要問宋家的地址？？？」阿狗的訊息充滿問號，「要做什麼？？？」

老八離開之後，我到夜店附近的小餐館去吃麵，邊吃邊發訊息給阿狗。如果想要自己調查阿嘉莎究竟遇上什麼事，宋家是個理所當然的起點。我不可能去問老八，老八也不可能告訴我，我想起阿狗訪問過宋氏夫妻，所以發訊息問他。

「一直被當成嫌犯不是辦法，」我鍵入訊息，「所以我想自己也應該試著查清楚，免得老八成天來找我。」

「自己查？？？」阿狗看來很喜歡問號，「你上回沒告訴我在哪裡高就，難道你是個偵探？？？」

我還沒回覆，阿狗的下一則訊息已經在螢幕上出現，「說起來上回遊民的那件事，你就曾經提供給我一些沒人知道的資料，所以你真的是個偵探？？？但是話說回來，就算你是偵探，也不會吃飽閒閒去找和那起事件有關的資料才對啊？？？」

這和我閱讀記憶的能力以及與那群遊民的交情有關，不過解釋起來太麻煩，如果真的講出自己的異能，阿狗八成會覺得我在胡說八道。我一面喝湯一面想該怎麼講比較簡單可信，阿狗的訊息又來了。

「你不想講也沒有關係，我會發揮記者本色持續追蹤；」阿狗放了個哈哈大笑的表情符號，「我最喜歡挑戰難搞的訪問者了！」

阿狗雖然回覆得很快，但完全沒講到重點，我把詢問宋家地址那段訊息複製貼上，重新發送了一次。

「啊啊只顧著要問你問題，結果忘了給你答案。」阿狗傳回訊息，「宋家的地址我有，不過你問地址，大概是打算要登門拜訪吧？？？老八告訴宋家夫妻，說你是送阿嘉莎去醫院的人，可能就是凶手，結果宋太太對你發飆；你現在自己跑去他們家，他們可能好好和你談嗎？？？」

這件事我考慮過了。我用指尖點著螢幕，「我會找朋友幫忙，但要請你先通知他們，說我們是你的同事；向他們解釋，我那晚本來在行政大樓採訪，收工後路過那一區正好遇上阿嘉莎求救，絕對不是凶手。」

「你不告訴我你的職業，但打算冒充成我的同事？？？」阿狗這次隔了一會兒才回訊，「沒關係，你幫過我，我對這樁案子也好奇，就幫你這個忙吧。」

宋家的地址出現在對話框裡，我在螢幕上鍵入「謝謝」，正要發送，忽然想起另一件事，「你知道女生常去城裡的哪些地方算命嗎？」

「不知道，我來問問同事，應該有人很喜歡這類神神鬼鬼的東西。」阿狗繼續濫用問號，「你問這個做什麼？？？」

「我在幫忙找人，」我把柔伊的照片傳給他，「如果你有同行見過這個女生，請告訴我，她失蹤了，家人很著急；如果你從警方那裡聽說了相關訊息，也請告知，我會敬奉薄酬。」

「敬奉薄酬是什麼時代的用語啊？？？」阿狗這回問號和大笑的表情符號齊發，「對了，當記者要多說話，你辦得到嗎？？？」

我只是不喜歡講話，不是沒辦法說話，況且我剛提過會找人幫忙，根本不用自己開口。我決定不理會這句，直接回訊問他，「你為什麼打那麼多問號？」

「這有什麼好問的？？？」阿狗回覆得理直氣壯，「我是個記者啊！」

4.

宋先生開門的時候，臉上的表情充滿歉意，沒有半點訝異。

看來阿狗在我到宋家之前的這段時間，已經快快地與宋家通過電話，轉述了我編出來的藉口，宋先生也接受了這套說詞。

安帛站在我身旁，向宋先生點點頭，「打擾了。」

決定登門拜訪時，我除了需要一個聽起來順理成章的身分，最好還能找一個看起來和善、沒有威脅感、口齒清晰，明白我的處境也願意幫忙的人同行，一來可以緩和氣氛，二來可以幫我發問。

所以我發了簡訊給安帛。

安帛爽快答應，迅速地出門找我，還和我預擬打算提出的問題。

「真是不好意思，我是說在警局的時候。」宋先生把我們迎進門，彎下腰從鞋櫃裡拿出兩雙室內拖鞋，「我總是告訴我太太，任何事情都不要太急著下定論，不過，咳，她的個性就是這樣。真是不好意思啊。」

我搖搖頭，換上拖鞋，隨他走進客廳。

宋家的客廳不大，家具倒都不小，霸占整面牆的酒櫃裡擺著軒尼詩和皇家禮炮，還有幾支麥卡倫，沒看到波莫。酒櫃中央挖出來的空間塞著五十五吋的液晶電視，對面是很氣派的仿古木椅，上頭鋪著厚厚的沙發墊和靠墊；沙發兩側放著同款式的仿古矮凳，凳上擺著看起來毫無實用價值也不確定年代的巨型青瓷花瓶。目測起來，沙發和電視之間最遠的距離大約只有兩公尺，這麼近看大螢幕，宋家人的眼睛可能長期飽受折磨。

「地方有點小，真是不好意思；」宋先生領我們走向沙發，「房子才三十坪，但我太太總說我們做生意的門面要好看，不然客人到家裡來就沒面子，所以選的家具都是這種尺寸。」

聽起來宋先生自己也覺得彆扭吧。

「謝謝。」安帛和我在沙發上落坐，她的腿挨著我的，我一時有點分神。

「阿嘉莎不在，家裡有點亂，真是不好意思。喝茶嗎？」宋先生收走桌上的報紙雜誌和廣告傳單，「等等我來準備一下。」

阿嘉莎除了當看護之外，也要負責維持室內整潔？我再度搖頭，安帛從隨身肩包裡掏出記事本和原子筆，要冒充記者，總得有個記者的樣子。阿狗向我提過，宋氏夫妻一起經營一家小公司，家裡還有一個唸大學的兒子和宋先生的母親；加上阿嘉莎，這家子就有六口人，屋子裡的家具這麼占地方，住起來不會太擠嗎？

宋太太從內室出來，我們向她問好，她點了點頭，沒有流露出看到仇敵的眼光，不過也沒有不好意思的樣子。

這對夫妻的個性差異真大。

「和阿嘉莎有關的事，我們都對警察和你同事說過了；」雖然我剛婉謝了宋先生，但他還是倒來兩杯開水，才和宋太太一起坐下，「那天真是不好意思。」

「那天的事我聽他說了，我們知道宋太太很關心阿嘉莎，他不會在意啦。」安帛拍拍我的前臂，我覺得前臂肌肉瞬間繃緊又瞬間放鬆。「他是協助阿嘉莎送醫的人，阿嘉莎去世了，我們覺得自己應該盡點媒體工作者的力量。」

「對啦，昨天那個記者只問完家裡的狀況，我們就被帶去找刑警了，根本不知道這位也是記者呀，當然就誤會了嘛。」宋太太開口，我心裡小小一驚，因為她講話的音頻很普通，和在警局罵我時那種能震碎玻璃的高音相去甚遠。

「是，訪問二位的同事向我提過，府上還有宋先生的母親與二位的兒子；」安帛順著宋太太的話發問，「大家都住在這裡嗎？」

「當然不是呀，怎麼擠得下？」宋太太的表情像是看到一個對居住空間毫無概念的呆子。「我兒子本來和我們一起住沒錯，不過去年考上大學後，就堅持要在外頭租房子，已經搬出去大半年了；阿嘉莎是雇來照顧我婆婆的，所以和我婆婆一起住在對門。」

這棟大樓的每一層有四個居住單位，照宋太太的說法，對門那一戶也是他們的。

「你同事說你去抗議現場採訪對吧？所以那天晚上才會遇到阿嘉莎？」宋太太忽然對我發問，「那你說不定見過我兒子？他最近老是跑去靜坐，我好擔心他出事啊，他本來很乖的啊，一定是上大學交了壞朋友了，現在什麼亂七八糟的學生都能考上大學嘛。等等我拿他的照片給你看，你到現場去勸勸他，當學生就好好讀書，沒事去抗議什麼？」

不會有人沒事想去抗議的；不過，如果靜坐抗議就可能會在三更半夜被警察打得滿臉是血，那宋太太的確需要擔心——只是我搞不大清楚：宋太太是擔心兒子被她口中的壞朋友拐上街？還是擔心兒子被人民褓姆打破頭？話說回來，宋太太發號施令的態度實在太自然了，或許她才是公司的老闆？

5.

「請談談三月二十三號那天的狀況吧。」安帛把話題拉回來。

「就我媽的說法，那天晚上她上床睡覺的時候，阿嘉莎還在；」宋先生想了想，「我媽半夜醒來，發現阿嘉莎不在，不過沒有通知我們。到了隔天早上，阿嘉莎本來應該幫我們準備早飯，但是沒有出現，我們才知道這件事。」

「那天早上我到對門去，發現桌上擺了外面賣的早餐，還以為是阿嘉莎去買回來的；」宋太太接話，鼻孔噴氣，「結果我婆婆說那是她早起去買的，還說這本來該是我的工作、當媳婦的怎麼可以睡得那麼晚什麼什麼的，總之把我唸了一頓。」

「早餐和晚餐本來都是阿嘉莎在我媽那裡做，」宋先生解釋，「然後我們過去一起吃。」

「做飯？」我皺眉。

雖然在警局已經聽過我的聲音，但我忽然開口，宋太太看起來還是嚇了一跳；安帛替我補充，「阿嘉莎的工作是照顧妳的婆婆吧？她也要負責府上的早晚餐？」

「我兒子還在唸高中的時候，晚上補習回來，阿嘉莎也會替他準備宵夜；」宋太太吸吸鼻子，「她是個很盡責的孩子。」

「阿嘉莎幫我媽準備餐點的時候就順便替其他人做了，這不是什麼額外的工作。」宋先生看出我的疑惑，「我問過其他請外傭的朋友，大家都一樣，我們不是惡質的雇主啦。」

「當然不是，我們對阿嘉莎很好，把她當女兒一樣照顧；」宋太太附和，「她出事前沒多久說弄丟了手機，我二話不說，就把自己的舊手機送她了咧。」

應徵的職務是長者看護，但看起來阿嘉莎的日常工作除了準備長者三餐之外，也要負責雇主一家的飯食，甚至還得整理住家環境，這怎麼想都超出原有職務的工作範圍。宋氏夫妻顯然不覺得這樣做有什麼不對，或許如宋先生說的，每戶聘請外籍人士的家庭，都有一樣的情形。

宋太太繼續描述阿嘉莎的乖巧以及自己對阿嘉莎的種種愛護，包括本來宋太太與婆婆之間處得並不和睦，但阿嘉莎到家裡工作後成了極佳的緩衝，宋先生的母親不但對阿嘉莎讚譽有加，與宋太太之間的磨擦也因此大為減少。宋先生則在宋太太偶爾暫停的時候插話補充，說阿嘉莎是他們請的第一個外籍看護，阿嘉莎的滯留期滿、得依法回國之後，他們在同一個仲介的推薦下改聘印尼籍看護，雖然也算稱職，但宋先生的母親覺得印籍看護不夠伶俐；所以合約時間還沒到，他們又請仲介協助，重新把阿嘉莎找回來。

「而且那個印尼的長得很黑，」宋太太抱怨，「她做的菜我總覺得髒髒的。」

聽到宋太太這句明顯歧視但毫無自覺的發言，我忍著沒有皺眉。這種以貌取人的心態合理地解釋了為什麼老八一暗示我是凶手，宋太太馬上就對我破口大罵的原因。

阿嘉莎三月二十三號晚上離開宋家，三月二十四號凌晨一點左右遇上我。在這幾個小時裡，她遇上了那個馬頭人，被囚禁毆打，然後逃了出來。

是馬頭人把阿嘉莎約出去的嗎？或者阿嘉莎出門辦事，但在某個時點被馬頭人擄走施暴？或者阿嘉莎本來是要去見另一個人？

所以，最根柢的問題是：阿嘉莎那晚為什麼要出門？

6.

大概是話說太多嘴巴發乾，宋太太起身去向廚房。

「阿嘉莎有男朋友嗎？」安帛問宋先生。

「我不知道，真不好意思；」宋先生道，「我太太比較常和阿嘉莎接觸，我自己經營公司，常常在辦公室待到很晚才回來。」

「沒有啦，怎麼會有男朋友？」宋太太走回來，手裡果然拿著一杯水，不過沒有順便也幫宋先生倒一杯。「阿嘉莎老是說，她是來這城工作的，不是來玩的，怎麼會浪費時間去交男朋友？再說我也不准她交男朋友啦，就像管自己的女兒一樣嘛；你看看那些外籍勞工和幫傭一放假就混在一起，我們家阿嘉莎被帶壞了怎麼辦？我都盡量把她的休假日錯開，免得她接觸到壞人，還會帶她出席我們的餐會，每次阿嘉莎都很高興。」

我和安帛對望一眼，我覺得安帛很想對這番話做出嫌惡表情，因為我也一樣。

三月二十四日中午，阿嘉莎仍然沒有回到宋家，她的手機不通，也沒有任何聯絡。宋先生的母親開始擔心，打電話找不到阿嘉莎後，通知了在公司上班的宋氏夫妻。

接到電話，宋太太先行返家，檢查家裡的財物。

「其實早上發現阿嘉莎不在時，我就檢查過對門有沒有少什麼東西，我婆婆還說阿嘉莎工作盡心盡力，我居然這麼不信任人家，但我這個人就是很仔細嘛！」宋太太翻翻白眼，「中午回家後，我開始檢查我們家裡的狀況；我婆婆年紀大了，又都待在對門，如果阿嘉莎曾經回這裡帶走東西，她也不會知道。」

存摺、首飾都放在原來的地方，沒人動過。

阿嘉莎的房間看起來也沒有異樣，大型行李箱和衣服都仍整整齊齊地收在櫃子裡。

知道阿嘉莎沒有偷竊任何財物，宋太太覺得放心不少；但想到阿嘉莎什麼都沒帶就失去蹤影，宋太太又開始擔心。她聯絡了宋先生，宋先生馬上通知仲介公司，也向警局報案。

當天傍晚，宋先生接到警局的電話。

「我本來以為警察找到阿嘉莎了，」宋先生搖著頭，「但打電話來的警察沒有明說，只說有刑警要登門拜訪。」

宋先生火速回家，把刑警要來的事告訴妻子，兩人不安地等待，不知道為什麼失蹤案會由刑警出面。宋先生認為阿嘉莎一定出事了，宋太太一面附和，一面又懷疑阿嘉莎說不定有他們不清楚的麻煩背景；夫妻倆還沒討論出什麼結果，老八已經抵達門外按下門鈴。

老八對宋氏夫妻說，那天凌晨有人將一名外籍女子送醫，但經急救無效，該名女子在接近中午時死亡。外籍女子身上只穿著貼身衣物，沒有身分證件；到了那天下午，老八從通報失蹤的紀錄裡發現宋先生中午報過案，於是找他們確認。

「聽到刑警說那個外籍女生已經死掉了，我好緊張；」宋太太握著拳頭，「以為刑警要帶我們去認屍，就像電視劇裡演的那樣，進停屍間，等法醫掀開白布讓我們看死人的臉，光用想的就好可怕啊！」

現實生活裡的確認程序真的是這樣嗎？

「結果刑警沒帶我們去停屍間，而是帶來照片給我們看；我才瞄了一眼就差點尖叫，實在打得太慘了！」宋太太的表情心有餘悸，講話有點喘，「幸虧我老公膽子大，仔細地看完了每張照片。」

宋先生確認，照片裡的外籍女子就是阿嘉莎。

7.

我在心裡排列事情發生的順序。

阿嘉莎在三月二十四號中午去世，老八查了勤務中心的紀錄，從凌晨的報案電話循線找出我的資料，然後把我約到便利商店。與我的談話不歡而散之後，老八回到警局清查失蹤人口的資料，接著在傍晚拜訪宋家。

但是，阿嘉莎身上任何沒有可供識別的證件，老八為什麼會知道她就是宋家的外籍看護？

「太快了。」我對安帛低語，安帛點點頭，停下筆，向宋家夫妻提出疑問，「警局受理的失蹤案件一定不止這一件，刑警為什麼會那麼快就到府上來？」

「這件事我倒沒想過……」宋先生思索了一下，自顧自地點點頭，「不過刑警向我們提過，在急救過程當中，阿嘉莎曾經清醒過一次，時間很短。」

在那個短暫清醒的剎那裡，阿嘉莎只說了自己的名字，以及「宋先生」三個字。

老八檢查失蹤人口資料時，注意到宋先生的姓名，再發現他報稱家裡外籍看護失蹤的時間吻合，於是就先登門拜訪，直接確認了阿嘉莎的身分。

「我當場就哭了。阿嘉莎那麼乖，我那麼保護她，她為什麼還會遇上這種事？」宋太太說著說著，眼中泛淚。

宋先生伸出瘦長的手臂摟了摟妻子的肩頭，「刑警安慰我們，說他已經鎖定了一個嫌犯，要我們隔天去警局一趟，他會讓我們看看嫌犯。」

「刑警說嫌犯看起來就是個幫派分子，臉上很多疤，還刻意戴墨鏡想要掩飾；」宋太太抽抽鼻子，「我說我們不認識這種人啦，但刑警還是要我們去看看，說不定會想起阿嘉莎曾經和嫌犯有過接觸。」

我就是那個嫌犯。

老八安排宋氏夫妻和我見面，一方面是想看看宋氏夫妻能不能認出我來，另一方面也想觀察我的反應。如果我真的認識阿嘉莎、曾經與她有過接觸，那麼面對阿嘉莎雇主的指控，或許會洩露出什麼情緒。

今天老八又來找我，是因為有那通檢舉電話和找到我出現在抗議現場的照片，還是因為我昨天面對宋氏夫妻時的態度仍讓他感到懷疑？

「所以我太太昨天才會有點失態，我們不知道你是記者嘛。」宋先生朝我低了一下頭，「真是不好意思。謝謝你送阿嘉莎去醫院。」

「應該的。很遺憾沒能救她。」雖然熱心助人搞得我連續三天被老八騷擾，但這句話是我的肺腑之言。「哪家仲介？」

「那家公司叫『勞偉會』，偉大的偉，你等等。」宋先生按著手機，叫出通訊錄遞到我們眼前；安帛在筆記本上寫下「勞偉會」三個字以及公司的地址電話。

我對宋先生道，「可以和令堂談談嗎？」

8.

走進對門，一個老太太坐在椅子上，助行拐杖倚在一旁；老太太的眼睛盯著電視螢幕，光線映在臉上，凸顯她緊緊攢在一起的眉心與深深刻著皺紋的額頭。

「媽，」宋先生對老太太恭敬地道，「這兩位是記者，想和您談談阿嘉莎。」

「您好。」安帛向老太太打招呼。

老太太擡起眼，看看我們，點點頭，表情充滿懷疑。

「這位先生也是那天凌晨把阿嘉莎送到醫院的人。」宋先生幫我補充。

「這樣啊，請坐。」老太太的神情放鬆下來，轉頭對宋太太道，「幫客人倒杯茶呀，阿嘉莎不在，妳就什麼都不會做了嗎？」

我們一面坐下一面搖手，宋太太開口想說什麼，又閉上嘴巴。

「謝謝你幫忙阿嘉莎，」老太太朝我淺淺低頭，「你住在那一帶嗎？」

「我去抗議現場採訪，那時剛交班。」我搬出原來盤算好的藉口。

「難怪，我們就需要有你這種認真的記者。」老太太下巴一擡，「我一直在注意新聞，這些孩子很不簡單。」

我回頭，看見電視螢幕上的即時新聞畫面。

「過獎。」我根本不是記者，這誇獎真是受之有愧；安帛幫我接話，「這是我們的本分。我們雖然幫了一點忙，但是面對這樣的結果，我們想再多出點力，協助找出凶手。」

「警察來問過問題了。」宋老太太道，「你們想知道什麼？」

「阿嘉莎從前曾經沒有告假就在晚上出門嗎？」安帛問。

「從來沒有。」宋老太太答得斬釘截鐵，「阿嘉莎很守規矩，晚上要出門一定會告訴我。」

「所以阿嘉莎從前也曾經晚上出門？」安帛聽出弦外之音。

「對。」宋老太太答。

「居然沒告訴我？」宋太太叫了起來，「媽，妳怎麼可以這樣？」

「阿嘉莎也是個人，有自己的生活，妳成天把她控制得死死的，像話嗎？」宋老太太瞪了媳婦一眼，「她出去找朋友聊聊，有什麼不可以？」

「三月二十三號晚上，她也說要去找朋友？」安帛趁宋太太開口反駁前追問。

「對。我睡得早，大概九點左右。那天阿嘉莎扶我上床後，說要出門找朋友。我半夜醒來沒看到她，以為她只是和朋友聊開了，所以沒有通知兒子。唉，」宋老太太嘆了口氣，「其實隔天早上沒看到她的時候，我還以為她整晚和朋友在一起，聊得忘了時間。沒想到……」

所以阿嘉莎離開宋家的時間是晚上九點左右。我在心裡記下，安帛續道，「您知道阿嘉莎的朋友是誰嗎？」

宋老太太搖搖頭，「她沒提過，我也不會主動問這種私事。不過這個朋友可能是最近才認識的，因為她這一、兩個月才開始會在晚上出門。我本來以為她交男朋友了，所以徹夜未歸時，還替她覺得開心，唉。」

這個朋友是馬頭人嗎？宋老太太既然不知道，或許阿嘉莎的房間會有答案。

「可以看看她的房間嗎？」我站起來。

阿嘉莎的房間陳設簡單，櫃內衣飾樸素。

「她的東西都還在，」宋太太跟在我身後，「警察也來看過，沒什麼特別的，只找到一本筆記本。」

「我本來以為她有寫日記的習慣，」宋老太太站在門邊，「不過有回阿嘉莎告訴我，那些都是日常生活的零碎感想，她記下來是想要當成小說題材。」

原來阿嘉莎想要當作家？安帛問，「警察在筆記本裡有找到什麼線索嗎？」

「就像我媽說的，筆記本裡都是些無關緊要的小事，」宋先生陪在母親身邊，「不過刑警後來通知我，說他們在最後幾頁找到一個名字，叫『Agnes』，還有手機號碼，但他們撥打之後發現手機不通。刑警說這可能是阿嘉莎的朋友，叮囑我們說如果這個人有聯絡就通知他。」

「我們也打過那個號碼，」宋太太道，「一樣打不通。」

「請把號碼告訴我們。」安帛掏出紙筆。

9.

離開宋家，我才想起宋太太忘了把她兒子的照片給我。

這事不重要，我想。

但我也忘了問阿嘉莎的後事會怎麼處理？有什麼行政程序？仲介或警方會通知阿嘉莎在故鄉的親友嗎？

這事很重要。但我幫不上忙。

在網路上看到阿嘉莎死亡的新聞時，我正在聽莫里森的〈抵達夢土通知我〉。這城對阿嘉莎而言，是她心目中的夢土嗎？現在阿嘉莎去世了，該通知誰呢？

我向宋老太太告辭的時候，宋老太太伸手抓著我的手臂，「找出凶手。」

老太太的手指，出乎意料地充滿力量。

安帛晚上有班，一走出宋家，就說得回家準備；我有點失望，也有點寬心，因為我想去唱片行，剛剛一直在猶豫該不該開口約她。

一陣子沒來，西區的這家老唱片行看起來一樣暗暗舊舊，像個外觀毫不張揚的藏寶密室。密室沒讓我失望。我在架上找到范·莫里森的專輯《他的樂隊和街頭合唱團》，拿到櫃檯結帳。排在我前面的先生抱著一落古典唱片，正在和店員聊藝術歌曲。

我想起一件事。

「久等了。」店員替古典唱片先生結完帳，擡臉喚我。

我一面掏皮夾，一面請教店員，用我粗嘎的嗓音哼出阿嘉莎記憶裡那段迴盪在視聽室的旋律。

「你的聲音好特別，不過音準不錯。」店員聽完我哼的曲調，提出專業的講評，「這應該是舒伯特的敘事曲〈魔王〉。」

我聽說過〈魔王〉。雖然對旋律沒有印象，但我知道這首曲子的歌詞出自德國文豪歌德之手。北歐神話裡有個故事，提及一個父親帶著生病的孩子，在黑夜策馬經過樹林。棲在樹林裡的妖精之王出聲誘惑孩子，要孩子留下，孩子害怕地向父親求救，但父親看不見妖精之王，以為只是孩子怕黑；直到孩子大喊，父親才覺得不對，快馬加鞭地衝出樹林，返家後卻發現懷中的孩子已然沒有氣息。

歌德聽了這個故事，把它改寫成詩，命名為〈魔王〉。當時年僅十八歲的舒伯特聽見朋友朗誦這首詩，靈思泉湧，振筆譜了曲子。

「你知道這個故事，但沒聽過這首曲子？」店員很好奇，轉身檢查釘在櫃檯後頭牆面上的唱片櫃，「等等，我記得這裡有……」

我腦子裡雜亂的資料多得很，搞不清楚這故事是什麼時候讀到的。

「找到了。」店員翻出一張唱片，放進播放機，「你聽看看。」

鋼琴伴奏緊張地響起。我在心裡吸了一口氣。

的確是這首歌。

「我們店裡進過很多個版本的〈魔王〉，所以你一哼我就想起來了；」店員對我道，「有個常客很喜歡這首敘事曲，我們找得到的版本他大概都買了。前陣子他還來問我有沒有詹金斯演唱這首歌的錄音，連詹金斯的版本都想聽？實在很扯。」

「詹金斯？」這個名字我沒什麼印象。

「佛羅倫絲．福斯特．詹金斯。」店員解釋，「二十世紀初葉的女高音。」

「名家？」我問。

店員笑了，「的確很有名，但不是因為她唱得很好，而是因為她唱得很差。有興趣的話可以聽聽看她唱莫札特《魔笛》裡的詠嘆調〈夜后〉，聽起來像是氣喘病發作的火雞。」

這麼誇張？那怎麼還能出唱片？

「那是一種奇觀嘛。」店員聳聳肩，「她在當年還蠻有名的。留下的錄音不多，後來分成三張ＣＤ，裡頭沒有收錄〈魔王〉。那個常客告訴我，聽說國外樂迷幾年前曾在一批舊錄音裡找到詹金斯唱的〈魔王〉，做過小量發行，請我幫忙找。他大概聽過太多版本的〈魔王〉了，所以有點獵奇心態吧。你要不要聽聽她唱的〈夜后〉？」

我點點頭。

店員轉頭瞟了一眼唱片櫃，一伸手準確地抽出一張，彷彿伸著長喙俯衝入水又倏地叼著小魚回到空中的魚狗。〈魔王〉的旋律停止，〈夜后〉的前奏開始，過了一會兒，一個音準完全不對的女聲加入。

我皺起眉頭。

「很妙吧？」店員看著我的表情，露出微笑，「有時我在打烊後會自己在店裡聽，十分舒壓。」詹金斯的高音完全沒頂到位置，聽起來很令人擔心她會在一口氣換不上來的瞬間窒息倒地。

「你提到這個，倒是讓我想起一個沒做完的案子，」店員手指在櫃檯上敲著拍子，感覺真的樂在其中，「之前我想設計個詹金斯版的〈魔王〉唱片封面，結果一忙就擱下了，今天晚上把它做出來好了。」

「封面？」我揚起眉。

「個人興趣。」店長點點頭，打開名片夾拿出一張小卡遞過來，「我會替一些不存在的唱片做封面設計，網路上找得到；卡片上有網址，有興趣來看看。」

10.

〈魔王〉急急的鋼琴聲從耳機竄出，像馬蹄敲著我的鼓膜。

唱片行店員口中的常客沒有留下任何資料，店員也不知道常客的姓名住址。我本來想問常客有沒有刷卡紀錄，但找不到什麼好藉口。

除了替安帛買的范．莫里森專輯之外，我也買下店員推薦的〈魔王〉。

在回住處的途中，我試著撥打「Agnes」的手機號碼，和宋太太的實驗結果一樣，不通。

「Agnes」，阿妮絲，這是個女性聖徒的名字，在希臘文裡代表「貞潔、高雅」。她是阿嘉莎的朋友？還是阿嘉莎打算寫的小說角色？如果是後者，那這是誰的手機號碼？

阿嘉莎其實也是女性聖徒的名字，意思是「神」。

那麼，殺死阿嘉莎的馬頭人，其實是惡魔？

回到住處，我本來打算聽《他的樂隊和街頭合唱團》，正要撕開膠膜時轉念一想：既然安帛覺得莫里森的音樂合她胃口，那就把專輯送給她吧。

我放下莫里森，改拆唱片行店員推薦、收錄〈魔王〉的聲樂專輯，一面把CD塞進播放機，一面發訊息給酒保和阿狗。

酒保的第一封回訊，說我剛發訊請她查的是個預付卡門號，沒有用戶資料。這代表我沒法子從手機號碼找出阿妮絲的身分。第二封回訊提醒我：這次的查詢費用會從阿剛的那疊鈔票裡扣。

阿狗回訊表示沒聽說警方在阿嘉莎的案子裡找過名為「阿妮絲」的任何關係人，不過會替我留意。

演唱〈魔王〉的男聲吟詠著恐怖的故事，我聽著鋼琴伴奏，發現這首曲子雖然只有一個人演唱，但分別代表說書人、父親、孩子以及魔王四個角色。

那麼，那匹馬呢？

馬在黑夜裡馱著父子狂奔，牠有沒有聽見魔王的低語？

我揿下停止鍵，切斷彷彿在喘息的鋼琴急奏。

網路上最多人關注的新聞仍是抗議活動的相關消息。這場活動持續了一個多禮拜，已經成為參與者數量龐大的公民運動，但政府當局發出的聲明仍然只在一味迴避問題。

幾則提及暴力驅離的新聞裡，都附了那張警察高舉警棍打人的照片——這個警察最近在媒體上曝光的頻率超越過往所有到訪這城的世界級巨星，照說只要他一在公眾場合出現，馬上會被尖叫的群眾認出來，可是警方的說法還是沒變：查無此人，謝謝指教。

除了這場運動的相關新聞之外，點閱率排行榜上還有一則社會新聞。

河濱公園旁的河道，正在進行清除淤泥的工程；今天上午施工的時候，工人從河底撈起三個黑色的大型垃圾袋，每個垃圾袋裡，都有一具女性屍體。

新聞裡沒有詳述屍體的狀況，但寫道「疑似外籍女子」。

「這不是你第一次這麼做了對吧？」老八今天這麼對我說過。

那三具屍體和阿嘉莎一定有什麼相似點，所以老八認為我也與她們有關。

這是除了監視錄影畫面之外，老八今天又來找我的主要原因。

我點開另一個瀏覽器分頁，查了一些資料，接著到幾個線上拍賣網站，註冊了新的帳號，登錄了待售品項，特別注明：寄送到府，不用運費，下單後請提供收件地址。

不確定這麼做會不會有我想要的結果。

但我不想再等著老八將根本與我無關的案子扔到我臉上來了。

●

晚上七點半，他吃完晚飯，和在客廳看電視新聞的母親聊了一會兒，叮囑母親早點休息，母親微笑地對外籍看護道，「看我兒子多體貼！」

他回房面對學校作業，沒戴耳機聽音樂，但豎著耳朵注意外頭的動靜。電視機的音量轉弱，他知道這是因為母親不想打擾他用功，不過他仍聽得見新聞主播頻率偏高但內容含糊的唸稿。

八點鐘，電視傳來的聲音變成母親每晚準時收看的連續劇。

九點五分，外籍看護到廚房切水果，端回客廳。過了一會兒，他聽見流理臺傳來水聲，那是外籍看護正在洗碗。

洗碗的聲音持續了十五分鐘，接著是幾分鐘的靜默，然後是倒開水的聲音——外籍看護已經擦完流理臺，準備了開水要讓母親吃藥。過了五分鐘，母親起身，客廳的燈光暗下，母親與外籍看護的低聲對話在兩人進入主臥室之後消失。

十分鐘後，他聽見主臥室房門打開，關上。他想像外籍看護走進主臥室旁小房間的時候，聽見那扇房門輕輕關上的聲音。他看看錶。

九點五十分。和計劃的一樣。

十點整，他站起身來，悄悄開門。

還不到十點五分，他又回到自己房間。

這和計劃的不一樣。

外籍看護聽見他開門的聲音，回頭起身，表情似乎並不訝異。他看得出外籍看護也在等待自己，露出心領神會的笑容走近，左手按上外籍看護的肩頭，右手正要攬過她的腰枝時，卻被外籍看護不發一語地推開。

他皺起眉，向前跨了一步，還沒站穩，外籍看護已經快速地又朝他胸口推了一下。他略略失去平衡，想趁機攫住外籍看護的手，但撈了個空，身子稍稍轉側；外籍看護雙手並用，不停地推擋，力道大得出乎意料。他踉踉蹌蹌地後退，半個身子退出門外，剛伸手拉住門框，外籍看護已經迅速地關上門板。

門板咬進門框的剎那，他險險抽手，但門板硬生生停了，沒再移動。他愣了一下，猛地明白外籍看護不想讓母親被用力關門的聲音吵醒，馬上又舉手推門。但這瞬間的遲疑，已經讓外籍看護順利地把門關上，他的手掌按上門板的時候，正好傳來外籍看護鎖門的聲音。

不該是這樣的。他瞪著門板，微微喘氣。

他先前在腦中模擬的狀況是在摟住外籍看護後直接求歡，外籍看護的反應可能會是：一、和他一樣認為今晚機不可失，應該趁父親不在的時候讓兩人的關係更近一步；或者是：二、抗拒他。

如果外籍看護抗拒的理由是擔心父親或母親責罵，他會保證絕口不向其他人提及；如果外籍看護抗拒的理由是自己守身如玉，他會把看見外籍看護走進父親房間的事拿出來要脅；如果外籍看護擔心兩人歡愛的聲音會吵醒母親，他會把外籍看護帶回他的房間；如果外籍看護擔心安全問題，他會說他已經買了一盒保險套。

無論如何，都不該是現在這種情況：什麼話都還沒講，就已經被鎖在門外。

他回到房間，踱來踱去，一方面因為計畫未能順利執行而無比氣惱，另一方面隱隱擔憂，害怕外籍看護會向父親告狀。說起來父親與外籍看護的關係比他想做的事更有道德問題，但在家裡，父親是唯一的權威，他不確定如果外籍看護真去告狀，父親會怎麼處理。

外頭傳來流浪貓叫春的聲音。很煩。他決定出去走一走，只要在父親返家前回來就好。如果母親醒來發現他不在，他可以說是去便利商店買東西；如果外籍看護發現他出門，那，呿，他何必對下人交待自己的去處？

隔天早上，他走進廚房的時候，父親坐在餐桌一側讀報紙吃稀飯，母親坐在客廳看新聞喝蔬果汁，他向父母親請過安、在父親對面落坐，外籍看護替他盛了稀飯。一如往常，彷彿昨晚什麼都沒發生。他沒擡頭看外籍看護，埋頭吃飯，偶爾偷眼注意父親的表情。

父親的表情沒有透露什麼。

看來外籍看護並未把昨晚的事告訴父親；他在學校時想：說不定外籍看護一時被他的主動嚇著了，把他推出門只是驚慌下的反應。只要外籍看護還留在家裡，他就還有機會，擬出一系列更妥善的計畫，慢慢加溫，等到外籍看護習慣了，就會像溫水裡的青蛙一樣，等著接受他的熱情。

搞不好外籍看護的生理期到了；他在補習班裡忽然靈光一閃：因為外籍看護不好意思明講，所以才會拒絕他。何必這麼見外呢？這很正常嘛。

他走下公車，拐進巷子，經過兩個站在路燈下閒聊的鄰居大嬸，聽到她們提及今早清潔隊員在街邊垃圾箱裡發現一具野貓的屍體，一個大嬸說很噁心，另一個說這幾天她已經被流浪貓吵得很煩，死了比較清靜。

回到家的時候，父親照例坐在客廳裡，但外籍看護不在廚房。餐桌上擺了兩個便利商店的三角飯糰。

他看看飯糰，又看看周圍，發現父親不知什麼時候站在廚房入口。

「你媽今天狀況不好，我把她送到醫院去了，她會先在那裡住一陣子。」父親道。他根本沒想到母親，父親一提，他才注意到主臥室的燈沒亮。外籍看護呢？他還沒想到該怎麼問，父親續道，「我覺得看護不適任，所以把她辭了。這幾天晚餐先將就一下。」

他點點頭，坐了下來，拿起飯糰。

【四】嗎啡姊妹

告訴我，嗎啡姊妹，妳幾時會再來看我？

——〈Sister Morphine〉by Marianne Faithfull

I.

連著幾天都沒什麼新進展。不是沒消息，但幾乎都不是好消息。夜店「Shining」沒人記得柔伊。聽老闆轉述時我雖不意外，但還是有點失望。

金毛告訴我幾個城裡女性之間流行的算命地點，加上我在網路上查到的，一共有將近十個。我一一去問過，還好奇地試著讓這些算命老師替自己占卜。有一個綜合星座和塔羅牌的老師說我最近遇上的麻煩能夠解決，我希望這是真的；有一個看紫微和流年的老師說從我的命盤看起來不該遇上毀容意外，我想老闆替我決定的生辰八字畢竟不是真的。沒有任何一個老師告訴我與柔伊有關的訊息。

我請阿狗留意三具河底女屍的案情發展，但這幾天阿狗都沒和我聯絡。張貼在拍賣網站的待售商品沒有人下標。

老八沒再來找我，這是唯一的好消息。

週六晚上，老闆要我去店裡幫忙。雖然參加公民運動的人數不少，但是來夜店消費的客人還是很多。金毛坐進一部保時捷的駕駛座，駕車離去；其實這棟大樓的地下就是隱蔽的停車場，但沒有客人知道金毛只要拐過街角就能進入地下停車場入口，安妥地把車停好，賺到小費。

這些穿著名牌的客人，會關心立法大樓外頭現在發生什麼事嗎？

猩猩扶著一個腳步虛浮的醉漢走出夜店大門，我揚手幫忙招下計程車。把醉漢塞進計程車後座時，我聽見手機響起。

「這幾天我陸續問到一些河底女屍案的偵辦進度，」電話是阿狗打來的，夜店門口太吵，我避到大樓旁邊的防火巷去聽。「關心這事的媒體不多，警方看起來也暫時不會發新聞稿，我先把手頭有的資料告訴你。」

沒有人去指認河底的三具女屍，失蹤人口的資料庫中也比對不出符合的資料。

屍體被裝在厚實的黑色垃圾袋裡，所以雖有腐爛，但保存尚稱完好，沒有被水中生物啃食。由膚色判斷，這三名女子可能是東南亞裔的外籍人士或者國內的原住民，骨骼形狀也證明了這個推論。

從屍體的狀況推斷，三名女子都是嬌小豐滿的女性，在死亡之前都曾被虐打，其中兩名甚至被打斷了肋骨；她們的下體都有撕裂傷，顯示曾經遭到性侵害。

這些死者的情況，和阿嘉莎十分類似。

其中一名死者的手腕內側有刺青。警方查出，這個刺青屬於一個一年多之前破獲的地下外籍色情仲介集團。

「當時我剛入行半年左右，這個案子半大不小，上頭就丟給我去跟，所以我有印象。」阿狗告訴我，「那個外籍私娼寮專門吸收逾期滯留在這城、或者是因故逃離原來聘雇職務的東南亞女性移工。」

那些外籍女子不想回歸故里、也不想待在原有職場的原因很多，有些當然是自己的問題，例如個性懶散、無心工作等等，但更常見的是在祖國背負債務、家庭失和，或者被這城裡的雇主騷擾虐待。她們被色情集團吸納之後，色情集團為了方便管理、防止她們逃走，除了會以毒品控制之外，還在每個人的手腕內側刺上統一的圖案，將她們視為組織的資產。

她們無處可去、身無恆產，然後被當成待售商品。

而且其中至少有一個人，已經客死異鄉。

另外兩具女性屍體沒有刺青，不過警方發現，和屍體一起裝在垃圾袋裡的衣物品牌並不常見，循線追查的結果，發現這幾個牌子專做廉價成衣，主要的消費族群就是外籍女性勞工。

「記得吧？我對你說過的；」阿狗提醒我，「就是捷運地下街賣的那類衣服，看起來很時髦，不過料子和做工都不好，所以很便宜。」

根據這幾項觀察結果，警方研判這三名女子都是到這城工作的外籍移工。

我皺起眉心。

三名遇害女子的身形都與阿嘉莎相仿，難怪老八把這幾樁命案和我聯想在一起。這城是國內的政治中心、商業重鎮、藝文活動的匯集地點，外籍朋友的海外夢土。而現在，這城有個連續殺人犯。

2.

「除了這些，警方沒找到進一步的資訊，啊，對了，」阿狗似乎正在翻查自己的筆記，「警方還發現其中一具屍體上，有幾根棕色的毛髮。」

我還沒來得及抛出問題，阿狗就已經搶著說出答案，「別想什麼DNA鑑定結果啦，我知道你一定想問這個，大家都看太多美國影集了。DNA鑑定得花時間的，鑑識科的確正在試驗，不過根據我問出來的消息，鑑識科說那幾根毛看起來不是人類毛髮，甚至不是動物毛髮，應該只是化學纖維。當然，就算是化學纖維，他們也會去追查來源，不過我覺得不用抱太大的期望。」

DNA鑑識沒有影集演的那麼快速，這個我知道，不過如果這幾根棕色毛髮不屬於遇害的女子們，就表示這麼重要的證據上頭挖掘不出什麼偵查方向，可惜。

「先後順序？」我想了想，對著手機發問。

「手腕有刺青的那個是第一名死者。」阿狗回答，「法醫研判死亡時間已經超過一年，算起來是前年的年底，或是去年的年初。屍體被扔在河底，法醫不確定水裡的環境變因，雖然垃圾袋某個程度有助於屍體的保存，但是……」

「偵破色情集團的時間？」我打斷阿狗的話。

「啊？呃，」阿狗的聲音愣了一下，「去年一月，年假剛過完的時候。問這個做什麼？」

如果警方破獲外籍色情集團時，第一個死者仍在集團當中，那麼警方應該就留有她的資料，她也可能會因此被安置在警方的管束之下一段時間；就算是她成功逃出警方管控後遇害，警方應該也有她的拘留紀錄。既然警方發現刺青後仍查不出她的身分，表示她在外籍色情集團被查獲前就已經遭人殺害。去年年假剛結束，警方就偵破了外籍色情集團，表示她遇害的時間，應該是前年年底。

我簡單地解釋了這個想法，阿狗大喊，「有道理！說到這個，我想起另一件事。當初我跟完新聞後沒多久，曾聽一個記者前輩說，那個色情集團的規模雖然不算大，但應該與地方黑白道都有點交情，才能在這城做生意，不過那回的案子沒有發現這類牽扯，前輩認為裡頭一定還有隱情，只是沒人發現，或者是被警方內部壓下去了。」

第二名女子死亡的時間約莫是去年年中，六、七月分，第三名則是去年入冬時節，法醫認為大概是十一月。

也就是說，第一名死者與第二名死者遇害的時間大約相隔半年，第二名與第三名也差不多。現在是三月底，如果虐打阿嘉莎的馬頭人就是凶手，推算起來，他行凶的間隔，其實每次都會縮短一些。

這的確符合我對連續殺人者犯案特徵的認知。

我謝過阿狗，掛了電話，回到夜店門口，看到猩猩靠在門邊，金毛站在一旁抽菸。看看錶，時間剛過午夜。

平常週六與週日交界的時候是很忙的，在這個時刻上門和離開的客人都不少，難得看到他們兩個有閒站著的餘暇。

「剛忙過一陣，不過其實和先前的週末相比，今天客人不算多；」金毛看到我走近，「不知怎麼回事？」

「大概有些人跑去抗議了吧。」猩猩道，沒有離開門邊，但看得出他其實也想去抗議現場。

「在那裡靜坐到底有什麼用啊？」金毛喃喃低語，「那些有權有勢的人，根本不會因為這樣就被拉下來啦。」

「靜坐至少不會再讓條子有理由打人。」猩猩回嘴。

「如果真的要有用，我就會故意再找理由讓條子來動我；」金毛嘴邊逸散的煙霧，讓他的表情看起來有點危險，「把事鬧得更大，讓捲進來的人更多，那些穿西裝的才會知道，光派條子來是沒用的。」

那些本來週末會到夜店尋歡的客人，真的也去參與公民運動了嗎？雖然我先前認為政府只會一直拖延，現在有關單位也的確仍然在打迷糊仗，但運動的能量似乎沒有耗弱的跡象，反倒愈燒愈旺。

抗議團體當中，真的有人如金毛所言，刻意要把衝突升高嗎？前幾天衝進行政大樓所引發的警方執法過當，其實是經過算計的結果？

但不管金毛是否說中了，阿狗講的都沒錯——三月二十四日凌晨警方的暴力行為，不管是不是踩進圈套，對後續的發展而言，都是失策。

公民進占立法大樓和行政大樓，是種過激的行動；警方採取暴力驅離，是另一種過激的行動。說起來我抱著阿嘉莎狂奔，也算得上是一種。

這類偏離常軌的行動會產生某種力量，將事情朝某個方向推擠；但這個力量多大、能把事情朝什麼方向推擠多遠，或許都不是決定行動的人預料得到的。

每天待在那裡靜坐的，多是再尋常不過的一般百姓，他們自動自發地參與了活動，但不知道下一秒情況會發生什麼變化。

我想起《獨裁者的進化》裡那些外國案例，案例中起身反抗的公民有的是警察，有的是律師，有的只是尋常的家庭主婦，直到被政府機器逼得發出自己的聲音；有的案例的確出現響應，但更多案例裡，這些公民只能孤身奮戰，甚至被迫向外逃亡。

這個自己只參與了幾小時的行動，未來究竟會變成什麼樣子？我沒有什麼把握。

「我們兩個忙得過來，」金毛彈開菸頭，對我道，「你要不要先回去休息？」

「去現場？」我問猩猩，「我代班。」

「算了，」猩猩搖搖頭，「老要你代班不好意思，對老闆也不好交待。你先回去吧。」

也好。我可以等一點之後就去運動，然後早點睡。

明天中午，我想出門一趟。

3.

除了日常的工作之外，還多了兩件事情待辦；這幾天兩件事情都沒什麼進展，但已經占掉我太多時間。

不過我注意到公民團體發起週日到行政特區靜坐抗議的活動。

所以我打算先放下手頭這兩件事，到抗議現場走一走。親眼看看究竟會有多少人呼應公民團體、一起現身街頭，或許會對抗議活動可能的發展多點想法。

反正就只是幾個小時。

肩著背包離開地下室，站在街邊啃完一個麵包，搭捷運到這城行政特區附近，走出捷運站時，剛過中午不久。

天氣不錯，日光暖暖地照著，不冷，也不熱。

捷運站外有不少人慢慢朝和我相同的方向移動，走過一個街口，人更多了。

已經持續近兩週的抗議事件發生在立法大樓，那場近一週前凌晨的暴力衝突發生在行政大樓，這兩座建築都在這城的行政特區當中，相距不遠，但不是今天靜坐活動的舉行地點。

我先繞到行政大樓外圍。警員拿著盾牌列隊站崗，表情大多寫著無聊和無奈。我在路邊站了一會兒，又想起《百年孤寂》裡的席根鐸。

再走到立法大樓附近。各式創意滿點的標語和插畫四處張貼，席地而坐的人依然很多。如果席根鐸在這裡，應該會很寬慰地發現：就算過往被暴力抹滅，仍然會有人堅持地撐著。

公民團體選擇的靜坐地點，是直通國內最高首長辦公大樓的「大道」。大道早先有另一個文義為「祝賀國家元首萬壽無疆」的名字——國內還有好幾個縣市找得到相同的路名——後來改以許多年前居住在這城的原住民族命名，後面再加上「大道」二字；大道不算長，東西走向，東端是一座舊城門，幾條路繞著城門形成圓環朝外輻射；西端與一條南北向道路連接，越過這條南北向的道路，就是總統的辦公大樓。

因為接近總統辦公大樓，所以這幾年大道常是公民運動的重要據點。原先聽說這回公民團體也選在這裡靜坐，我有點擔心，因為大道比立法大樓周圍的馬路寬多了，雖然這回的抗議活動持續得挺久、關注的民眾也不少，但倘若願意犧牲週日假期前來聲援的人數不夠多，那麼散落在大道上看起來就聲勢不足；不過沒走多久，我就發覺自己多慮了。

因為還沒走到舊城門，前方的人群就已經塞得幾乎無法動彈。

我跟著人潮往回走，拐進從舊城門圓環輻射出來的馬路，席地坐下；路口架著舞臺，不同的公民團體代表正輪流發表短講。

自己帶著塑膠椅在路邊落座的老夫婦、抱著小孩的年輕夫妻、在傳統服飾外綁著抗議布條的原住民、背著背包不時低頭讀幾行教科書的學生……我看著圍繞在自己身邊的靜坐群眾，想起《獨裁者的進化》書裡的一段話：

「人民對政治冷漠，就是確保專制政權運行不墜的潤滑劑。在那些運作順暢的獨裁體系裡，掌權者都無所不用其極地要將公眾對政治的冷感變成一種美德。」

看著身旁的這些人，我想，或許有什麼開始不一樣了。因為這裡沒有權力當局最愛的美德——「對政治的冷感」。

只是，在權力當局眼中，這會不會只是一場提供群眾情緒發洩的嘉年華，等人散了，抗議運動的能量也就散了？舊世界沒被撼動，新世界仍是幻夢？

另，就算所有在場的群眾全都真心關切民主程序及爭議法案可能引發的民生問題、試圖打造一方夢土，那麼在這城殞命的阿嘉莎和那三名不知身分的死者，又有多少人曾經關心她們？會有多少人因為她們的淒涼遭遇而犧牲自己的休息時間，在夜色裡靜坐、在日頭下遊行？

4.

靜坐結束後，我一路走回立法大樓附近，然後轉向幾天前遇上阿嘉莎的街區。

那天凌晨我轉進那條巷子時沒看見阿嘉莎，走了幾步才發現她在離我五、六棟公寓外的地方蹣跚行走。我一面回想當時的情形，一面打量眼前彼此挨得很近的公寓。阿嘉莎應該是從巷弄中段某一戶裡逃出來的，我記下門牌上的巷弄地址，但無法確定她曾被囚禁在那扇門後。

地上沒有血跡。這件事老八提過，我也不認為自己會發現警方沒找到的跡證，只是想親眼再看一次，碰碰運氣，看看有沒有什麼可以觸發記憶裡某個我沒注意的關鍵。

什麼都沒有。

我已經想了一個確認地址的方法，朝某個方向扔出了小石頭；這個方法是不是真的有用，得等聽到回音才知道。

換言之，也是碰碰運氣。

運氣最近不大喜歡我。

三更半夜負重救人，然後被當成殺人嫌犯，就算沒什麼實證，黏上來的案子卻愈來愈多；答應幫忙找人，見了幾個算命老師，沒有收獲。走到巷尾，再轉回巷口，這條巷子根本是我這幾天噩運的開端。不過，我忽然想到：安帛找我一起去聽演唱會，這是不折不扣的好運氣啊。

「嘿，你在這裡做什麼？」安帛的聲音響起。

唔？我擡起頭，安帛笑吟吟地朝我走來。

「妳怎麼會在這裡？」剛想到安帛，她就出現在我眼前，感覺美好得不大實際。

「好一陣子沒去看學長了，今天去探望他。」安帛把長髮紮成馬尾，穿著合身的T恤和牛仔褲，搭著薄外套，踩著帆布鞋，「離開醫院時看看天氣不錯，就決定走走路。」

對安帛有好感已經很久了，不過和她真正熟稔起來，是去年七、八月左右的事。那時我才知道，安帛有個啥研究所的學長因交通意外陷入長期昏迷，安帛原來定期去探訪，與戴門開始交往後，因為戴門容易吃醋，所以減少了探訪次數。最近戴門常加班，安帛看來利用了這個可以稍微喘息的時機。

交了男朋友之後，許多自己原來想做的事都不能做了——不知安帛是否曾經想過：與戴門的關係，實在太過限制她的自由？

問這種問題似乎不大好。而且我認為安帛八成不會怪罪戴門，只會說她自願如此。

安帛說她是從醫院走過來的，表示醫院離這裡不遠；我問了醫院的名字，果然是我送阿嘉莎去的那一家。

學長和我一樣遇過交通意外，住的醫院又和我的噩運開端相同。我和這個學長，搞不好有什麼特殊的緣分。咦？

「什麼樣的交通意外？我沒告訴過你？」安帛聽了我的問題，眨眨眼，「學長遇上的意外很有名呀，就是幾年前那起火車出軌的事故。」

還真巧。我指指自己臉上的疤，安帛露出恍然大悟的表情，「同一場意外？」

我點點頭。

「那應該找一天帶你去認識一下學長才對。不過你還沒回答我的問題哦，」安帛偏過頭盯著我，「我已經在這裡站了一會兒，看你從巷子裡低著頭左看右看走過來，在做什麼啊？」

我想自己看看能不能找到什麼證據。

「所以這就是你那天救人的地方？」安帛睜大眼睛，「你抱著一個人從這裡跑到醫院？哇！」

「救人要緊，」我聳聳肩，「當時我的腎上腺素應該瘋狂地爆發吧。」

「不過，這也代表那個女生是在這裡被虐待的對吧？」安帛看看成排公寓，抱緊雙臂，「想不到這樣的住宅區會發生這樣的事。」

「福爾摩斯說過，在住宅相隔較遠的鄉間如果發生凶案，很容易不被察覺；」我看著彼此緊挨著的公寓，想起阿嘉莎記憶裡的那個視聽室，「不過那是一個世紀前的狀況了。現在大家雖然住得近，但彼此很少往來，只要隔音設備還不錯，我們就可能不會注意到鄰居家裡發生了什麼事。」

「不過這一帶最近真的不大平靜耶，」安帛望向立法大樓的方向，「那邊的抗議已經快兩個禮拜了，今天還有靜坐活動對吧？」

「是啊；」關於最近的社會運動，我沒和公司同事深入聊過，「妳對這次的抗議有什麼看法？」

「戴門不在的時候，我得利用時間趕快讀書，所以沒怎麼注意……」安帛搖搖頭，「不過戴門很討厭抗議活動。新聞頻道現在幾乎都是相關報導，他每次都邊看邊罵。」

我問的不是戴門的看法，是妳的。其實我知道就算不是利用時間趕進度，安帛也一向不大關心這類新聞；我按下追問的念頭，如果安帛贊同戴門的反應，那我會很失望，如果安帛不認同戴門，那我會很擔心。「陪妳走回家？」

安帛笑了，「好哇。」

5.

「學長狀況還好嗎？」我決定不談與抗議事件相關的話題。

「從出事後就是那樣，一兩年來都沒進展；」安帛聳聳肩，「外傷當然早就好了，但一直沒醒過來。」

「沒考慮過把學長送回家裡嗎？」我問。

「學長的媽媽身體不好，也住在醫院裡；」安帛想了想，「學長的爸爸是公務員，學長出事前遇上一點問題，所以現在家裡沒人可以照顧他。」

「哦？」我皺起眉。

「詳情我不大清楚，記得是被牽扯到什麼弊案裡去了；」安帛嘆了口氣，「總之學長的爸爸現在在坐牢，不在家。」

原來如此。我點點頭，遲疑了會兒，問，「呃……妳和學長是男女朋友嗎？」

安帛白了我一眼。

「對不起。」我低頭道歉，「我不是想要……」

「別緊張，其實沒什麼大不了的；」看我發窘，安帛笑了出來，「學長懂很多事，喜歡古典樂，有陣子我們常在一起聊天。不過後來學長開始表現得……嗯，反正我們沒有變成男女朋友。」

「不是聊得蠻開心的嗎？」我好奇。

「是呀，但是比較熟了之後，我總覺得學長的個性裡有什麼不大對勁；」安帛歪歪頭，「這樣講也不對。那時我覺得學長的個性和我可能沒法子很合得來，當朋友沒問題，變成男女朋友大概不大合適。」

「女生的直覺吧？」安帛的答案完全不具體，我於是胡亂猜測。

「應該是吧，呵。」安帛輕輕一笑，「你和戴門的反應完全不一樣。戴門那時問我，我也講了類似的回答，然後他就完全不准我去看學長了。」

「妳的直覺認為戴門是個好對象嗎？」我知道這個問題不適當，但已經衝口而出。

「是呀，」安帛回答得很坦然，「戴門的年紀比我大很多，和他在一起，我很有安全感；而且他很瞭解我，很多想法和喜好，我不用開口，他就已經知道了，很不可思議哦。」

但他會對妳動粗啊。我在心裡回嘴，只是這回用力閉緊雙唇。

我發現自己有閱讀他者記憶的能力後，有一段時間只要逮到機會就做實驗，一方面是想要更加熟悉這個技巧，另一方面，無法抵賴的是，我對於窺探他者記憶產生了癮頭。

如果把從他者身上拉出的絲線梳理妥當，就能讓他者做個好夢——我原來以為這個能力就是如此。讓我發現自己可以從「夢線」中讀出「記憶」的關鍵，就是安帛。

本來只是想讓在舞孃化妝室睡著的安帛做個好夢，但在拉出她的夢線後，我卻讀到了一段她與戴門相處的記憶。在那段記憶裡，戴門憤怒地指責安帛在跳舞時勾引男客，動手推了她。

我沒有繼續讀更多記憶，也沒有告訴安帛這件事。

在我規誡自己、決定不再隨意閱讀他者記憶之前，我沒再讀過安帛的任何記憶。可能是因為我不想知道任何她與戴門相處的甜蜜片段，也可能是我不想知道任何她與戴門相處的爭執過程。

我想保護安帛。但她與戴門的關係如何，我沒有立場插手。

6.

晚上我到店裡幫忙，戴門在子夜過後不久出現，說剛剛下班，來接安帛。

安帛笑著坐上戴門的高級房車，看起來很幸福。

等到車尾燈的紅光消失在街角，我才想起忘了把范．莫里森的唱片送給安帛。

下班到酒館喝波莫時遇見阿剛，他問起尋人進度。

我回答說正在努力，但還沒有消息。

阿剛說他愈來愈擔心了。

我安慰他說我請了朋友一起詢問，柔伊不會有事。

其實這話連我自己都安慰不了。

回到地下室，我打開電腦。

前幾天在幾個拍賣網站登錄了待售品項，今天開始出現回應。

我仔細檢查買家資訊，有的不加理會，有的回訊要買家提供送件地址。

線上新聞說下午在大道上有超過五十萬人參與靜坐。

知道自己在那五十萬人之中，感覺很奇妙。

大家都是為了相同理念上街的嗎？或者有多少人其實不大確定想法，和我一樣，只是想去看看？

在那五十萬人當中，有沒有人也同我一樣，不知道自己是誰？

如果有的話，他們對抗議活動又有什麼看法？

沒有與阿嘉莎及三具河底女屍的相關消息。

我關上電腦，躺上床，手機喊了一聲，告訴我有人發來訊息。

「和朋友吃宵夜，要不要來？」猩猩的訊息顯示在螢幕上。

現在已經接近早餐時間，吃什麼宵夜？我正要回覆，猩猩下一段訊息已經送達，「有朋友在Sister Mor做，見過你要找的女生。」

我翻身坐起，快快鍵入，「見過她？知道她住在哪裡嗎？有她的聯絡方式嗎？」

「沒。等等。」猩猩的簡短訊息停了會兒，金毛傳了訊息過來，「猩猩手指太粗打字慢，我來比較快。你問的那些都沒有，我們的朋友也是圍事，怎麼會知道這麼多客人的事？不過我剛問到另一件事，Sister Mor裡有固定的算命老師，去年初開始的。」

「有算命服務，但你先前問的女生都沒提過？」我按鍵回覆。

「有人提過，不過我沒放在心上，」金毛的回覆隔了一會兒才來，彷彿和什麼人商量過了才發出訊息，「因為我知道那個女人不是正牌的算命老師。」

「什麼意思？」我邊打字邊皺眉，「那個算命老師不會算命？」

「會啦，她算什麼天使數字，不過」金毛的回覆突兀地中斷在句子中間，好像不小心先按了發送鍵；我等了幾秒鐘，等來有講等於沒講的下半句，「你自己去看看就知道了。」

「算命師什麼時候會在Sister Mor？」我發出問句。「天使數字」四個字讓我想起柔伊的耳洞。

「明天晚上有固定駐店時間。」金毛回訊，停了幾秒，猩猩傳來叮嚀，「小心。」

我發訊息給阿剛。

他肯定不會介意我在凌晨五點多吵他。

7.

「從你的生日推算，」頂燈昏暗，幾具燭臺燃著香氛蠟燭，在桌面圈出幾環小小的亮，占卜師的妝化得很濃，同我們店裡要上臺表演的舞孃不相上下，這樣的妝在舞臺上隔著一段距離看起來很搶眼，近看一段時間後就很礙眼。她塗著黑色口紅的雙唇開闔，釋放沙啞的性感嗓音，「你的天使數字是『701』。」

坐在占卜師對面的阿剛沒有說話。

我和阿剛走進「Sister Mor」的時間還早，不過店裡的客人已經不少，這家店以一切都為女性貼心設計的特色吸引女客，也以大量慕名而來的女客吸引男客。挑高的一樓約有一半是讓客人跳舞的開放空間，北側是控制場內燈光及舞曲的ＤＪ臺，南側是吧檯及用餐區，以及一座通往樓中樓的螺旋梯。

從螺旋梯上樓後，會先遇上另一區用餐座位，餐區的盡頭有道看起來厚重的布幕，占卜師的服務據點就在布幕後頭。

站在布幕邊的工作人員對我們說明占卜費用，雖然我沒打算知道自己的天使數字，但阿剛沒說什麼，直接付了兩個人的費用，換來兩張號碼牌。

布幕後有座帳篷——不是真的帳篷，而是拉起布簾裝出帳篷的樣子，試圖營造某種神祕的情調。帳篷外頭擺了幾張椅子，三個人坐著等候；穿著絲襪短褲大馬靴的年輕女孩頻繁地抖著腿，穿著套裝的中年女人前傾用手肘支著膝蓋、以手托腮，穿著Polo衫和居家七分褲、腳下趿著涼鞋的中年男人雙腳大開、全身脫力似地後仰癱在椅子上，三人看起來互不相識，焦急的表情倒很一致。

過了會兒，帳篷入口掀開，一男一女走了出來。

女子腳步輕盈，掠過我身邊時，可以看見她臉上帶著滿足的笑意，不知算命老師幫她領悟了什麼人生真理；停在帳篷旁邊的男子穿著貼身的長袖T恤，娃娃臉，帶著笑，張嘴說了個號碼，原來癱軟的中年男人彷彿通電似地一躍而起，走進帳篷，年輕女孩的腿抖得更急了。

我和阿剛靜靜坐著，沒有交談。隔著布幕，舞池裡的電子舞曲音量減弱許多，但仍能感覺到低音持續擊打，宛如心搏。過了會兒，中年男人出來，中年女人進入帳篷；再過幾分鐘，輪到年輕女孩。進去的人表情都焦急，出來的人表情都滿意。

「你發現了吧？」阿剛開口。

「是。」

上樓後的這幾分鐘裡，我注意到幾件事，得出一個推論，依據的除了對現況的觀察，還有金毛與猩猩今天清晨傳來的那幾則簡訊。我認為阿剛和我發現的是同一件事，依據的則是初次與阿剛見面時的談話內容。

帳篷入口掀開。輪到我們了。

入口布簾後還有一扇門，這頂假帳篷裡頭其實是個小隔間。走進房間時，我偷偷伸手摸了一下隔間牆，靠外的那層堅實、靠裡的這層鬆軟，觸感像是視聽室的隔音海綿。

我想起阿嘉莎受虐的那個房間。

這個房間裡連電子舞曲的低音都感受不到，僅有輕柔神祕的新世紀音樂緩緩吟唱。娃娃臉在我們身後關上門，把我們領到占卜師桌前。阿剛報了自己的生日，占卜師問了幾個「最近是否注意到某個數字經常出現在生活當中？」之類的問題，然後算出屬於阿剛的天使數字。

「『701』這個天使數字，」占卜師續道，「代表你最近的祈禱與堅持，已經產生了正面的力量。

也就是說，你正朝著正確的方向前進，會愈來愈接近你所追求的目標。距離目標愈近，你就要愈努力，也要同時尋找能夠提供幫助的人，你會發現這些幫助不可或缺，甚至是你達成目標的關鍵。」

這席話的後半聽起來的確有點像是阿剛最近的狀況，我也希望我真的可以提供一些幫助；不過話說回來，這幾句話其實也可以解讀成廣告文案，因為我知道占卜師正在確認我們是不是她的真正顧客。

不是來算命的顧客。而是另有所求的顧客。

我低頭瞥了一眼手錶。

「我也這麼想，」阿剛對占卜師點點頭，「所以我來找妳。」

「你們第一次來，可能還不大確定我的幫助多麼有用；」占卜師微笑，「不過我可以保證，你們會得到的保證物超所值。我……」

阿剛沒等占卜師說完，「我們不是來買藥的。」

占卜師笑容一僵。

8.

金毛知道「Sister Mor」有算命服務，幫我詢問時也聽人提過，但沒想到該告訴我，原因是他明白：「Sister Mor」的算命服務，其實是個幌子。

直到他和猩猩聽在「Sister Mor」工作的朋友提及見過柔伊，金毛才想到這裡也有個算命老師，但顧及朋友，不好明說事實，於是要我自己來看看。

從我們進入帳篷、回答問題，到占卜師算出天使數字做完解釋，時間大約是五分鐘。這時間比先前等著進帳篷算命的那三個人都長，因為那三個人不是初次上門的顧客，問問題、算數字這套流程可以直接省略。

進門前的焦躁和出門時的滿足，與尋常命相占卜會提供的人生指引毫無關係。能在短時間內讓人產生大幅度的情緒轉變，我推測「Sister Mor」利用算命服務掩飾與顧客間的毒品交易。

想到這件事的同時，我也明白，「Sister Mor」的店名其實已經做出暗示。「Sister Mor」就是「Sister Morphine」，指的是由滾石合唱團創作、瑪麗安．菲絲佛演唱的〈嗎啡姊妹〉。這首曲子的歌詞，唱的正是一個醫院裡的垂死之人，渴求著最後一劑毒品。

香氛蠟燭默默燃燒，房間裡的空氣聞起來有種安定心情的感覺，似乎沒什麼異常的氣味，我想在這裡交易的應該是口服或注射型藥劑，而非吸入型毒品。

阿剛也從先前幾個顧客的情況得出相同推論。我想，柔伊可能涉入與毒品有關的麻煩這件事，阿剛應該不覺得意外。

初次與阿剛見面時，他就明白表示不希望找警方協尋柔伊。因為他知道自己的妹妹有毒癮。

「先生，不好意思，」站在占卜師身旁的娃娃臉上前一步，仍帶著笑，「你可能有什麼誤會，如果你不想繼續聽老師講解天使數字，那麼就請你們離開吧。」

「我沒有什麼誤會，也不是來找碴的。」阿剛掏出柔伊的照片，放在桌上，「我妹妹來過這家店，我很確定她來找過妳。」

「我不認識，」占卜師看看照片，「祝你好運，早點找到她。」

「看清楚點。」阿剛的語氣並不嚴厲，但透著一股無法忽視的壓力。

「兄弟，」娃娃臉輕鬆說道，「我看兩位也是道上混的，這裡是我們做生意的地方，大家別在這裡惹事。」

「我只想問這件事，」阿剛望向娃娃臉，「你別礙事。」

娃娃臉笑容斂去，「你知道這裡是王子的地盤嗎？」

「哦？」阿剛擡擡眉毛，「這裡是王子管的？太好了，我認識他。」

「別開玩笑。」娃娃臉掏出手機，按了幾個鍵。

「誰在開玩笑？」阿剛瞪著娃娃臉，「對，打手機問他吧。」

算命老師起身，向後退去，她座位後方的布幔掀開，三名穿著襯衫長褲的精壯男子出現。

娃娃臉把圍事找來了。

原來這個隔間還有別的通道。「Sister Mor」要做這種見不得光的生意，自然有所準備。我想起進門時摸到的隔音綿，它們平時可以把舞曲擋在外頭，要是房間裡起了什麼爭執，也可以把祕密鎖在裡頭。

「喂，我是說真的，」阿剛的表情混雜著嫌麻煩和著急，「你去問王子，就說我……」

話還沒說完，一個圍事撲上前來。

我把阿剛拉開，同時矮下身子擡起左肘，先等圍事自動把肚子撞上來，再快速起身用肩膀頂開他揮出拳頭的手臂，右拳準確地擊中他的左頷。圍事脖子一歪，身體朝占卜師的小桌垮下，桌上的香氛蠟燭和占卜用具嘩啦啦地灑了一地。

「帶了打手，還說不是來惹事的？」娃娃臉搖著頭，扳動牆上的開關，昏暗的頂燈放出眩目的光芒。

占卜師慌張地蹲下身子扶正傾倒的蠟燭，娃娃臉吩咐，「把蠟燭熄掉，桌子挪開。」然後轉向另外兩名圍事，「你們繼續站著，這個月就拿不到薪水。」

我沒等圍事發動攻勢，已經向前躍去。

9.

左邊的圍事眼明手快，交叉雙臂下壓，預備抵擋我的膝擊；不過我的目標其實是右邊的圍事，起跳的姿勢大但力道小，左邊圍事發現時，我已經左腳足尖點地，改變方向朝右邊圍事掄去拳頭。

右邊圍事舉起左臂擋下我的攻勢，一扭腰揮來右拳；我沉下身子改變重心，在起身時左手同時攫住他險險劃過我鼻頭的右臂腕部，接著右手穿過他的右腋，按下他的肩膀，順勢旋到他的背後，制住了他。

「幹！」左邊圍事發了聲喊，舉拳攻來，我擡腿用膝蓋抵住右邊圍事的後腰，將他朝前頂去。同事與自己拳頭之間的距離突然縮短，左邊圍事的攻勢因而一滯，我膝頭加壓，右邊圍事吃痛，使勁一扭，一聲清脆的「喀啦」響起，這是骨頭與關節錯開的聲音。

我把肩膀脫臼的右邊圍事放開，在他踉蹌前行時蹲下，向後擡肘，再度撞上第一個被我摺倒的圍事腹部。他爬起來後想從我背後偷襲，但用的還是同一招，真沒想像力。

「操！」左邊圍事推開面前的右邊圍事，正要重新進攻，娃娃臉開口，「別打了。」

左邊圍事停下動作，恨恨地瞪著我；我看看四周，從散了一地的雜物裡找出柔伊的照片，遞給阿剛。

「你們到底要做什麼？」娃娃臉問，「鬧成這樣，我們今天怎麼做生意？客人現場交錢，我們馬上給貨，不會問客人天氣好不好，也不會問客人有沒有吃飽，當然也不會問客人的身家資料。而且就算我們知道什麼，隨隨便便告訴你們，傳出去的話客人還敢來嗎？體諒一下嘛。」

「我只想找我妹妹，其他事我不會管，你放心。」阿剛把柔伊的照片收進口袋，「你打給王子，他可以證明我說話算話。」

「如果王子不認識你，來的就不只這三個傢伙了哦；」娃娃臉裝模作樣地嘆氣，拿起手機撥號，「你怎麼稱呼？」

「對王子說阿剛在這裡。」阿剛頓了一下，補上一句，「問他『魔龍』好不好用？」

「什麼東西啊？打電動喔？」娃娃臉把手機放到耳側，皺著眉閃進後方布縵的背面，占卜師和三個圍事開始整理現場。占卜師快快地擺好香氛蠟燭和占卜用具，然後手足無措地站在一旁，不知該做什麼才好。右邊圍事單手拉起被我打倒兩次的同事，我向他點點頭，作勢要幫他接回脫臼的右臂，他搖搖頭，露出一個無奈的表情，拍拍仍然橫眉豎目的左邊同事，一起消失在布幔之後。

不知道布幔後面的通道通往哪裡？或許是樓中樓的另一個隔間，或許是這棟建築的其他樓層。我不確定「Sister Mor」的經營者擁有這棟大樓的哪些區域，說不定王子也在這裡？

「原來是阿剛哥啊！久仰大名！」等了幾分鐘，布幔忽然掀開，娃娃臉臂彎挾著一瓶紅酒、指尖拎著兩只高腳杯，滿臉堆笑地走出來，「小弟有眼不識泰山，待會兒先罰三杯！什麼時候回來的？」

阿剛沒有回答。

「貴客臨門，我剛吩咐外頭，不做算命生意啦。我叫了點東西，待會兒就來，二位先坐一會兒，讓這酒醒一下。我們店裡的廚師很有名的！」娃娃臉把桌上剛整理好的占卜用具掃到一旁，放下酒瓶酒杯，對占卜師擺擺手，「妳去換套衣服重新化妝，出來侍候阿剛哥喝酒。」

占卜師原來是店裡坐檯小姐的兼職？「Sister Mor」標榜專為女客服務，店裡應該不會有坐檯小姐才對。或許她只在經營幹部招待男性顧客時出來特別服務？又或許她會裝作一般進場的客人，用意是吸引更多男客上門？

「等等，我不是來喝酒的。」阿剛出聲阻止正要依言離去的占卜師，重新拿出照片，「我妹妹一定來找過妳，妳看清楚。」

占卜師看看娃娃臉，待娃娃臉示意後才接過照片，仔細端詳了會兒，點點頭，「我記得她。她第一次來的時候，大概是去年夏天。」

「妳記得這麼清楚？」阿剛看著占卜師。

「嗯，」占卜師的語氣聽起來比剛才講天使數字時更肯定，「因為我算出她的天使數字時，她側過頭讓我看耳朵，說她就是為了符合天使數字才打了一排耳洞。」

阿剛和我對看一眼，我從他眼中讀到一點放心。

占卜師果然記得柔伊。

10.

根據占卜師的說法，柔伊去年夏天初次造訪，先試了幾種常見貨色，再開始改用一種販售地點不多、尋常藥頭很難弄到的特殊毒品；起初大概一、兩個月來一次，接著每個月固定出現，最近則是兩週左右就露一次臉。

阿剛瞇起眼睛、皺緊眉心，占卜師口中柔伊到訪的頻率愈密集，阿剛的表情就愈難看。

我明白阿剛的想法：柔伊的毒癮愈來愈深了。

「妳所謂的『特殊毒品』是什麼東西？」阿剛的聲音聽起來好像有什麼哽在喉頭。

占卜師又看著娃娃臉，娃娃臉開口，「那是王子的團隊研發出來的獨門祕方，看起來像市售的維他命，嗑了很爽，不傷身體；王子給它取了個名字，叫『彩蛋』。」

「不傷身體？」阿剛從鼻孔哼出一個冷笑，「哪有藥是不傷身體的？」

「小弟怎麼敢騙阿剛哥？」娃娃臉陪著笑，「『彩蛋』真的不傷身體，比較傷荷包倒是真的。好東西當然不便宜嘛。」

「我妹妹癮頭愈來愈大，你還說那東西不傷身體？」阿剛按捺著怒氣。

「那是因為……」娃娃臉斂起笑意，「她不是只買『彩蛋』啊。」

娃娃臉告訴我們，除了「彩蛋」之外，柔伊也會同時購買其他毒品，每回都帶足現金，付款永遠爽快。除了第一回和占卜師聊了點關於天使數字的話題之外，柔伊沒再提過什麼與自己有關的事；占卜師和娃娃臉只管收錢給藥，連柔伊的名字都沒問過。

「算算日子，她這一兩天應該就會再來；」娃娃臉掏出名片摸出筆，「請阿剛哥留個聯絡方式，到時候我一定通知阿剛哥。」

「我等你電話。」阿剛點點頭，在名片背面寫下手機號碼，對我道，「走吧，現在也問不出別的了。」

「她的穿著？」我問。

娃娃臉和占卜師互看一眼，占卜師道，「剛開始她會在一樓玩一下，穿得很辣，不過最近都穿家居服過來，買了藥就走了。」

我們在帳篷外頭等候時，年輕女孩的打扮看起來就是要到店裡玩的，中年女人像是剛離開公司的上班族，中年男人穿得很隨便，動作也很隨便，彷彿「Sister Mor」不是這城東區的高檔夜店，而是他家巷口的雜貨小鋪。

照說穿成那樣可能會在門口就被圍事擋下，但如果中年男人是個上門買毒品的常客，圍事應該就會放行。兩個街口外就有好幾棟高級住辦大廈，中年男人的確可能是從自己家裡走過來的；倘若柔伊穿著家居服進夜店，那她或許也住在附近，加上她出手闊綽，顯見有非常穩定的經濟來源。她的收入來自什麼工作？或者，更有可能的是，來自什麼人？

這區不是一般受薪階級住得起的。剛才那個中年男人身上的Polo衫和七分褲，雖然看起來邋遢隨便，但都有顯眼的名牌標誌

我認識的人裡頭，只有一個人和這區扯得上關係。

「你問這個做什麼？」阿剛看著我。

話說回來，就算柔伊真的住在附近，我們也不可能挨家挨戶去找，還是得等她自己出現。

我搖搖頭，站起身。

回到地下室，有個裝在牛皮紙袋裡的小包裹擺在住處門口。

小包裹有種熟悉的重量感；我進門拆封，證實了自己的猜測——包裹裡是張唱片。

幾個月前，安帛向我借了這張瑪麗安·菲絲佛的唱片，說她想聽聽菲絲佛翻唱的〈碎夢大道〉。明明拿到店裡還我就可以了，何必要這麼費事？

我打開唱片外盒，發現盒子裡有張小卡片。

「謝謝你的唱片，好好聽喔！下次我們一起去逛唱片行吧！」

卡片寫了這兩行字，沒有署名。

我發現自己泛起傻笑。

父親第二次雇請的外籍看護來自印尼，膚色黝黑，矮壯結實，說話帶著濃濃的口音；他對這個外籍看護絲毫不感興趣，如非必要，他完全不和外籍看護交談。某個盛夏夜晚，他經過外籍看護的房間外頭，瞥見外籍看護厚實的乳房緊緊在上衣裡頭繃著，腿肉擠出短褲的褲管邊緣；他嫌惡地別過頭去，快步回房。

他知道，這個外型對他而言毫無吸引力的外籍看護，是父親故意挑選的，但他認為這並不是父親對他的懲罰。相反的，他認為這是父親清楚地表態：就算母親長年臥病、家裡多了一個女人，父親仍然能夠控制自己的慾望，斷絕誘惑，不再出軌。父親沒有用一家之主的權威訓斥他，反倒是以身作則地成為他的榜樣，他十分佩服。

兩年之後，他考上大學，進入設計系所就讀。大二下學期，橋下商場所在的陸橋被政府拆除。這城的部分居民覺得橋下商場具有某種歷史意義，拆了可惜，不過他沒什麼感覺。彼時橋下商場唱片行裡的古典唱片品項已然大減，他的選購行為早就轉向網路商城；色情影片還是要看的，不過網路上也多的是這類資源。

設計系所的課程比他想像的無趣許多。他的成績比中學時代遜色不少，但他明白，自己對藝術及設計的掌握，已經比系上的老師成熟太多，作業沒能拿到好成績的原因，是以老師淺薄的資質，沒法子瞭解他的設計理念。

老師只有這種程度，同學就更不用提了，雖然每個都打扮得似乎很有自己的想法，但光聽他們聊天的內容，就知道他們全是虛有其表的空殼子。

話說回來，有些空殼子看起來還算順眼。

他明白倘若給那些漂亮的女同學一些時間，她們或許可以慢慢充實內裡，成為比較能夠配得上他的對象，他也願意教導她們、指引她們，把她們培養成內外皆美的伴侶。

但她們能夠成長的前提，是她們必須自己想要成長。

每個他試著接近的女孩，對他引以為傲的藝術修養和音樂知識都沒什麼興趣；其中有幾個雖然也說自己喜歡古典樂，但談上幾句就會發現她們只懂一些皮毛，他講得稍微深一點，她們就會露出無聊的眼光。

「我不想講得這麼直接，不過想不出比較委婉的說法；」某天晚上，他成功地約到一個學姐共進晚餐，還沒等到餐後的紅茶上桌，學姐就對他道，「我先前就聽說了，但不知真假，今晚和你相處比較久，我確定我聽說的是真的——你這個人很自大，很難相處。禮貌上我要謝謝你請我吃飯，但我實在不想再聽你臭屁下去了。」

學姐走了，服務生正好把紅茶放上桌。他覺得服務生的表情似笑非笑，餐廳裡的其他人也都看著他似笑非笑。

他沒喝紅茶，起身結帳。

「妳當然想不出比較委婉的說法，因為妳根本沒長腦袋。」走回租賃套房的時候，他想起剛才應該對學姐這麼說才對。學姐走的時候，臉上的表情擺明認為共進晚餐的機會是她施捨給他的，沒想過其實他才是賜予恩惠的那個人。

「我其實不是不會這麼說，」走了幾步，他又想，「只是我心腸太好，不想讓她們當眾出醜。她們根本不懂自己錯過了什麼。」

他在巷口遇上一隻沒帶項圈的髒狗，擡著腿朝一部摩托車輪胎撒尿。他左右看看，找到一個棄置在路旁的水泥塊。他撿起水泥塊，在手裡掂了掂重量，轉頭看看髒狗，髒狗也看看他，放下腿，搖了搖尾巴。

回到住處，他平靜多了。

他走進浴室洗手。在水龍頭下沖著手，他領悟到：那些空殼子眼中看得到的，只有貼在殼子表面的標籤。她們永遠不會瞭解他被不起眼外貌掩蓋的深沉內涵。

要改變這種情況，有兩條路子。

一條比較實際：按照系所裡頭那種平庸的標準完成令老師們驚豔的畢業製作，進入研究所取得文憑，然後快速地在國內的設計業界闖出名聲——他認為以自己的水準，這不是什麼困難的事，而名聲是那些空殼子能夠辨識的一種閃亮標籤。

像他現在這樣一個一個地嘗試引導那些女孩認識自己，實在太沒效率、也太容易遇上阻礙了；但如果貼上了名聲標籤，女孩們就會被標籤的光亮成群吸引過來，屆時他只要從中篩選他感興趣、也配得上他的女孩就好了。就算他選出來的女孩仍然只是空殼子，對他的指導一定也會如獲甘霖，不會覺得無趣。

另一條比較不實際：改變他的外貌。但他認為整型極度膚淺，注意穿著時尚也沒有意義，所以這條路子不值得考慮。

他決定開始朝第一條路子擬定計畫。

這條路會通往一個讓他所有理想與渴望成真的夢土。等他抵達夢土，這幾年對他做出錯誤評價的空殼子們，每一個都會悔不當初。

【五】當聖者踏步前行

當聖者踏步前行，主啊，我希望自己名列其中

——〈When The Saints Go Marching In〉by Louis Armstrong

I.

離開「Sister Mor」後，阿剛看起來放鬆了些，說要去酒館喝點東西，和酒保聊聊。我知道夜店週一晚上客人不會太多，老闆也沒交待新工作，但仍回店裡巡了一下，向金毛和猩猩道謝，說自己已經拜訪過「Sister Mor」，尋人的事也有了一些進展。

「有朋友在那家店做事，我們不好明說，」猩猩問，「你沒遇上什麼麻煩吧？」

我聳聳肩。

「應該要問，」金毛拍拍猩猩粗壯的上臂，對我假假地皺眉，「你沒把人家扁得太慘吧？」

我又聳聳肩。

回到地下室，檢查我張貼在網路賣場的商品，回覆幾則留言，覺得有點坐不住，帶著運動服到健身房運動。

待我換回襯衫長褲、離開健身房到酒館的時候，阿剛已經不在酒館。

「聽說今天有柔伊的消息了？」酒保替我倒了波莫，「幹得不錯嘛。」

我笑了笑。

阿剛應該剛走不久，因為酒保還沒換唱片，酒館裡現在播的不是藍調，而是阿剛偏好的西洋流行老歌，「彼得、保羅與瑪麗」合唱團翻唱的〈隨風而逝〉。

我想起離開「Sister Mor」時，娃娃臉問阿剛，「王子說，他想把『魔龍』改名為『泡芙』，要我問問阿剛哥的意見。」

阿剛略略挑眉，「那是他的東西了，我沒意見。」

「但那到底是什麼啊？」娃娃臉追問。

阿剛看看我，沒有回答。

近午醒來，我找出宋先生提供的「勞偉會」地址電話，考慮了一會兒，發了簡訊給安帛。路上經過速食店，想起自己還沒吃飯，決定進去快快打發一餐；櫃檯前沒人排隊，但我想點的任何一種食物似乎都沒有現成的。選了等待時間最短的炸雞，站在櫃檯邊發了一會兒呆，端著餐盤走上二樓用餐區，發現整個樓層幾乎是滿的。

剛才大約就是這些人把大多數做好的食物搶光了吧。

讀著報表的業務員，討論辦公室八卦的上班族，穿著制服但不知為什麼上課時間出現在校外速食店互相打鬧的中學生，以及帶著鄉音高聲討論新聞事件的老先生。踅了兩圈，只有一個落單的老伯面前有個空位；我詢問老伯自己能否與他併桌，老伯半瞇著眼，沒有理我，似乎正在一片喧擾當中打坐。

我坐了下來，老伯仍然沒有反應。

也好。

就是因為不喜歡講話，所以我才不想打電話去「勞偉會」詢問；直接上門看看仲介公司長什麼樣子、外籍朋友在正式上班前過著什麼樣的生活，說不定可以因而想到一些其他線索，至於講話的工作，就麻煩安帛代勞吧。有她在身旁，滿臉是疤的我看起來可能就不那麼像黑道分子；就算我還是被當成黑道分子，搞不好也會因為這樣的威嚇作用得到意料之外的訊息。

炸雞吃了一半，安帛傳來訊息說她出門了。

我快快啃完雞骨頭上的肉屑，離開速食店和安帛會合。等我們依著地址找到「勞偉會」門口，我突然覺得還是應該先打電話。

因為外籍朋友不是在這裡受訓和生活的。這裡只是個接待處。

「我們公司負責仲介與相關合約，外勞的其他問題，都不是我們的業務範圍。」接待我的業務經理剛聽安帛說出「阿嘉莎」三個字，馬上搬出這句話。

走進接待處大門，安帛向櫃檯小姐說明我們想詢問外籍看護的仲介業務，櫃檯小姐把我們領到一個小小的會議隔間落座，隔間裡的大理石茶几上擺著幾份文宣，鋪墊仿古木椅讓我想起宋家的客廳，只是尺寸沒有那麼誇張。

一名穿著西裝、沒打領帶的男子走進來，遞上名片，自我介紹說他是負責菲律賓外籍看護相關業務的經理，熱絡地聊了幾句，宣傳自家仲介的外籍看護個性好技術佳不惹麻煩，安帛趁機提起阿嘉莎的新聞，業務經理馬上把責任推得一乾二淨。

「她是貴公司仲介的沒錯吧？」安帛問。

「是的，」業務經理點點頭，「她的雇主發現她失蹤那天，第一時間就通知我們、我們也馬上就通報給警方了。我那時查了她留在我們這裡的紀錄，本來覺得她應該不會出事。」

「怎麼說？」

「阿嘉莎到這城工作很多年了，紀錄很好，雇主們對她讚不絕口；」業務經理道，「當然，我們公司在國外其實就仔細挑選過應徵者的背景、也做過性格評估，絕對不是那種只為了賺錢不管三教九流都引進國內的同業。不過就算以我們嚴格的標準來看，阿嘉莎也是個難得的外傭，在故鄉沒有任何不良紀錄、在這城也沒惹過任何麻煩。」

業務經理表示，警方已經將阿嘉莎的工作紀錄拿走，但沒聽到什麼後續消息。這幾天的新聞版面大多仍是抗議事件，我沒找到這樁案子的新消息，老八也沒再來煩我，想來案件偵辦大概沒什麼進展。

2.

安帛繼續問了一些關於「勞偉會」如何在外國應徵及訓練的細節，業務經理詳細地解釋，但我聽不出任何有用的情報。我盯著茶几上業務經理剛遞給我的名片，心裡正在盤算該如何脫身的時候，忽然注意到一件事。

這個業務經理也姓宋。

當天在宋家，宋先生提過自己與阿嘉莎的互動不多，和阿嘉莎日常接觸比較頻繁的，是他的妻子及母親。但是宋先生也提過，阿嘉莎在醫院裡短暫清醒的時候，講了自己的名字和「宋先生」三個字，老八就是因為這樣才找上宋家的。

如果阿嘉莎與宋先生平日互動並不緊密，她在急救時的清醒片刻，為何會說出「宋先生」？可能是醫護人員發現她恢復意識時，問了她的名字和緊急聯絡人，於是阿嘉莎說出平時對雇主的稱呼。但我想起宋太太對阿嘉莎那種與其說是保護、其實更近似於全方位控制的管理方式，以及宋老太太談起阿嘉莎時有如家人般的溫暖態度，總覺得阿嘉莎在意識不很集中的情況下被問及聯絡人時，說出這兩人的機率應該比較大。

也有可能是宋先生沒對我說實話，他和阿嘉莎其實很親近。但回想當時的情況，宋先生似乎沒什麼對我隱瞞的必要——除非宋先生與阿嘉莎之間有什麼特殊的關係，所以他刻意要拉開距離。不過這是個機率不高的猜測，也沒有什麼具體佐證。

要查證宋先生是否說謊有點麻煩，但這事還有另一個可能。

阿嘉莎口中的「宋先生」，指的可能不是她的雇主。

「宋經理，」我擡頭問，「外籍看護工作期滿出境後，我要怎麼再聘雇他？」

「你是說要雇同一個外勞？」就算我的嗓音嚇人，業務經理也很鎮定地沒露出任何異樣表情，「雖然我不該講這個，畢竟我們是做仲介的嘛；但現在雇主其實可以直接續聘，如果這個外勞的工作狀況你覺得滿意，直接續約就好了。」

業務經理解釋，原來的法令規定，外籍勞工的工作期滿，就必須強制出境至少一天，大多數的雇主會先談妥新的外籍勞工，直接頂替職缺，避免原有的工作進度中斷，也有些外籍勞工會選擇先回國一陣子，等需要工作賺錢時再重新申請入境。在這種情況下，再度入境的外籍勞工被先前雇主重新雇用的機率不大。

「直接續聘的對象主要針對已經在這城有工作經驗、和雇主合作愉快的外勞，不過時間到了，外勞還是要先出境再入境；」業務經理壓低聲音，「其實從前有些雇主會利用關係鑽漏洞，或者乾脆欺騙不熟法規的外勞，要他們非法留下，造成很多麻煩咧。」

「其實我們認識阿嘉莎的雇主；」安帛不知道我為什麼要問這個問題，但聽出業務經理的回答與宋家夫妻有點出入，「他們提過，他們請貴公司幫過忙，重新聘請阿嘉莎。」

「有這種事？」業務經理一愣，「我怎麼不知道？」

「他們沒找你幫忙？」安帛問。

「沒有；」業務經理搖搖手，「我沒經手過阿嘉莎的仲介。要不是她的雇主通知我們公司，我根本不知道這個人。」

唔？

宋家透過「勞偉會」想要重新雇用阿嘉莎的時候，阿嘉莎已經離開這城，回到菲律賓。這表示「勞偉會」裡接下宋家委託的某人，曾經直接聯絡過阿嘉莎，可能和她比較熟稔，加上眼前的業務經理也姓宋，所以我才認為阿嘉莎口中的「宋先生」，講的也可能是這位宋經理。

但宋經理說他不認識阿嘉莎。

「對了，」業務經理想了想，「先前我調出阿嘉莎的資料時，注意到她這次入境的時間是兩年前，那時我剛接手菲律賓方面的事，所以你們說的那事，公司可能是請之前那個同事幫忙辦的。」

我擡起頭，「也姓宋？」

業務經理和安帛同時睜大眼睛，「你怎麼知道？」

3.

送我們出門的時候，業務經理明顯鬆了口氣。

雖然我們問了一大堆「勞偉會」的相關業務，但他應該已經察覺，我們並不打算委託仲介外籍勞工。

我們只想問與阿嘉莎相關的事。

「勞偉會」已經把阿嘉莎的資料交給警察，我們還來問東問西，所以肯定不是警務人員；但我們沒有明說來意，繞著圈子才問起阿嘉莎，所以肯定不是宋家聘來調查這樁案子的偵探之類人物——話說回來，阿嘉莎已經死了，有哪個外籍勞工的雇主還會費事找人查問她的事情？雖然安帛看起來是個安善良民，但業務經理一定注意到了我臉上用運動型墨鏡也無法完全遮蓋的疤痕，所以最大的可能是阿嘉莎的死牽扯到黑幫勢力，而我們是被組織派來確認還有沒有其他人與她有關的幫派分子。不過就算真是如此，我們為什麼不明著撂話威脅，要拐彎抹角地禮貌發問呢？

業務經理的心裡一定很困惑吧。

或者業務經理根本沒想這麼多，只是直覺地認為我們會帶來危險，能不惹什麼麻煩把我們送出門就已經謝天謝地，什麼都不想多問。

業務經理怎麼揣度我們的來意其實不重要。

「勞偉會」的名字讚頌著勞工，但在他們眼中，阿嘉莎這些外籍勞動者與「偉大」根本毫無關聯。外籍勞工活著的時候，是可以替他們賺進仲介費用的商品，如果死了，就是他們完全不想沾惹的麻煩。

所以業務經理很乾脆地把經手宋家業務的同事資料拿了出來。

我現在正要去找這個人。我相信他就是阿嘉莎的「宋先生」。

阿嘉莎在彌留之際還想到這個人，他們之間絕對不只是勞工與仲介的關係。

4.

「不用叫我宋先生啦，太客氣了，哈哈；」眼前的男子笑咧了嘴，遞上名片，「叫我宋仔就好了啦！」

宋仔一百六十公分出頭，同我握手時，肉乎乎的手掌傳來穩定的力道，一口發亮的白牙鑲在黝黑的皮膚上十分耀眼，彷彿想像中東南亞度假聖地會有的燦爛陽光。放下手，他朝安帛點點頭，笑道，「出來做田野調查，還帶保鑣啊？」

我和安帛想了一個新藉口，請安帛自稱是做外籍移工相關報告的研究生，要向宋仔請教整個移工產業的工作流程。我們不確定「勞偉會」的宋先生會不會先通知宋仔，到這裡來也沒法子再用「詢問外勞仲介業務」這個理由偽裝，因為宋仔離開「勞偉會」之後不再從事仲介工作，而是開了一家泰式按摩館。

安帛笑著用手肘頂我，「我哥總覺得一個女孩子家到處亂跑很危險，非要跟來不可。」

妳頂到我的肋骨了，小妹。

「女人比我們男人強多啦，我當仲介這麼多年，發現能在不順利的環境裡撐下去的，大多是女人。」宋仔把我們領到按摩館的接待區落坐，一名膚色較深、身形挺直的瘦削女子端來兩杯散著香氣的茶，點點頭，和宋仔一起在我們對面坐下，宋仔向我們介紹，「這是我老婆，和我一起經營這家店。她從印尼來，也可以提供一些經驗。這茶很好，快喝，別涼了。」

我們依言呷了口茶，味道很淡，但在口內回甘。宋仔滿意地看著，問道，「想做關於外籍移工的調查，怎麼沒去找仲介公司，反而來找我？」

「我去過仲介公司了，不過除了他們的說法之外，我也想找一些有仲介經驗、但已經離開那類職場的前輩，聽聽不同的聲音；」安帛放下茶杯，搬出我們擬好的說詞，「此外，我剛開始做這個計畫時認識了阿嘉莎，她向我建議可以找你幫忙。」

「菲律賓來的阿嘉莎？」宋仔的眼光一黯，「原來妳們認識啊。太慘了，那麼乖的一個孩子……」

看來「勞偉會」並沒有事先知會宋仔。宋仔記得阿嘉莎，對於阿嘉莎向人推薦自己也沒露出訝異的表情，可見兩人果然熟稔，阿嘉莎口中的「宋先生」，指的應該不是她的雇主，而是眼前這個當年把她送進這城的仲介。

「的確很令人難過。」安帛靜靜地道，「阿嘉莎當時向我提過，你已經離開仲介公司，是不是因為你對工作有什麼不滿？」

「不滿……我離開的原因沒法子簡單地說成『不滿』，」宋仔抓抓頭，「有點複雜。」

「最主要的原因是？」

「我談戀愛了。」宋仔看看老婆，咧嘴笑得理所當然。

一年多以前，宋仔還在「勞偉會」工作，負責的業務從菲律賓轉到印尼，「局勢變了，印尼比較容易找到工人；」宋仔向我們解釋，「只是沒想到我會在那裡找到老婆。」

仲介成天招募工人，不可能記住每個人的名字，加上很多印尼人只有名字、沒有姓氏，取名方式又與信仰有關，寫成英文字母拼音後仍不大好記。不過在眾多應徵者當中有名女子，讓當時的宋仔留下深刻的印象。

「印象深刻的原因是她意見很多，和一般外籍工人不一樣；」宋仔道，「老實說，她提出的很多問題的確都是業界的黑幕，只是我們當仲介的照章行事，從來沒覺得有什麼不對。因為她太常提問，所以我特別記住了她的名字。」

這名女子的名字不好唸，但宋仔發現可以縮寫成英文「Y. Y.」，於是就在心裡稱她為「歪歪」。

「歪歪認為仲介流程問題太多，培訓課程上了一半就走了，放棄到這城工作；那時她沒想到、我也沒想到，她後來會嫁給我，變成宋歪歪，哈哈。」宋仔自顧自地笑了起來，但隨即收起笑容，「自從她知道仲介的做法之後，就一直關切移工問題，這也是我後來離開『勞偉會』的主要原因。」

坐在宋仔身旁的歪歪坐得筆直，輕輕頷首。

5.

宋仔的泰式按摩館離阿狗提過的河濱公園不遠，只隔幾個街區；週二傍晚店裡客人不多，搭配輕柔鳥鳴的東方樂音籠罩我們，空氣裡飄散讓人放鬆的淡淡香氣。

但宋仔口中的現實，與這裡的氛圍格格不入。

「仲介公司有很多措施，有的說是為了不讓外籍工人利用出國工作的機會逃跑，有的說是要符合本國法規，實際上都是為了要賺錢。」宋仔講得很直接，「要搞仲介，除了公司的營利之外，兩個國家各有很多公家機關和相關官員必須打點，這些全都需要錢。」

這城引進的外籍勞工，早年以菲律賓為主，一方面因為菲律賓在上個世紀的八〇年代雖然頒布以菲律賓語為標準的官方語言，但原來行之有年的另一種官方語言是英語，對這城居民而言，比較容易彼此溝通；另一方面是許多菲律賓人的宗教信仰是天主教和基督教，對這城居民而言，也比較熟悉。

「其實到這城來幫傭的菲律賓移工，有不少在菲律賓當地是高知識分子，甚至有些是公司的管理階層，都是因為他們國家的經濟狀況不好，所以才到國外尋找收入比較高的工作機會。」宋仔說明，「大多數移工明白這種狀況，也就比較逆來順受，但也有人會受不了。」

「因為本來是管人的，所以不習慣被管？」安帛猜測。

「這只是原因之一。」宋仔點點頭，又搖搖頭，「工時過長、限制自由、工作內容被無故增加、被雇主虐待或騷擾……原因很多，而且大部分都不是移工們的問題。」

明知如此，但仲介公司不願惹惱雇主客戶，於是想了各種方式防止外籍移工脫逃。例如提高仲介費用，外籍移工開始工作的前兩年，薪資幾乎都必須用來償還仲介費用，沒有辦法存款，自然就斷了脫逃的可能；又例如找當地的領袖型人物出面協助召募，鼓勵親友一起出國工作，形成一種人情上的相互牽制，如果自己逃了，那麼不但讓家鄉耆老和親友蒙羞，甚至還會給他們帶來麻煩。

「很多雇主根本也搞不清楚自己接觸的仲介公司是否合法，」宋仔聳聳肩，「有些仲介公司其實會和黑道掛勾，藉以警告外籍移工，如果跑了，就會對他在家鄉的家人或朋友不利。」

「因為受不了而跑掉的人很多嗎？」安帛問。

「官方統計數字就不少，但絕對不只那些，」宋仔道，「有時人跑了，雇主沒向仲介反應，也沒報警，就不會列入統計數字；還有些狀況，是那些移工根本就是經由非法管道進入這城的，從來沒有出現在官方的紀錄裡頭。」

「跑掉的移工會去哪兒呢？」安帛微微皺皺眉。

「有的會找更需要勞力的地方工作，例如女人可能會找地方上的小工廠，男人可能就打零工，或者當漁工，那些老闆只要能節省工資，就不會多管工人的身分；」宋仔搔著頭皮，「也有些女人，會去從事色情行業。」

「色情行業？」安帛睜圓眼睛。

「做田野調查的學生，不知道這城裡有很多情色場所嗎？」宋仔看看安帛，「個性單純是好事，但要明白世道險惡啊。」

「不是啦，」安帛搖頭解釋，「我知道這城裡有情色場所，不過從東南亞來的，呃，我的意思是……」

「妳是說這城的男人不大看得上她們？」宋仔明白安帛的意思，「這妳就錯了。東南亞女性有她們的特色，難道妳覺得找外籍新娘的男人都不在意外表嗎？我老婆就很漂亮呀！再說，這些女人在這裡無依無靠，很好管理，就算壓低價碼競爭，也能從她們身上狠狠剝削，賺得更多更容易。」

「對不起。」安帛低下頭。

宋仔咧咧嘴，「別在意。」

歪歪的表情沒有生氣，反倒是姿態放鬆了一點。

6.

「這個不合法吧？」安帛問。

「城裡的情色場所沒半個合法的啦，」宋仔擺擺手，「不同的只在有的會稍微用合法的門面包裝一下，有的連這錢都省下來了。其實會利用外籍女人的那些傢伙，大多都有黑道底，管教女人的方式不是毒品就是拳腳。」

「他們怎麼知道要去哪裡找脫逃的移工？」安帛的眉心緊鎖。

「外籍人士常去的就是那幾個地方，這些人都很熟；」宋仔哼了一聲，「老實說，我還聽過安安分分做事、根本沒想逃離雇主的女人，也被他們直接帶走的情況咧。」

「這是綁架啊！」安帛驚呼，「警察不管嗎？」

「我剛說過，移工不見了，雇主不見得會報警，很多人根本不打算理會，再雇一個就是了；」宋仔一攤手，「而且，有的警察自己根本就……」

宋仔倏地閉上嘴，但我察覺到他的視線。這倒新鮮。

「我不是警察。」我開口。

「對啦，我哥不是警察，倒是常被當成黑道，」安帛笑了，「他最討厭警察了。」

「如果有人以為妳哥是黑道，那大概只是被他的長相唬住了。」宋仔緊繃的姿態略略鬆開，「混了這麼久，是不是黑道，我還分得出來；但是不是可以信任的警察，我就很難分辨了。有的警察的確很不錯，但我也見過有些警察大人，仗著自己有警員身分，表現得比流氓更惡霸。」

與宋仔談話之前，我和安帛不確定他是個怎麼樣的人，所以想藉著田野調查的理由，先聽聽他對外籍移工的看法；宋仔的回答明顯與「勞偉會」的立場不同，加上他與阿嘉莎應該有過其他接觸，所以我決定對他開誠布公。

「我不是警察。」我重複一次，「我是來找你的。」

「是你要找我？」宋仔的眼中再度出現警戒的神色，看了安帛一眼，「田野調查是騙我的？你們根本不認識阿嘉莎對吧？」

「不。我救了她。」我開口，宋仔的視線轉了過來。

我簡要地將那晚偶遇阿嘉莎、協助送醫、被老八當成嫌犯、阿嘉莎在彌留之際曾經說出「宋先生」，以及我打算查明真相的始末，向宋仔說明，安帛則在一旁幫著補充我們在宋家的見聞。

「阿嘉莎說的是你嗎？」我用兩個問句作結，「你認識阿妮絲嗎？」

宋仔看看歪歪，歪歪點點頭，首度開口，「告訴他吧。」

「這有點說來話長。」宋仔往後倒向椅背，長長地吁了口氣。

阿嘉莎是宋仔在菲律賓工作時仲介的外籍看護之一，她聰明伶俐，常主動幫忙，宋仔對她的印象雖然不錯，不過只把她當成眾多準備出國的移工之一，沒有額外的聯繫，也沒有特別留意她到這城之後的工作狀況。

兩年多之後，宋仔在菲律賓的工作告一段落，被轉調到印尼去負責當地業務，認識了歪歪。雖然歪歪在培訓的中途退出，但因為宋仔對她留下了深刻的印象，因而與她保持聯絡，一段時日之後，兩人談起戀愛。

宋仔在印尼工作的那段時間裡，阿嘉莎已經結束在這城宋家的看護工作，暫時回到菲律賓；宋家仍然透過「勞偉會」仲介新看護，但宋老太太對印尼籍的新看護並不滿意，於是宋先生請「勞偉會」協助，希望能夠再聘請阿嘉莎。

「那時我休了兩個禮拜的假，利用時間帶歪歪回這城到處看看；阿嘉莎的手續先前是我辦的，所以宋家提出要求時，公司有通知我。」宋仔對我們說，「因為和歪歪交往的緣故，我對外籍朋友在這城的工作狀況很在意，聯絡了阿嘉莎之後，我還特別問了她之前在宋家的情況，確認過沒有問題，才答應幫宋家處理，還把自己的手機號碼留給阿嘉莎，告訴她說遇到事情可以找我。」

「太太不會吃醋嗎？」安帛問，大約是想到了戴門的善妒。

「那是歪歪叫我給她的，不然我怎麼會這麼做？」宋仔搔著腦袋，「我經手過的移工那麼多，沒法子一個個照顧啦。」

我拿出宋仔剛給我的名片。上頭的號碼和阿嘉莎筆記本裡的手機號碼不同。阿嘉莎可能已經把號碼存進自己的手機，宋太太說阿嘉莎出事前不久弄丟過手機，外籍移工大多使用預付卡，不是一般的 sim 卡，宋仔的號碼應該就存在手機的記憶體裡頭。手機掉了之後，阿嘉莎還能找宋仔嗎？她在彌留時刻想起來的，是這件事嗎？

7.

宋仔帶歪歪到這城，不只是想趁著假期帶女友四處旅遊。宋仔告訴我們，那時他已經打算離開仲介業，和歪歪結婚，所以帶她回鄉瞧瞧，同時也與她商量後續的生活細節。

原來的工作是將東南亞住民引介到這城當藍領勞工，現在或許可以反過來把移工們當成服務對象，開個東南亞食物雜貨的專賣店——宋仔本來這麼盤算，不過歪歪跟著他在城裡逛了幾天，提出不同的意見。

歪歪說這城的生活步調太緊張，大家一定需要放鬆；宋仔帶她去體驗過泰式按摩，加上她與幾個不想成天待在家裡的外籍配偶聊過，於是建議宋仔經營按摩生意。

又過了一陣子，宋仔辭了工作，沒有透過外籍配偶仲介公司，把歪歪娶進門，然後用貸款和積蓄開了這家按摩館。歪歪的頭腦清晰，口才便給，很快就打進了這區的外籍配偶與外籍移工生活圈，不但順利找到了願意學習按摩、到店裡排班工作的外籍女性，也藉著外籍移工的推薦，吸引移工的雇主們到店消費。

按摩館的生意上軌道後，宋仔接到阿嘉莎的電話。

「我本來以為阿嘉莎遇上什麼麻煩，」宋仔道，「結果她說需要幫忙的，是她的朋友。」

「阿妮絲？」我猜。

「沒錯。」宋仔點點頭，「阿嘉莎和我通過兩、三次電話，問我說阿妮絲有沒有辦法主動申請離開雇主？我告訴她這個有點困難，因為我們的法律對移工沒什麼保障，結果她直接問我，如果阿妮絲決定逃跑，我能不能幫什麼忙？」

歪歪和宋仔開始經營按摩館不久，就遇上外籍看護輾轉找上門來尋求協助。歪歪會把人安置在店裡工作一段時間，等存夠了錢，宋仔再利用自己的舊時人脈把他們送回國。

在按摩館裡工作，有店裡的制服可以換穿，晚上也可以直接在店裡過夜休息，對這些不大適合出門的脫逃移工而言十分方便。到店裡求救的移工全都承受了雇主的不堪對待——被亂扣工資、超時工作、限制人身自由，有的身上還有鞭打的痕跡。這些虐待移工的雇主或許不會受到法律制裁，但他們的行為卻是很實際的邪惡。

有些脫逃移工的護照仍被扣在雇主手上，沒法子經由正常管道出境，是故宋仔做的事嚴格說來並不合法；我知道，這是宋仔剛才突然想到我可能是警察、升起戒心的原因。

按摩館開業至今，宋仔和歪歪已經協助過近十名脫逃移工，宋仔認為，阿嘉莎可能在外籍移工之間聽過一些傳聞，手上又有宋仔的聯絡方式，所以才會直接提問。

「所以你答應了吧？阿妮絲在哪裡？」在阿嘉莎筆記本上看到阿妮絲的名字，已經是近一週前的事，現在我們找到了一個可能見過阿妮絲的人，安帛提問的語氣透著急切。

宋仔和歪歪互看一眼，歪歪站起身來，「接下來的事，我請阿妮絲告訴你們。」

8.

「這位先生是送阿嘉莎去醫院的人，」歪歪對阿妮絲道，「坐吧。」

「謝謝。」阿妮絲低著頭發出小小的聲音，不知道謝的對象是歪歪還是我。

阿妮絲的身高與歪歪差不多，膚色較淡，也比較豐腴，不過不像阿嘉莎那麼肉感。那晚抱著阿嘉莎衝到醫院的情景忽然湧進腦海，我感到心臟微微刺痛。

「她就是這樣，所以被雇主毛手毛腳也不敢說，」宋仔看看坐在單人沙發座的阿妮絲。

「找誰說啊？」歪歪靜靜地反駁。

「也對；」宋仔抓抓頭，「幸好遇到阿嘉莎。」

菲律賓的中學要讀四年，接下來是四年的學位制高等教育，阿嘉莎和阿妮絲是中學同學，在這八年間成為好友。畢業之後，阿嘉莎選擇到這城工作，阿妮絲則在當地工廠找到一份差事，兩人仍然保持聯繫，阿嘉莎結束工作回國時，約阿妮絲見面敘舊，阿妮絲聽著阿嘉莎的異國見聞，一方面覺得頗為嚮往，一方面又因個性問題，覺得有點可怕。

阿嘉莎第二次到這城工作後沒多久，阿妮絲上班的工廠就無預警倒閉了。

「那個工廠因為經營不善，所以賣給另一家到菲律賓投資的企業；員工們本來還在慶幸，沒想到新老闆接手後不到一個月，就忽然宣布結束營業，把廠房和機器轉手賣光，沒理會員工的狀況。」宋仔補充，「我後來才知道，那個接手的投資者，還是這城裡有名的商界人士咧，真是丟臉。」

「所以妳才會想到這城工作？」安帛問。

「我和阿嘉莎曾經夢想要一起寫小說；」阿妮絲點點頭，細聲細氣地道，「我想，如果和她在同一個城裡工作，或許可以重新開始討論這個夢。」

「問題是，」宋仔道，「那時想到這城工作，已經不大容易了。」

根據阿妮絲和宋仔的描述，阿嘉莎樂於與人親近，也容易讓人卸下心防、打開話匣子，所以總能聽到很多人生故事，而阿妮絲比較安靜，喜歡獨自寫作，所以兩人原來打算合作，由阿嘉莎提供素材、阿妮絲動筆撰寫。

我一面聽著，一面想到，倘若阿嘉莎的個性容易交到朋友，那麼雖然雇主宋太太有諸多限制，但她的確仍然可能在外籍移工的生活圈裡，聽到關於宋仔可以提供協助的傳聞。

不過阿妮絲打算到這城工作的時候，因為時局不同加上政策修改，大多數仲介公司已經將召募移工的業務重心轉往印尼等鄰近國家。阿妮絲找不到「勞偉會」，也找不到其他仲介，東問西問，最後才找到一家仲介可以處理。

「她找到的那家根本不是合法仲介，」宋仔道，「她直到上船時才發現不大對勁，還能順利到這城來，算是運氣不錯。只是到了這城，雇主看準了她是走偏門進來的，扣住她的護照、限制她的行動，後來看她逆來順受，喝了酒之後還開始對她毛手毛腳。」

「沒聯絡阿嘉莎？」我覺得疑惑。

「我到這城時沒有手機，雇主也不准我用電話，沒法子聯絡。其實我在菲律賓時就該先找阿嘉莎問問的，只是……」阿妮絲搖搖頭。

「只是她想給阿嘉莎一個驚喜。」歪歪替阿妮絲把話說完，補了一句，「傻孩子。」

「到這城幾個月後，阿妮絲才趁著雇主全家旅遊的機會，得到一天休假。」宋仔道，「她身上沒錢，在捷運地下街亂逛，居然遇上了阿嘉莎。」

9.

重見阿妮絲，阿嘉莎十分驚喜，一聽到好友的近況，便開始幫忙出主意。她陪著阿妮絲仔細計算雇主的作息，認為雇主晚上有喝酒的習慣，入睡後溜出來應該不成問題，於是兩人有時會在晚上碰面聊天——這是前兩個月開始的事。宋老太太說過，阿嘉莎是前一、兩個月才開始在晚上出門的，所以阿嘉莎並不是交了男朋友，而是去見阿妮絲。

我想起另一件事。

「阿嘉莎的手機？」我問。

「呃？」阿妮絲一愣，然後明白過來，「對，阿嘉莎把她的手機送給我了。雖然平常我沒辦法用，但她說如果有什麼急事的話，有手機比較方便。她還陪我去買了新的預付卡，借了一些現金給我。」

所以阿嘉莎才把阿妮絲的預付卡號碼抄在筆記本上。所以阿嘉莎才對宋太太說自己弄丟了手機。

「阿嘉莎認為，既然我在這城的工作問題很多，又不是合法入境，不如先逃出來，再設法回國。」阿妮絲放鬆了點，開始主動說話，「但我的老闆警告過我，說他有民代撐腰，叫我小心點。

我很害怕。」

「所以阿嘉莎才打電話給我，」宋仔輕輕聳肩，「這種忙我當然要幫嘛。」

確定宋仔可以幫忙後，阿嘉莎與阿妮絲約好時間，擔心阿妮絲對這城不熟、找不到按摩館，阿嘉莎要她到河濱公園碰面。

她們約定的日期，是三月二十三日。

那天晚上，阿妮絲的雇主睡得較遲，所以阿妮絲趕到河濱公園的時候，已經過了原來約定的晚上十一點。

然後，她看到有個男人，正在與阿嘉莎交談。

「長相？」聽到這裡，我緊張起來。

「看不清楚；」阿妮絲搖搖頭，「我覺得他可能不是壞人，因為阿嘉莎似乎並不害怕，但我不敢走過去。沒想到他們談了一會兒，阿嘉莎就跟著那人走了。」

安帛眨眨眼，面露訝異，我皺起眉頭。

「我很擔心阿嘉莎因為幫我而惹上麻煩，躲在原地不敢離開，」阿妮絲縮縮脖子，「但我一直等到天亮，阿嘉莎都沒回來。」

那個時候，阿嘉莎已經被我送進急診室了，阿妮絲當然等不到她。

「後來呢？」安帛滿臉關切。

「她不敢溜回雇主那裡，幸好身上有阿嘉莎先前借她的現金，所以先在城裡躲了一天。」宋仔道，「那天晚上，她才記起阿嘉莎對她說過手機裡有我的號碼；我那時正在著急，接到電話後，馬上把她接到店裡來。」

「然後，我看到阿嘉莎出事的新聞。」阿妮絲咬著嘴唇，但淚仍流了下來。

歪歪輕撫阿妮絲的背，「別哭了，阿嘉莎不會想要看到妳這樣。先在我這裡待一陣子，存夠了錢我就安排妳回菲律賓。」

「是啊，」宋仔抽了幾張面紙遞過去，「別一直哭啦，妳不是說要替阿嘉莎圓夢嗎？」

「嗯，」阿妮絲接過面紙擦臉，「我要把這次經歷寫出來。這是我和阿嘉莎一起寫的。」

安帛看看我，我點點頭。

沒什麼要問的了。

三月二十三日晚上，阿嘉莎與阿妮絲約定碰面，但還沒等到阿妮絲，阿嘉莎就同一個男人離開了河濱公園。幾個小時後的三月二十四日凌晨，我在暗巷裡救了被下藥虐打的阿嘉莎，把她送到醫院。當天中午，阿嘉莎在醫院過世，下午老八上門找我。

那個和阿嘉莎交談的男人，是最大的嫌犯。

我得把那個男人找出來。

IO.

離開按摩館，我橫過街區，穿過高堤，走進河濱公園。

方才謝過宋仔及歪歪、準備離去的時候，我告訴阿妮絲，會盡力找出對阿嘉莎施暴的人。宋仔表示可以招待我和安帛享受店裡的按摩服務，安帛說她得回家準備考試，婉謝了宋仔的好意，不過宋仔極力要我留下，說阿妮絲已經練習了幾天，正好讓我試試她的手藝。

事實證明，阿妮絲的按摩手藝還不大行。我一面走一面轉動脖子，覺得因重量訓練的痠痛完全沒有抒解的感覺。

不知道阿妮絲得工作多久才能存到足夠的旅費回家。如果宋仔需要幫她解決護照問題或者直接偷渡，想來還有額外的花費。

希望阿妮絲的文筆比她的按摩技巧好一點。我提醒自己，該想法子從警方手中拿回阿嘉莎的筆記本，把它轉交給阿妮絲。

這城早年有不少水路縱橫，有些是天然河川，有些是人工運河。在政權更替、城市興起之後，大多數的人工運河已經被混凝土地面覆蓋，連天然河川都被巨大的高堤擋在城外。

最早是移民，然後是隨新政權進駐、渾然不知自己會在此落地生根的住民，接著是全國各地前來尋求機會、希望能開創美好明天的工作者，現在是來自不同國家、希望能在異地圓夢的外籍朋友——這城一直以來的各式精采，都是種種自外而來的力量共同熔鑄形成的。

只是把持政治權力的那個階層，一直認為他們才是有權力捏塑這城形貌的特權分子。他們把這城的記憶一再打破重建，直到居住在這城的人，全都忘了這城應該要有的模樣，只看得見他們形塑出來的長相。

權力階層有時摧毀記憶，有時假造記憶，築起高堤遮住記憶的長河。看不見真正的記憶，居住在這城的人，只能在高堤的另一面，按照權力階層的口中的建設願景，計劃自己的未來。

失去過往的記憶，未來的計畫其實沒有穩固的根基。

就像我一樣。

而事實上，權力階層所謂的建設，大多只是為了私利。在建設過程中產生的所有髒汙，這城的所有居民都不自覺地一起張口，吞了下去。

想要把這城變成真正的夢土，得把這些骯髒的東西一一清除乾淨。

因為通過爭議法案而開始的抗議行動或許是個除穢的起點。只是起點。

我曾經在尋找玻玻的過程中，得知一些關於這城的過往；穿過把河川隔絕在外的高堤時，又想了起來。

近晚的河濱公園有不少運動的民眾，有的騎單車有的跑步，有的傳接球有的遛狗。

我沿著河邊來回走了幾趟，發現狹長的河濱公園其實有不少隱蔽處。

天色漸暗，路燈亮起，那些隱蔽處仍籠在影裡。

運動的民眾少了，東南亞裔的外籍看護則明顯多了，幾乎全是女性；她們有的並肩推送坐著輪椅的老人，愉快地用外語聊天，有的坐在草地邊緣，靜靜看著河水。

我找了個地方坐下。

背對高堤，看不見城裡的霓虹燈光，眼前的河景雖然沒什麼特色，但已經給人一種遠離這城的錯覺。

河流中的幾方小沙洲上堆著廢棄物，可能是先前某幾回的颱風天河水漲了，從別處漂到這裡後，就沒再離開的各式雜物。我看到染著黃泥顏色的洋娃娃、綠色半透明的塑膠小豬撲滿、房屋仲介的標語，還有生鏽的腳踏車架。它們都離開了原來的居所，失去了原有的功能，擱淺在此，靜待時間終結。

對岸的房舍明顯比這城陳舊，但更遠一點，多處新式大廈的建設工程已經在老屋背後搭起骨架。

流水淙淙的聲音慢慢清晰，或許是因為周遭的聲音小了，或許是因為我的心靜了。

我看著河川，覺得自己有點明白外籍朋友想到這裡來的心情。

更晚一點，外籍看護也漸漸少了。

我一面觀察河濱公園裡頭的人數變化，一面思考。

與阿嘉莎交談的那個男人雖然沒有讓阿嘉莎心生警戒，但很可能在帶走阿嘉莎後伺機下藥將她迷昏。如果他就是我在阿嘉莎記憶裡看到的馬頭人，其他幾個遇害的外籍女性，也有可能是他從這裡帶走的。

常到這裡來的外籍女性會注意到這件事嗎？我想了想，搖搖頭。

依照阿狗提供的資料，凶手將近半年才下手一次，外籍移工的工作情況會隨著雇主的需求變化，加上彼此不見得容易有橫向連繫，如果有天忽然見不著某個人，可能也沒法子詢問。

除了阿嘉莎之外，沒人知道另外三名死者的身分。如果凶手擄走的都是脫逃的移工，就更不會有人在意她們的去向。

十一點了。這是阿嘉莎與阿妮絲原來約定碰面的時間。我擡頭看看周圍，在夜色裡行走的人已經屈指可數，如果凶手在這個時候擄人，可能不會有什麼目擊者。

看著河水，我想起〈抵達夢土通知我〉，於是試著在腦子裡重播，但試了幾回，響起的都是〈魔王〉。

我抽出手機，上網檢查我在拍賣網站的待售品項，沒什麼特別的紀錄。正要收起手機，螢幕上跳出一則簡訊。

「書讀累了，想出去走走，我們到你說過的那家唱片行集合！安帛」

今天下午明明才一起執行任務，回家後又說想去唱片行？唱片行離這裡不遠，不過就算趕過去，也應該已經打烊了吧？

我回傳訊息，但安帛沒再傳來簡訊。

既然安帛有興緻，還是過去瞧瞧吧。

我站起身來。

唱片行一樓的鐵門還沒有拉下，我走上二樓，發現店門已經關上。

我往上走了幾個樓層，其他店家都已經休息；我回到二樓，等了一會兒，又走到一樓的鐵門外頭。

安帛沒有出現。

是她後來看見我的訊息，發現時間不對，所以沒來？我拿出手機打算問她，忽然想到今天是四月一日——所以這其實是個愚人節玩笑？

算了。如果問安帛這事，不就證明我上當了？

我重新看了一次訊息，忽然覺得不大對勁。

●

計畫的進行大致順利。

畢業製作的成績沒有他預期的好，他明白雖然自己已經調整水準、紆尊降貴地做出讓老師們不那麼難理解的設計，不過對那些只能窩在學院裡的庸才而言，可能還是太困難了。

研究所考試倒是沒什麼問題。

他按照計畫通過考試，按照計畫進入研究所，無風無浪地過了一年。他覺得生活平靜愉快，就算看見從前一定會讓他心癢難耐的漂亮女孩，現在也能一眼看穿她們用保養品和化妝術糊起來的空殼子，而一旦透視她們一無所有的內裡，騷擾他的慾望也就隨風而逝。

這就是一切按照計畫發展的感覺啊；他十分滿意，心裡想著：父親一定也常有這樣的感受吧。

研究所二年級下學期的某個晚上，他留在系所裡趕作業，走出系所大門的時候，已經過了晚上十一點。

這回的雕塑作業他做得心浮氣躁，經過多次修改，仍然沒法子和指導教授達成共識——指導教授覺得每次討論之後他都仍抓不到重點，而他嘴裡沒說，但心裡知道指導教授根本是個蠢貨。

雕塑成品理應是個固定不變的形體，但他想利用爆破的瞬間燦爛來對照出時間的無常。「對照永恆，其實我們的雕塑也可能只是剎那的爆發，」他告訴指導教授，「我用來雕塑的材料，就是時間。」

指導教授認為他的想法很有創意，但對他提出的爆破模擬圖很不滿意。「這看起來就是個還沒升空就炸掉的天燈，」教授皺著眉，「要做這個，去弄個天燈罩子和幾根沖天炮就好了。」

天燈罩子？他參考好幾座地標建築外觀設計出來的成品，怎麼會是個天燈罩子？他先是不滿地向指導教授解釋，再是讓步做了部分修改，但從爆破前的模型到爆破時的模擬，指導教授都一再挑剔。

仔細想想，從研究所一年級的第一份作業開始，他和每個教授的溝通都是如此，總要撐到他為了學分而退讓、把作業修改成一件毫無格調的爛東西才能過關。

原來為了長遠的計畫，自己已經忍耐了這麼久！他恨恨地穿過夜幕，忽然想起，理學院大樓的附近，常會見到幾隻流浪狗。

他一面朝理學院大樓前進，一面東張西望，想找個稱手的工具；走到大樓前頭，沒看到什麼合用的東西，倒是聽見隱約的音樂聲，從大樓後方傳來。他繞到大樓的另一側，發現地上有個接著MP3隨身聽的小音箱播著舞曲，一名長髮女孩，正隨著旋律起舞。

女孩跳舞的身段柔軔但是力道十足，表情認真而且完全投入；在昏暗的燈光下，女孩的胸前有一小點黃光隨著舞蹈動作閃現，他愣愣地看了一會兒，忘了自己到這裡來做什麼。

主旋律暫歇，他發現這首節奏強烈的舞曲，在間奏裡置入了一段他熟悉的主題。

女孩停下動作，回頭看見他，略略吃驚，但沒有顯出防備的表情。

他看清楚先前閃爍的那點黃光是個琥珀鏈墜，也驚覺自己一直盯著女孩的胸口，慌忙拉高視線，遲疑地朝女孩點點頭。

女孩大方地笑了笑。他開口，「那是〈魔王〉。」

「啊？」女孩疑惑地眨了眨眼。

「喔，呃，」他察覺自己說得沒頭沒腦，「剛那首曲子的間奏，加了舒伯特〈魔王〉的主題段落。」

「真的嗎？」女孩看看擺在地上的隨身聽，又看看他，微笑道，「你好厲害，我都不知道。」

幾個月後，他回想起那個晚上，總記不起來自己接下來講了什麼。是說了〈魔王〉一曲的背後故事？還是分析了舒伯特的作曲特色？是拉開時間跨度講了古典時期到浪漫時期的音樂型式演變？還是列舉了其他應用古典樂句的舞曲範例？他沒法子確定。

能夠確定的一件事，是他講了許多，而女孩聆聽的表情顯露了極大的興趣，那個表情讓他繼續講了更多。

女孩是就讀大學部心理系三年級的學妹。他開始每晚繞到理學院大樓附近，雖然不會每回都遇上學妹，但只要學妹在大樓後面獨自練舞，他就會留在那裡，等著和學妹聊天。學妹喜歡跳舞，也喜歡音樂，雖然沒什麼古典樂相關知識，但完全不排斥他長篇大論的解說。

一週之後，他約學妹去聽音樂會，學妹沒怎麼考慮就答應了；接下來一個多月，他不只和學妹去聽了音樂會，也一起去看過兩場藝術電影，共進幾回晚餐，談論不知多少話題——大多數時間，講話的都是他，但他知道學妹求知若渴，看著他的眼神裡總有滿滿的崇拜。

那樣的眼神，每每讓他頸項以上與兩腿之間的部位，都充塞著萬分驕傲。

某個晚上，他和學妹在一家僻靜的咖啡館喝咖啡，店裡播著北歐爵士樂手凱托．畢卓斯坦冷靜的鋼琴獨奏，氣氛很好。學妹一如往常，專注地聽他講話，他覺得今晚應該是更進一步的最佳時刻。

他描述著畢卓斯坦如何結合古典底蘊與爵士技法的時候，記起初見學妹獨舞那晚，他曾聽出舞曲裡使用了〈魔王〉的樂句，然後想起一件事。

「妳為什麼要在那麼晚的時候獨自跳舞？」他問，「不怕遇見壞人？」

「不會啦；」學妹笑著，「在學校裡還蠻安全的啦。」

「但為什麼要躲在大樓後面呢？」他追問，「因為怕羞、不想被別人看見？」

「練舞本來就不是公開表演嘛；」學妹道，「但要在很多人看的時候好好表演，就得先自己把舞練好呀。」

「所以……社團下回什麼時候表演？」他知道學校有舞蹈社團，但因為覺得太無聊，所以從沒留意過社團表演的訊息。

「不是社團表演，是我打工的地方。」學妹說出店名，他知道那是這城東區一家有名的夜店。

學妹解釋，自己希望能夠繼續唸研究所，也想到校外的專業舞蹈教室學舞，但不想增加家裡的經濟負擔；發現有個夜店在召募舞者時，學妹認為這工作不但能跳舞又能存錢，於是就前往應徵，也順利被錄用。

他聽得不怎麼專注，滿腦子都是學妹舞動的姣好肢體。原來那不是我獨享的畫面，不對；他想：在夜店表演，穿得一定更火辣才對。混蛋東西。

「老闆很在意舞者的福利，原本不希望我只去打工，想和我簽專職契約，薪水比較好；」學妹續道，「不過專職的話，上班的時數就會比較長，所以我說得等畢業之後看看存款和研究所考試的狀況再考慮。老闆人真的很好，在談過之後就決定通融。」

「因為老闆一定是個色鬼，對妳另有所圖。」他回過神來，酸溜溜地道。

「老闆是個漂亮的大姊姊哦，」學妹瞇起眼睛，「學長你想太多了。」

「那就是個蕾絲邊色鬼，」他不喜歡被反駁，「同性戀最噁心了。」

「學長……」學妹皺起眉頭。

「算了，走吧，」他揮揮手，「到我那裡聊聊。」

「有點晚了，」學妹搖搖頭，「我該回去了。」

「還早；」他堅持，「如果待會兒聊得太晚，就留在我那裡吧。」

「不好啦，學長。」學妹擠出一個笑容。

「什麼不好？」為什麼學妹今晚一直和他唱反調？他抓起學妹的手，「我們已經……」

「我們沒有什麼。」學妹抽回手，站起身，「我要走了，謝謝學長。」

隔天，他收到學妹寄來的電子郵件，表示自己很喜歡他對設計和音樂的看法，也喜歡聽他講述知識，雖然和他相處很有收獲，但並沒有想到男女感情。在電子郵件的最後一段，學妹道了歉，說自己可能做了什麼讓他誤會的暗示，希望還是有機會和他當朋友，至於有沒有可能更進一步，就看看兩人的緣分。

他草草地掃視完電子郵件，移動滑鼠，按下刪除。

什麼讓他誤會的暗示，什麼緣分，都是其他女孩已經用過的拒絕說詞，他以為學妹是個與眾不同的女孩，但學妹唯一的不同，只是很開心地把他當成知識資料庫而已。都已經在夜店滿屋子流著口水的男人面前搔首弄姿地登臺跳舞了，還在他面前裝什麼清純？

回想起在理學院大樓後頭初見學妹的那晚，他懊惱地發現，在那個剎那，他已經不自覺鬆開了原來牢牢緊抓的計畫，朝不確定的方向漂移，離原來等著他的夢土愈來愈遠。

「我實在應該好好按照計畫前進；」他在心裡想，「這個假惺惺的學妹利用我，害我浪費了一個多月的時間。等我完成計畫、成了重要的設計大師，一定要找機會報復。」

關掉電腦，他一面換衣服，一面尋思住處附近有沒有流浪動物能讓他發洩怒氣。

這時他並不知道，他的生活裡有個巨大的變故正在醞釀，即將把他重重地撞離未完成的計畫。

【六】另一個日子，另一名死者

那個狂野殘虐的夢，是壓斷駱駝背脊的那根稻草

——〈Another Day Another Death〉by The Mob

I.

我住在夜店的地下室裡，無論何時都看不到陽光；不過醒來的時候，手錶告訴我現在是日正當空的中午。

打開筆記型電腦，新聞報導抗議行動仍舊持續，但與警察相關的多數新聞，都沒再看到那張暴力員警的照片，這些新聞講的不是一週前暴力驅離的後續究責，而是一起謀殺案件。

又有一名外籍女子遇害。

我急急地點開一連串相關新聞仔細瀏覽，再找出警方發表在自家網站的聲明稿。這些內容顯示，遇害的外籍女子屍體在河濱公園靠近堤防的地方被早起運動的民眾發現，生前曾遭暴力毆打，凶手施暴的部位遍及全身，尤其集中在頭部，導致女子五官幾乎全數毀壞。警方表示，這名死者的情況與之前的四具外籍女屍相仿，因此研判是同一個凶手所為，警方將加緊緝凶的腳步，全力將這名凶嫌逮捕歸案。

有什麼事不大對勁。我繼續閱讀其他新聞網頁。

新聞裡沒有提到任何高層施壓，我知道警方高調喊話，主要是想利用這則新聞掩蓋上週造成巨大負面觀感的暴力驅離事件，轉移大家的焦點。

話說回來，這是椿罕見的連續殺人案，就算輿論對外籍移工沒那麼在意，警方還是會感到有些壓力。

先前的四名死者當中，警方只確認了第四名遇害的是阿嘉莎，前三具意外打撈上來的遺體仍然身分不明。我不確定警方是否已經查出第五名死者是誰，但我很確定警方會來找我。

反正躲不掉。我好整以暇地刷牙洗臉，穿上衣褲，離開地下室，到附近麵店吃午餐。

正在低頭吸麵條的時候，老八在我對面坐了下來。

「好吃嗎？」老八開口，「我也來一碗好了。忙到現在，連早餐都沒吃。」

鬧區小吃店沒什麼講究，我也只是想填填肚子，況且和一個找麻煩的傢伙同桌，再好吃的麵也不會有好味道。

老八向老闆點了麵，又走回來坐下，「看到我好像不怎麼意外嘛？知道我會來找你是吧？」

貴單位連在媒體上高度曝光的施暴警察都找不到，怎麼找得到其他案子的嫌犯？既然我是貴單位唯一的嫌犯，不找我要找誰呢？

「你一定看到新聞，所以覺得我會來找你，但這不是主要原因；」老八不管我的沉默，自顧自地繼續，「有人向我們舉報，說有個戴墨鏡的可疑男子，昨晚在河濱公園附近的酒吧喝酒，連墨鏡的款式都描述得清清楚楚，我查過了，就和你臉上這款一模一樣。我到酒吧去問過，服務生證實昨晚接近午夜的時候，的確有個墨鏡男在那裡。那一定是你。我們今早在河濱公園發現屍體，你要不要解釋一下？」

有什麼好解釋的？昨晚出現在那個酒吧的搞不好有近百人，難道每個都得被刑警盤問？況且我根本沒到過那附近的酒吧。

老八的麵上桌了，一小碗沒什麼料的麻醬麵。我擡頭喝乾碗底的湯，看看老八，忽然覺得他看起來很疲憊。

「在公園。」我對老八說，「沒去酒吧。」

「你當然不會承認啦，」老八嘴裡塞著麵條，聽起來語氣有點懶，「已經五條人命了。誰知道還有沒有我們還沒查到的？明明知道我們在注意你，你居然還敢犯案？瞧不起警察嗎？」

唔？我皺起眉心。

老八提到一個重點：凶手為什麼這麼快又有行動？

稍早看新聞時，我覺得不對勁的就是這件事。

連續殺人者的行動是有週期性的。在大多數的案例當中，連續殺人者平時心中就有不斷積累的犯罪幻想，可能會因生活中的變故——失去工作、親友死亡、和男女朋友吵架，或只是走在路上意外被人撞了肩膀——導致他將幻想付諸行動；接著他會有一段時間利用回想犯罪經過來安撫自己內心的騷動，直到下回犯罪衝動無法遏抑，才動手進行另一宗案件。

先前根據阿狗提供的資料，我推算過馬頭人行凶的週期：第一名女子在前年年底遇害，第二名是去年的六、七月分，第三名是去年十一月，第四名阿嘉莎則在今年三月底，所以馬頭人大約每半年犯一次案，但時間間隔每次都會縮短一個月左右。

犯罪回憶帶給連續殺人者的安撫效果會愈來愈差，所以連續殺人者的犯案頻率會愈來愈高；但從阿嘉莎遇害到今天發現的新死者之間只隔了約莫十天，縮短的速度實在太快了。

如此推論，出現兩種可能：一、馬頭人的犯罪週期本來就短，只是因為有其他屍體沒被發現，才讓我做出錯誤的估算。但這可能性不大，因為前三具屍體被發現是個意外，在沒被發現之前，河底一直是個安全的棄屍所在，所以我認為馬頭人一直都選擇將屍體棄置在河底，到阿嘉莎為止的四名犧牲者，應該就是馬頭人目前的所有受害者。

這麼一來，剩下一個可能。

「不是那人幹的。」我喃喃道。

「別裝內行！」老八一拍桌子，剛吃完的空碗跳了起來，「我才是警察！」

2.

午餐時間已過，小吃店裡沒別的客人，老闆默默過來把碗收走，沒有多說什麼。

「昨天下午，你在哪裡？」老八問我，大概因為不想造成老闆的困擾，所以壓低了音量。

在按摩館，而且我有人證。但是如果老八去找宋仔，可能會給按摩館帶來一些麻煩，如果老八去找安帛，那麼可能會讓安帛和戴門因此爭吵；我想起宋仔暗中幫助脫逃移工的行動及戴門曾對安帛動粗的事，沒有回答。

「又變成啞吧了？」老八看著我，「昨天晚上，除了河濱公園之外，你還去了哪裡？」

「唱片行。」我道。

「有人可以證明嗎？」老八問，我搖搖頭。

「好好想想，」老八清清喉嚨，「我要做筆錄。」

沒意義。就算我是連續殺人者，今天發現的這名死者也不是我幹的。前三名死者被沉到河底棄屍，阿嘉莎如果沒有自行逃出，大概也會落得一樣的下場，但第五名死者並沒有被扔進河裡。就算凶手因為前三具屍體剛被撈起不久，所以決定改變棄屍地點，也應該另覓他處，而不是直接棄置在堤防旁邊——這種做法簡直是故意要讓人發現屍體的。

我簡短地向老八說明我對犯案週期及棄屍地點的疑惑，老八面無表情地聽著，等我說完了，才道，「想當福爾摩斯？先去照照鏡子吧。你說的我都想過了。」

都想過了還是只能來找我？這樣還說什麼全力緝凶？我的表情不以為然。

大約是看見了我沒藏住的冷笑，老八板起臉，「有什麼好笑的？我們很重視這件事。」

「轉移焦點。」我聳聳肩，「連打人的警員都找不到。」

「那是我們警察的事，輪不到你說三道四；」老八沉著臉，「搞清楚，你在我眼中還是個可能有罪的嫌犯。」

「打人的警察才真的有罪。」我道。

老八捏緊拳頭。我本能地繃緊神經，有一瞬間以為我們就要在小吃店裡大打出手。但接著老八肩膀一垮，嘆了口氣，「你啊……唉。」

嘆什麼氣啊？我略略放鬆肌肉，老八續道，「我看了好幾天錄影帶，確認你去過立法大樓的抗議現場，但沒鬧事，連衝進行政大樓都沒有。」

要看多少錄影帶才能追蹤我那幾小時的行動？大約是看我露出驚訝的神情，老八沒什麼力氣地撇撇嘴角，「半夜戴墨鏡的人很好認啦。也許你真的只是幫忙把阿嘉莎送到醫院、沒對她動手，但我目前還是得一直來找你。現實生活裡的刑案偵查和小說、影集是完全不同的東西，現實生活裡的正義很可能長相畸形。」

我可以想像老八在體制內工作有很多無奈，但這不代表姑息同袍打人就是對的。

老八看了我一眼，「我知道，你大概要說這不是包庇我們自己人的理由，我女兒也這麼對我說過；她很有正義感，這大概是我的遺傳，前幾天她還因為這件事和我鬥嘴。我也看不慣警察亂打老百姓啦，告訴你，我其實認識幾個當天動手的警察。這事我已經報告給上頭了，但上頭不開始查，我也沒辦法。這不是我的職責。」

也許是連著幾天查案，實在累了，也許是老八在調查之後已經認為我沒有嫌疑，但卻又找不到其他線索，所以感覺無奈。老八叨叨絮絮地說話，一會兒提到年輕時因為想要伸張正義所以立志當警察，一會兒講到長年面對體制裡種種沉痾的無能為力。

我沒有說話，看著理想的泡泡一一在老刑警身旁熱情地浮現，又一一無情地幻滅。倘若那晚的暴力行動真如阿狗所說，其實是上級授意的，那麼老八的無力感就會更大更沉。

「混了很多年，我才學會怎麼在我的能力範圍內，利用這個體制給我的權力去對抗不正義的事，我知道這樣做不夠，但我只能盡力做到我能做的。」老八看看自己的手，好像想要找杯啤酒，「正義是個夢，現實他媽的複雜多了。」

「啤酒？」我問。

「還在執勤，算了。」老八看看我，搖搖頭，然後笑了。

3.

「找買過墨鏡的？」既然老八接到的檢舉電話都指向某個墨鏡男子，第二通檢舉電話甚至清楚地描述了墨鏡款式，或許這是個可能的偵察方向。

「試過啦；」老八哼了一聲，「你臉上這東西又不是什麼名牌貨，到處都買得到，查不出什麼來。你別搞錯了，我說的檢舉電話都是真的，重點是半夜戴墨鏡的可疑分子，不是每個買這款墨鏡的都有嫌疑。」

「沒新線索？」我曉得這是明知故問，不過同老八談談案情，對現在的他而言應該是最有用的幫助。

「今天這個還在驗，不過前四個嘛……」老八沒再說下去。

「棕色毛髮？」我想起阿狗提過的跡證。

「啊？」老八瞄了我一眼，臉上的訝異一閃而逝，「你問過認識的記者，對吧？我知道局裡有人對記者提過這個。但那幾根毛沒什麼用。」

阿狗提過，鑑識人員表示那幾根棕色毛髮看起來並非來自人類或動物，應該只是化學纖維；老八告訴我，在化驗之後，鑑識人員確認那的確是種化學纖維，但沒法子追查來源——因為這種化學纖維十分常見，用途極廣，根本無法確認來自哪裡。

這種化學纖維多被製作成便宜的人造皮草，使用在女性服裝上做為裝飾，警方在外籍移工常去消費的地點搜尋，包括阿狗提過的捷運地下街，找到一些使用這類化學纖維的衣飾，但沾黏棕色毛髮那具屍體的衣服上，並沒有這類飾品。

「所以我們雖然找到一些使用這種東西的衣服，但沒什麼用；」老八解釋，「那名死者身上的衣服沒有這種東西，就算是從她其他衣服上轉移過來的，我們也不能確定。再者，因為有不少地方在賣這種東西，那幾根毛如果是她逛街的時候黏到她身上去的，我們也根本無法確定是在哪家店裡沾上的。」

「沾在外衣？」我問。

「不，沾在身上；」老八搖搖頭，「你是認為，如果是逛街沾到的，就不大可能沾在身上？但女人逛街買衣服總會試穿啊，所以說不定是她試穿的時候碰到的。總之可能性太多了，但都沒法子追下去——我們甚至查到製作這些衣服的幾家成衣廠，想說她也有可能是在工廠工作時摸過這類東西，不過我們找到的成衣廠都在國外，和眼前的狀況搭不起來。」

「或許……」我沉吟了會兒，「不是衣服？」

「比如說？」老八揚起眉。

「面具。」

我對老八說，夜店在萬聖節的時候舉辦過扮裝舞會，我看過顧客戴著把整顆頭顱罩住的橡膠面具，這類面具有的會有毛髮，說不定也是個可以查查的方向。

夜店的確舉辦過扮裝舞會，但這並不是我想到應該追查面具的原因。真正的原因，是我想起馬頭人。

馬頭人是虐打阿嘉莎的真凶，我剛才重新檢視自己讀過的阿嘉莎記憶，確定馬頭面具上植有棕色的馬鬃。

「面具啊……」老八皺眉想了想，「的確是個方向，我會去查查看。只是賣那種面具的地方大概也不少，製造工廠說不定也都在海外，所以很可能和追查成衣的狀況一樣，找不出什麼有用的東西來。再說，這種東西用途很廣，還會出現在哪裡，根本猜不出來。想到面具是個好點子，你再想想，有什麼新點子就告訴我。」

老八嘴裡雖然說不抱期望，但眼中明顯重新燃起偵辦的熱忱；他站起身來正要離開，又回頭對我道，「不過你還是得到局裡來做筆錄。」

真麻煩。

我嘆了口氣，老八彎出一抹若有似無的笑意。

4.

在警局待的時間比預計的久，主要是因為老八打字速度實在太慢。好幾回我想乾脆搶過鍵盤幫他，不過老八對我的態度雖然軟化了些，卻十分謹慎地不讓我看螢幕上的資料，所以我樂得袖手旁觀他艱苦地與電腦奮戰，沒把自己也在查案的事情告訴他。

不知道柔伊這幾天有沒有去「Sister Mor」？走回夜店的路上，我想起這件事。

我和阿剛去「Sister Mor」的時間是三月三十一日，今天是四月二日；娃娃臉說柔伊應該一、兩天之內就會再去那裡買「彩蛋」，但我昨天和今天都在忙阿嘉莎的事，不知道柔伊的後續狀況。

如果柔伊出現、娃娃臉也依約通知了阿剛，阿剛會告訴我，或者找我一起去「Sister Mor」嗎？可能會，但更可能不會；畢竟見到柔伊，就要處理他們兄妹之間的事，阿剛大概不會希望我這個外人在場。話說回來，倘若阿剛找到柔伊，我的工作也就算是完成了，雖然這樣就賺到那疊鈔票，好像有點太過輕鬆，不過阿剛付得起，我也就沒什麼好說的。

先別管這些了。今晚安帛約我去聽演唱會呢。

現在還來得及回地下室打理一下，帶上要送安帛的唱片，再問安帛要不要去她家接她。

正想到這裡，我收到安帛的簡訊。

「抱歉，今晚的約要取消了。」安帛的簡訊寫著，「戴門工作時割傷了手，今天不會加班，我也不打算去聽演唱會了，要留在家陪他。」

我站在路邊讀了三次簡訊。

深吸口氣，我回傳訊息：「好的，請他保重。」

回到地下室，我打開筆記型電腦，上網檢查拍賣網站的紀錄，仍然沒有什麼有用的回應。

想到可以利用拍賣網站，本來就只想碰碰運氣，但一連幾天沒有任何收獲，我還是覺得有點失望。

我想了想，在網路上搜尋照片，把其中一張存到硬碟裡，稍微裁剪修改，再擬一段簡單的自我介紹，上傳到拍賣網站的賣家資料當中。

之前唱片行店員給我的名片一直放在筆電旁邊，我鍵入名片上的網址，瀏覽了幾頁店員設計的唱片封面，存下一張圖檔，也加進賣家資料裡。

就算只想碰運氣，我之前做的還是太隨便了點。希望增加這些東西能產生效果。

線上新聞幾乎全被兩件事占據。

首先是抗議事件的相關發展：先前引發爭議的法案居然再度送審，官員和民代彷彿沒把前幾天大遊行時的承諾當一回事。有幾個官員想要展現不同的氣度，一面稱讚抗議學生及社運團體的作為，一面又批評抗議者十分淺薄、不明事理。

好無趣的演技。但說不定真會有用。拖過這段時間，大多數人記得的，可能就只剩下官員在媒體上表現的度量和關於抗議活動的負面印象。

前幾天我在靜坐現場關於群眾可能已經不那麼對時局冷感的想像，或許還是太樂觀了些？因為幾則新聞提及：下午有不明人士從附近頂樓朝抗議群眾扔擲小石塊，警方已經到過現場勘察。

如果這些人是主動鬧事，就表示一般民眾當中的確有人不認同抗議活動，甚至要動手嚇唬抗議團體；如果這些人是被安排去鬧事的，看到新聞的民眾就會與我產生相同的反應，認為這個活動並非人人認同。

警方到現場勘察本來就是分內工作，不過在這種情況下，還會讓民眾有「就算是抗議分子，警察也會努力保護」的感覺，沖淡警方曾經暴力驅離抗議群眾的影像。

另一個占據不少版面的新聞，自然是連續殺人案的偵辦進度。大致瀏覽完抗議事件的相關報導，我點開標題寫著「重大進展！第五名死者身分呼之欲出！」的新聞。

讀了兩行，我的心陡地一涼。

這則新聞說，第五名死者的右耳，穿了很多耳洞。

5·

我拿起手機，發送簡訊。

沒過多久，手機響起。

「你剛要的資料我寄到你的信箱了，」酒保在電話的另一頭道，「我把找到的相關資料夾內容全複製給你了，自己沒看，因為我擔心……」

「謝謝。我先看看。」我掛掉手機，上網收信。

酒保寄來的資料，是從駭進警方網路裡找出來的第五名死者案件紀錄，除了文字檔案，還有不少圖檔，包括發現屍體時的現場蒐證照片，以及驗屍時從不同角度拍攝的死者狀況。

從現場照片看來，死者被棄置的地點，就在民眾慢跑運動的步道旁邊，距離河岸還有幾公尺，旁邊沒什麼遮蔽，很容易被發現。蒐證報告提及，屍體旁的微量砂土，顯示屍體曾被拖行一小段路程，凶手先前應該是先把屍體放在離河岸較遠、長堤下方的隱匿處，然後才利用河濱公園沒人的時候把屍體拖出來。

警方循著拖曳痕跡找到原先的隱匿處，也在那裡找到血跡，但血液只有滴落痕跡，沒有噴濺痕跡；長堤沿路沒有其他血跡，因此警方研判凶手應是在他處行凶，將屍體包好之後運到長堤旁，然後再拖出來。

凶手是否可能原來打算把屍體扔進河裡，但只拖行到半途便匆匆離去？我想了想，認為這個可能性不大。

如果凶手半途離去，八成是查覺附近有人，可能會對他的舉動起疑；但警方的報告裡沒有任何相關證詞，第一個發現屍體的晨起民眾，看到的就是死者孤零零地癱在地上，旁邊沒有其他人。

再者，凶手既然在隱匿處就已經解開屍體的包裹物，也沒在屍體上綑綁重物，那麼就算屍體被扔進河裡，依然會先漂浮起來——也就是說，如同我對老八提過的，凶手根本就希望屍體早點被發現。

有的連續殺人者會用這種方法嘲笑警方無能、炫耀自己的作案手法萬無一失，認為警方根本抓不到自己。

馬頭人也一樣嗎？不對，我搖搖頭；這個凶手不是馬頭人，所以他這麼做，是故意選在這個時候行凶、希望警方把這樁案子一起算到馬頭人身上去。

驗屍報告裡的照片慘不忍睹。不是因為有鮮血淋漓的殘體斷肢——事實上，這具屍體的確讓我聯想到被虐打的阿嘉莎，但被摧殘的程度更甚，紅腫青瘀遍布全身，有幾處看起來骨頭已經斷了。

真正讓我覺得慘不忍睹的是臉。

她的臉被炸爛了。

驗屍報告提到，死者是被勒死的，但凶手在死者斷氣後仍持續虐打，並且使用某種東西毀了死者的臉。警方從傷口採集到的微物跡證，推斷可能是某種爆竹，或者小型的土製炸彈。

究竟要有多大的恨意，才會在對方已死的情況下繼續施暴，甚至想毀了她的臉？

或者，凶手這麼做的原因，是警方曾經公開提過，前四名死者生前曾遭毆打，所以認為自己也得這麼做？

但就算如此，也沒必要刻意炸壞死者的臉。

凶手想讓屍體早點被發現，但不希望死者的身分太快被查出來。

不過，凶手漏了耳朵。

我深吸口氣，找出一張清楚的頭部特寫，一個一個計算死者的耳洞。

右邊十一個。左邊一個。

我發了會兒愣。拿出手機，發簡訊給酒保，請她從阿剛託管的酬勞當中扣除這次駭進警方資料庫的費用。酒保沒有回訊。

又過了半晌，我發簡訊給阿剛。

應該出門吃晚飯，然後到夜店走走，找金毛和猩猩閒扯，或者見見安帛。

不對，安帛說她在家裡陪戴門。

反正做什麼都比我在地下室呆坐來得好。

但我沒什麼力氣起身。

凌晨過後不久，手機響起。

「阿剛在我店裡，」酒保的聲音傳來，「過來一趟吧。」

6.

「他晚上去確認過了，」酒保悄聲對我說，「那是柔伊。」

酒館裡除了阿剛之外，沒有其他客人，酒保已經熄了招牌燈，看來今晚不打算繼續營業。英文老歌的旋律在空氣裡盪著，安迪．威廉斯的嗓音聽起來有點過分甜膩，阿剛趴在吧檯上，手邊有三分之一瓶野牛草伏特加。

「他今天沒喝海尼根，指定要喝野牛草；」酒保發現我的視線，「這瓶是新開的，他已經喝掉一大半。」

我通知阿剛的時候，大概是晚上八點鐘左右；如果阿剛收到簡訊，馬上到警局確認死者身分，再到酒館來找酒保，那麼他開始喝這瓶伏特加的時間，約莫是九點半到十點之間。兩個多小時喝掉大半瓶野牛草，難怪醉了。

我想，他很需要喝醉。

阿剛到這城來找妹妹，經由酒保介紹請我協助，我答應了，也收了錢，但找到的是一具被謀殺棄置的屍體。

任務完成了，但我感覺自己什麼忙都沒幫上。

我坐上阿剛旁邊的高腳椅，一隻手輕輕按上阿剛的後頸，拉出夢線。對不起，我在心裡道：我現在能做的，只有這個。

阿剛的夢線糾結得十分厲害，表示他現在正被夢境所擾。我知道如果我把夢線理順，他就可以做個安詳的夢，但阿剛的夢線實在太亂，我沒法子避開酒保的視線單手整理。靈光一閃，我乾脆把另一隻手也放到阿剛頭上。

「你在做什麼？」酒保發現了我的動作，「別吵他。」

「我知道一種按摩法，」我壓低聲音，「可以幫人做好夢。」

「這麼神奇？」酒保半信半疑，「不要吵醒他就好。」

我點點頭。

阿剛的記憶，正透過夢線滲進我的視界。

梳理夢線的時候，除非我特別集中精神，否則是不會讀到記憶的；但現在我只打算理順阿剛的夢線，卻不由自主地讀到部分記憶——抱著阿嘉莎衝到醫院的路上，也出現過類似情況，我閱讀記憶的能力是變強了？還是開始不受控制了？

沒法子思考這個。阿剛的片段記憶正不由分說地撞來。

停屍間慘白的光，覆著柔伊的布已經掀開，露出比照片更不忍卒睹的青腫。阿剛的手撫過柔伊的臉，停在炸裂的傷口上。

類似的傷口，出現在一隻黝黑的手掌上。周圍突然變得潮熱，一個打赤膊的中年男人拿著一段短短的金屬管，正在對阿剛說話。

寒氣倏地圍攏，阿剛的手輕輕點著柔伊的耳廓，緩緩滑過那排耳洞。

我把手收回來。

酒保拿起威士忌杯，對我搖了搖。

我點點頭。

對阿剛說話的中年男人，操著菲律賓腔調的英語，說手中那管槍做得不錯，但選用的材質沒經過仔細計算，如果真的擊發，一定會出事。男人出示自己手上的傷，說那就是早年自己改造槍枝時留下的。

我知道這是阿剛的另一段記憶。記憶會凝成夢線，倘若記憶中有什麼觸動其他記憶的關鍵，夢線就會彼此交合。柔伊臉上的炸傷，讓阿剛想起這件往事，所以我順著夢線讀到了這段記憶。

從阿剛隨身帶著大筆現金、以及我們在「Sister Mor」的經歷，我已經推想過阿剛在道上應該有一定的名氣，做的是見不得光的生意。酒保說阿剛是個藝術家，阿剛則說自己是個工匠，但我想，阿剛的工作應該就是改造槍械。他右手指節有繭，那是長期試槍，扣扳機時留下的；前幾年他不是出國了，而是在坐牢。

阿剛確認了柔伊的身分，所以警方也會知道柔伊和他的關係，如果老八也認為柔伊不是連續殺人案的受害者，阿剛的背景或許就會是偵查時需要考慮的因素。

7.

「給我個杯子，剛喝得太急了。」阿剛睜開眼睛，坐直身子。

我和酒保對望一眼。

「你還好吧？」酒保問，「我知道這是句廢話，但還是非問不可。」

「我沒事。」阿剛語調平靜，「只是剛才需要喝急一點，發洩一下。」

酒保拿出杯子，對我露出「看來你的按摩還真有點效果」的表情。

「不好意思，我請你幫忙的事，照理說你已經辦妥了；」阿剛呷了口酒，想了想，轉向我道，「但我去看了小妹之後，有別的事想要拜託你。」

我點點頭。事實上，我剛還想著該把那疊鈔票退給阿剛。我實在受之有愧。

「謝謝你答應我，不過或許你需要再考慮一下；」阿剛道，「酒保告訴我，你是個值得信任的人，但我的狀況……有點複雜。」

「有案底。」我道。

「哦？」阿剛揚起眉，看著我，「你怎麼想到這個？」

我簡要地向阿剛敘述方才的推論，阿剛看看酒保，臉上漸漸浮出訝異的神色。待我說完，阿剛露出苦笑，「這麼容易就猜出來了？你的推測大致上都沒錯。替我辦事，你不會擔心嗎？」

如果我查出柔伊是因扯進與阿剛背景相關的事務而遇害，那麼可能就會與某些黑道勢力產生衝突；不過我認為阿剛要我幫的忙，並不是去和黑道火拚。

「警方可能會從你的案底偵辦。」我提醒阿剛。

「從我這裡查？」阿剛皺眉，「對小妹下手的，不是那個連續殺人的變態嗎？」

我搖搖頭，對阿剛說明我認為柔伊與前四名死者狀況不同的理由。

「原來如此，不過我想警方不會從我這裡查到什麼；」阿剛又呷了口酒，「因為我從來沒有留下案底。」

如同我的推測，阿剛是個改造槍枝的能手，也可以蒐集適合的材料自製槍械，在道上頗有名氣；不過阿剛十分小心，只接單改槍製槍，從不過問後續的使用情況，也不與客戶做其他接觸，所以聽過他名號的人不少，真正見過他的人不多。

「前幾年有一宗案子差點燒到我，」阿剛把酒杯倒滿，好像那瓶野牛草只是礦泉水，「為了避免麻煩，我決定先帶小妹到菲律賓待一陣子；為了出境時別留下什麼紀錄被循線找到，我還請酒保幫了點忙。」

酒保擺擺手，「小事一樁。」

不知道阿剛請酒保做的是什麼？我倒是想到，如果酒保可以協助阿剛不留痕跡地出境，或許也可以協助那些去找宋仔的外籍移工，就從阿妮絲開始。

「我之前跟著爸爸到菲律賓時才十來歲，在那裡生活了好幾年，有機會再到那裡住一段時間，其實蠻愉快的。我不止一次想過，不如就在菲律賓定居，別回來了。」阿剛看著半空中某個不存在的點，停了一會兒，搖搖頭，「天不從人願。」

「怎麼了？」酒保問。

「有幾個原因，其中一個是小妹，雖然她在菲律賓出生，但在這裡生活慣了，不想留在那裡，才待幾個月就嚷著要回來。」阿剛看看酒杯，「小妹唸高中時，曾經因為愛玩試過幾款藥，不過已經很久沒碰，我覺得她已經戒了。那時我評估情勢，覺得自己還不適合回來，但讓小妹回來沒什麼危險，所以就答應了。其他原因嘛，可以歸結成兩個字：政治。」

「政治？」酒保蹙起眉心，「菲律賓的政治和你有什麼關係？」

「我根本不管菲律賓的政治；」阿剛拿起酒杯，一口喝掉一半，「但政治會來管我。」

8.

菲律賓的政局並不穩定，幾年前曾發生過政變；政變結束後表面上看起來平靜許多，但內裡仍然暗潮洶湧。因為時局不穩，加上可以合法擁有槍枝，所以不少人持有槍械，私下改造也十分盛行。

「關於槍的知識，就是我當年在那裡學會的。」阿剛用手指緩緩轉動杯子，「我第一次做好的那把槍，看起來只是支金屬短管，比女人用的口紅略長一點，只能填一發子彈；我還記得自己把那管槍拿給師父看的時候，心裡有多驕傲。」

阿剛的師父是當地的製槍名人，一眼就看出阿剛的處女作有瑕疵，他舉起右手，對著阿剛張開手掌。

「師父的手掌有傷，他說，那個傷差點害他的手指無法正常動作；」阿剛看著自己的手，「然後師父告訴我，做什麼事情都要顧好根本，我和他剛學製槍時一樣，認為自己很有想像力，一心只想做出特殊的設計，卻沒有好好計算應該使用的材質。那把槍如果擊發，一定會出事。」

阿剛幾年前到菲律賓，重回師父的住處拜訪，師父仍舊有忙不完的訂單，也仍舊堅持自己的製槍方式。

「我一直覺得自己只是個工匠，因為我認為關於製槍，師父才是真正的藝術家；」阿剛把杯子裡的酒喝乾，「師父讓我看過他的傷，然後告訴我，製槍者不是用槍的人，要替委託人做出最合適的槍，才算完成製槍的工作；但要當心，因為槍可以傷害別人，也可以傷害自己。」

「你前幾年留在菲律賓，就在幫你師父？」酒保幫阿剛把剩下的野牛草倒進酒杯。

阿剛搖搖頭，「師父不會讓我插手他的工作，我也沒打算在那裡做生意。」

柔伊回到國內，阿剛留在菲律賓，兩人仍然不定時地保持聯絡。過了一年多，阿剛的師父過世。

「我根本不知道師父的健康狀況不好，事情發生得很突然，幸好師父走得很安詳。」阿剛回憶，「師父沒有家人，所以我就幫著張羅後事，沒想到師父先前的委託人，要我繼續完成師父的工作。」

阿剛拒絕接手，但自稱是地下組織領袖的委託人不肯罷休，阿剛於是暫時離開菲律賓，在東南亞各國繞了一大圈，一方面迴避可能遇上的衝突，一方面當作旅遊散心。因為居所不固定，網路也不大方便，與柔伊之間的聯繫次數就變得更少。

「沒想到我到處晃了好幾個月，回到菲律賓之後，還是被那個傢伙找到了。」阿剛露出一絲苦笑，「他對我談了一大堆政治理念，說我如果繼承師父的工作替他製槍，一定可以助他得勝。」

「所以你答應了？」酒保的表情似笑非笑。

「對，不過和他的理念一點關係都沒有；」阿剛聳聳肩，「我被他逮住了，不做脫不了身；再說，我是工匠性格，太久沒做事，手也真癢了。」

隔離製槍的那段時間，阿剛沒法子對外聯絡，等到完成委託，他認為不能繼續留在菲律賓，但卻聯絡不到柔伊。算算時間，阿剛驚覺自己已經將近兩年沒有柔伊的消息；他驀地想起柔伊曾經吸毒的過往，緊張起來，匆匆回國，果然發現柔伊失蹤。

9.

「你第一次完成的那把槍，還留著嗎？」酒保試圖轉移話題。

「當然，很有紀念價值呀；」阿剛道，「就收在家裡，我還拿給小妹看過。」

話題又繞回柔伊，酒保不死心，「那把槍叫什麼名字？」

「我的第一個作品，等於是我完成的第一個夢，」阿剛道，「所以它叫『你讓我開始做夢』。」

「這人喜歡用英文老歌的歌名替自己的作品命名。」酒保向我解釋。

「湯米．愛德華斯？」我問。

阿剛睜大眼睛，「你知道這首歌？我以為這麼老的歌沒什麼人聽過了。」

「他滿腦子都是不知從哪兒來的知識，」酒保對阿剛道，「我早就見怪不怪了。」

我腦子裡的資訊不少，但我記不得自己是什麼時候、在哪裡獲得這些資訊的，只知道需要時某個資訊就會自己蹦出來，莫名其妙。

「這首歌讓我開始對英文老歌感興趣，又很適合當成第一個作品的名字。這樣命名感覺很不錯，我後來也就保留了這個習慣；」阿剛看著眼前的最後一杯伏特加，嘆了口氣，「小妹也很喜歡英文老歌，小時候在菲律賓，我們常常一起聽卡帶，其中就有一捲愛德華斯的精選。她最後幾次和我聯絡時，提過她意外買到那捲精選的ＣＤ版，說等我回國後可以一起聽；但我回國後，沒在家裡看到這張精選輯。」

看來話題離不開柔伊。酒保轉轉眼睛，有點無奈。

「那『魔龍』是什麼？」換我試試。

阿剛一怔，接著馬上想起我問的是在「Sister Mor」時，娃娃臉與阿剛的交談內容；他先向酒保描述當時的狀況，接著轉向我，「那是我去菲律賓之前完成的作品。我一直遵守師父的告誡，製槍或改槍時，要站在委託人的立場著想，所以當初接到委託時，我打聽了一些關於王子的事。」

我記得老闆講過，「Sister Mor」最大的股東是個製藥公司小開，想來「王子」這個外號來自這個身分。老闆說過，小開不缺錢，開店只是打發時間，不過現在看來，「Sister Mor」還有個功能，就是當成王子銷售毒品的據點——我想消息靈通的老闆不會不知道，只是沒對我明講。擁有製藥知識、技術及必要設備，想來對王子的毒品事業非常有利，柔伊使用的昂貴毒品「彩蛋」，應該就是王子的獨家產品。

「既然知道王子表面上有這種聽起來像童話主角的夢幻外號，實際上做的卻是毒品生意，」阿剛道，「我自然想到了——」

「〈魔龍泡芙〉！」酒保搶著說出歌名，阿剛點了點頭。

「彼得、保羅與瑪麗」合唱團唱過不少流行金曲，〈魔龍泡芙〉是其中之一。李奧納．李普頓還是個十九歲的大學生時，從一首童詩中獲得靈感，寫下〈魔龍泡芙〉一詩，後來修改成歌詞，內容講述永生不死的魔龍泡芙與小男孩之間的互動故事；這首曲子的旋律輕快易記，歌詞簡單好懂，常被當成初學吉他的練習曲或者英文教材。

雖然歌詞聽起來仍像首童詩，但從這首歌流行的六〇年代開始，就不停出現傳聞，指出歌詞裡其實提到小男孩已死，或者認為歌詞中的「魔龍」及「泡芙」指的都是吸食毒品。詞曲作者及「彼得、保羅與瑪麗」都否認這些說法，但這些講法仍然廣為流傳，熟悉英文老歌的人幾乎都聽說過。

「所以我把王子委託製作的那把槍命名為『魔龍泡芙』，」阿剛解釋，「不過我在交貨時想到，要在道上走跳，『泡芙』兩個字聽起來沒什麼力道，所以告訴王子，槍的名字叫『魔龍』。」

10.

「『魔龍』聽起來的確比較威風啊，」酒保評論，「怎麼會有人想把自己的槍取名叫『泡芙』？」

「王子一定是從『魔龍』兩個字聯想到這首曲子，也知道曲子背後的傳聞；」阿剛想了想，「至於想要改成『泡芙』的原因，大概是他喜歡裝可愛吧。」

酒保露出一個噁心的表情，「其實綽號叫『王子』就已經在裝可愛了。」老闆提過，「Sister Mor」從菜單、酒款、音樂到廁所，一切都為女性顧客量身打造，王子是出資的主要股東，或許「Sister Mor」會走這種風格，也來自他對於可愛事物的偏好；畢竟，他連自家生產的毒品，都用了「彩蛋」這種帶著節慶氣氛和童話色彩的名字。

「交槍之後沒多久，我就到菲律賓去了，沒想到會再度聽到這把槍的名字。」阿剛神色一變，問我，「你覺得王子與小妹的死有沒有關係？」

我皺起眉；有這個可能嗎？

「王子的男女關係很複雜，我聽到那家店是他的地盤時，就懷疑過他會不會認識小妹；」阿剛輕輕吁了口氣，「確認小妹出事的時候，雖然警方表示那是連續殺人犯下的手，但我還是認為王子可能有嫌疑。」

我搖搖頭。

如果柔伊認識王子，甚至曾與王子交往，那麼王子的手下可能就會認得她；但就我在「Sister Mor」的觀察，娃娃臉和那個假占卜師的確不認得柔伊，只知道她是個常客。就算王子的女友太多、手下不會每個都認識，柔伊也沒必要自己到店裡去購買毒品，因為王子就是個更直接快速的供藥管道。以此看來，柔伊和王子之間應該沒有什麼關係。

就算王子和柔伊之間有什麼牽扯，阿剛到店裡詢問、娃娃臉打電話向王子請示的時候，王子把柔伊交出來並沒有什麼問題，沒必要瞞騙，更沒必要殺人。阿剛只是個不願意惹事、一有狀況就決定出國避難的製槍技師，和王子之間的勢力懸殊，就算阿剛要把柔伊吸毒的問題歸咎到王子頭上，王子大約也不會擔心。

「所以你認為不是王子下的手，但也不是連續殺人的變態幹的；」阿剛聽完我的分析，「我想，你說的有理，但我還是得知道是誰殺了小妹。我想請你繼續查這件事。」

我點點頭。方才阿剛說還有事要拜託我時，我已經想到他的這個要求。

「如果你比警方更快找到凶手，」阿剛看著我，「請把他交給我。」

我瞇起眼睛。

「放心，我不是殺手，不會殺人，除了試驗自己的作品之外，我也不用槍；」阿剛拿起最後一杯酒，一飲而盡，然後將空杯放在吧檯上，用不可思議的冷靜聲調道，「只是有的時候，我需要合適的東西來試槍。」

他從床上醒來，忍著痛楚走進廁所，擡眼看到鏡子的瞬間，以為自己還在做夢。一定是最近生活裡的變化嚴重擾亂了思緒，所以出現幻覺；他閉起眼，再睜開，周遭的情況還是一樣。

側腹很痛。他拉起簡單蓋住自己身體的薄布，看見身上有幾處瘀青，側腹有一道傷口，已經被妥善地縫合，但痛得很紮實。

記憶慢慢回歸，他重新望向鏡子，摸摸自己的臉，咧咧嘴，皺皺眉，看著鏡子裡的映象做出一模一樣的表情。

對了。發生意外了。他想：但我怎麼會變成這樣？

幾個月前，收到學妹電子郵件的那個晚上，他剛換好衣服想要出門，接到母親打來的電話。母親的聲音帶著哭腔，提到父親出事了。他出門叫車趕回家瞭解狀況，但母親哭哭啼啼的敘述讓他又惱又煩。

那天晚上，父親被檢調人員帶走了。

根據母親斷斷續續的說明、家裡頭收到的傳票，以及他蒐集到的新聞報導，他得知父親涉入一樁收賄弊案，牽扯在案子裡的，還有與這城黃毒相關的黑道集團，以及部分比父親層級更高的警界長官。

這根本是不可能的事。父親做事一板一眼，怎麼會和下三濫的流氓有關？他緊追著相關報導，幫著母親與律師討論，但案情發展的方向對父親愈來愈不利。

律師告訴他們，接下來最可能發生的狀況，就是黑道交出幾個基層小弟扛起官司，警界高層被記幾支警誡，而主要的收賄過失，父親將會代表公權力單位全數承擔，入監服刑；最好的策略，不是力抗父親無罪，而是盡力縮短刑期。

他覺得這一點道理也沒有。

父親的計畫一向周延，怎麼會出這種紕漏？律師走後，母親告訴他，父親曾經叮囑母親，家中的保險櫃有些資料，得在有狀況時使用；父親被檢調人員帶走後，母親檢查過那些資料，發現一些涉及警界高層的行賄紀錄。母親已經讓律師看過資料，不過律師認為這些證據不足以替父親翻案。

可見這個律師不是能力不足，就是和其他人是一夥的！他心裡恨恨地想，母親壓低聲音續道：「不過你不用擔心家裡的事，你爸爸在保險箱裡還準備了幾本存摺。雖然你爸爸暫時不在家裡，不過我們的生活不成問題，你安心念書就好，不用煩惱。」

他驀地對母親升起一股憎恨。

父親連出事後的備援計畫都擬妥了，而母親平時不用上班、毋須操持家務，現在又只說得出「我們的生活不成問題，你安心念書就好」——母親根本連掌控自己人生的能力都沒有，對他和父親而言，母親究竟有什麼存在的必要？

現在不是「安心念書就好」的時候。他一定要做些什麼。

街邊找得到的流浪動物不足以讓他抒解情緒，他需要一個更龐大、更轟轟烈烈的爽快。我懂得如何爆破，我仔細地研究過；他想：去炸掉父親曾經服務的警局大樓或黑道集團的總部，才能發洩我的憤怒。

有了做事的方向，他稍稍冷靜下來，自問：我能成功把炸彈弄進警局大樓或黑道總部嗎？他去過幾回警局大樓，父親的一些同事也認得他，所以不能自己去放炸彈；他完全不知道黑道總部在哪裡，也不確定是不是容易混進去，接著他想到：如果我成功地把炸彈弄進去、也順利引爆了，爸爸正攪和在這些混蛋搞出來的案子裡，他們的地盤被炸，應該馬上會懷疑到我身上來；如果查出我懂得爆破知識，那就更麻煩。

煩躁剛要重新升起，他忽然想到一個絕佳的目標。

學校的理學院大樓。

家裡的變故發生在他醒悟學妹害他偏離計畫那晚，而學妹害他偏離計畫的起點，就是理學院大樓的後側。現在他需要對世界做出報復、發洩不滿，炸掉理學院大樓，完全合情合理。

況且只要做好計畫，沒有人會想得到是他做的。

只要做好計畫。

留在家裡看著母親只會讓他發火，加上母親又一個勁兒地要他專心回校面對課業，所以他離家回到在學校附近租賃的住處，開始仔細地擬定爆破計畫。

他刻意不用電腦進行計算和模擬，以免留下證據，又花了幾天仔細地研究理學院大樓的使用狀況；他認為爆炸的規模要夠誇張、讓夠多的人看見，才能釋放他的怒氣，但不需要真的摧毀大樓或傷害老師同學，他畢竟是個有原則的人。

其實最好的狀況是只讓學妹受傷，這樣就能順便滿足報復學妹的希望；他一邊動筆計算，一邊想著：這樣的話，用郵包炸彈是很傳統有效的做法。不過如果採用這種方式，就不大容易控制在爆炸的時候有多少人看到，因為難以確定學妹會在什麼時候拆郵包。

其實也可以花點時間確認學妹的作息情形，找出最合適的時間；他停筆想了會兒，搖搖頭：算了，畢業製作的進度已經被家裡的事延誤了，還是以原來的計畫為重，別耗太多時間。

計畫完成了，剩下的就是仔細地按照步驟執行。他出城到外縣市幾個不同的化學材料行和大賣場，分批買了必要的製作成分，塞在背包裡，晚上搭火車回到這城。

在火車上，他有點坐立難安，不確定原因是興奮，還是緊張——或許兩種情緒都有一點？他死死盯著車窗外的夜景，彷彿這樣可以讓火車的速度再快一些；他偶爾從車窗上的倒影瞥見鄰座和對面都有乘客，但沒有費事轉頭看看這兩個旅途中短暫共處的同伴。

接著，意外發生。

清醒後第三天，他出院的時候，已經從新聞報導、員警探訪，以及醫護人員的閒聊當中，拼湊出火車出軌意外的經過；他知道列車中段的兩節車廂在出軌時猛烈扭曲、車窗碎裂，乘客被甩出車外，他也是其中之一。所幸他的運氣不錯，沒被車體結構壓住，也沒有骨折或腦震盪。側腹的淺層撕裂創口是全身上下最嚴重的傷勢，其他都只是輕微的擦傷，等過幾天痊癒後連疤都不會留下。

他可以理解自己因為意外而昏迷、醫護人員在他沒有意識的時候處理了他的傷口；但他無法理解：為什麼從昏迷中醒來，鏡中的自己會變成一個完全不一樣的人。

不只是長相——他檢查側腹傷口時，看見線條明顯的六塊腹肌，這東西從來沒在他的肚子上出現過；他擦澡的時候訝異地檢視自己發達的胸大肌、三角肌和隨動作隆起的二頭肌，覺得自己像是山姆．雷米導演的《蜘蛛人》電影主角，被怪異的蜘蛛咬了一口，隔天醒來就從文弱書蟲變成肌肉硬漢。

急救人員替他放在病床邊的個人衣物和皮夾他全都沒見過，但皮夾中的身分證顯示，這具身體屬於另一個人。也就是說，並不是他的身體在意外後產生了某種變化，而是意外發生的時候，他占用了另一個人的軀殼。

根據身分證上的生日來看，這具皮囊比他的年紀年長幾歲，但比他原來的身體健壯、比他原來的長相英俊。

他並未覺得有什麼不適。相反的，他覺得好極了。

一定是火車出軌的時候，我和這個人交換了靈魂；出院那天早上，他一面換上剪裁及質料都很好的衣褲，一面推測：這麼說來，這個人現在應該就在使用我的身體。如果這個人醒了，發現自己被困在另一具軀殼裡，一定會覺得奇怪；他又想道：不過這種事說出去，只會被當成精神有問題。

在醫院的這幾天，他沒聽說任何其他傷患嚷著自己被換了身體的傳聞。他知道有些傷患沒有被送到這家醫院，也知道有些傷患仍然性命垂危，有些傷患仍然昏迷未醒。這個人最好就是如此；他收好東西，踱進浴室，對鏡子露出帥氣愉快的笑容：因為這個身體，本來就應該屬於我。

步出醫院，他覺得神清氣爽。

大學時代覺得不切實際、需要改變外貌才能前進的第二條路子，現在居然輕鬆簡單地踏上去了；不僅如此，他根本沒有花時間在上頭行走，一跨步就已經抵達心中的夢土了。

他掏出厚實的皮夾，看看身分證上的住址，揚手叫了計程車。

填滿鈔票的皮夾、合身舒適的衣裝，加上保養得宜的身材，附屬於新身分的種種美好，他打算要仔細地一一驗收。

坐進計程車，他迫不及待要看看在夢土上盛開、待他臨幸的花朵。

【七】魔王

來吧，跟我走，可愛的孩子；我要和你一起做有趣的遊戲

——〈Erlkönig〉by Schubert

I.

酒保要替阿剛叫計程車，阿剛婉拒，說想走走路。

送走阿剛，酒保回到吧檯後頭，按下唱機的停止鍵，安迪．威廉斯沒能把〈用他的歌溫柔地殺死我〉唱完。過了會兒，巴布．迪倫的〈穿黑大衣的男人〉旋律響起。

有人認為，這也是首關於毒品的歌。

酒保沒有說話，替我倒了第二杯波莫。

我沉默地喝著威士忌，酒保用力擦著已經乾淨得發亮的吧檯。過了會兒，她轉頭問我，「你會把凶手交給阿剛嗎？」

「找到再說。」我現在還不知道該怎麼找。

「如果找到了呢？」酒保沒放過我。

「我不知道。」我誠實回答。

「有人說人生沒什麼真正的意外，從某方面看來這話說得沒錯；但人的一生並不是非生即死，大多數時間人們就只是漂浮，如同她跟著穿黑大衣的男人遠走。」迪倫破破的嗓音從音箱裡掙出來，有人認為迪倫歌詞裡那個「穿黑大衣的男人」，指的是毒品販子，但從這段歌詞聽來，那個男人彷彿就是死神。或許迪倫刻意使用這樣的形象，將死神與毒販連結在一起，不過帶走柔伊生命的死神是個毒販嗎？除了「Sister Mor」，柔伊還會去別的販毒據點嗎？

帶走阿嘉莎生命的死神，沒有穿黑大衣，倒是穿著拋棄式廉價雨衣、戴著馬頭面具。

對了。

我轉頭望向酒保。

「馬頭面具？」聽完我的要求，酒保露出狐疑的神情，掀開筆記型電腦，快速地按了幾個鍵，把螢幕轉向我，「我跑趴時看過這種，整個套在頭上、馬的表情看起來很蠢；你剛說的是這個？」

筆記型電腦整個螢幕都被大小不同的馬頭面具占據，馬頭的眼睛圓睜、嘴巴半張，似乎看到什麼驚訝莫名的事；多數面具是棕色的，只有一個是黑的，還有一個被畫上黑白條紋，成了斑馬。看起來似乎所有馬頭都是用同一個模子做出來的，不過有的被植上鬃毛，有的沒有。我點選其中一張，放大帶著鬃毛的棕色馬頭圖檔，再把筆記型電腦轉回去，「這種。有鬃毛的。」

「你要找這種面具的製造廠商和銷售紀錄，從工廠方面，我應該查得到資料，但零售商就很難講了；」酒保瞪著螢幕，不知是不是正在瞪著那雙驚恐的眼睛，「國內的零售店不見得有電子化的進出貨紀錄，就算有，也不見得有連結網路；沒連到網路，我就沒法子查到。再說，如果購買的人沒用信用卡，那也查不出東西是賣給誰的。」

「網路購物呢？」我問。

「那就應該追查得到，」酒保沉吟了一下，「不過這東西銷售點可能很多，銷售的狀況就會很分散，可能會找到過多資料——你有什麼辦法進一步篩選嗎？」

沒有。

照酒保這麼說，如果我請她查拋棄式廉價雨衣的銷售狀況，應該只會找到更多無用的資訊。

雖然我知道馬頭人是謀殺阿嘉莎的凶手，但沒看到長相，這些線索還是沒什麼用。

2.

除了面具和廉價雨衣，我還知道馬頭人在虐打阿嘉莎的時候，一面聽舒伯特的敘事曲〈魔王〉，一面跟著哼唱。

這條線索，目前也沒派上用場。

我舉起酒杯，發現威士忌不知何時已經喝光了。

似乎應該再來一杯。

「要喝第三杯？」酒保挑挑眉毛，「找不到面具賣給誰，搞得你心情這麼差？你找那個蠢面具到底要做什麼？」

因為河底的其中一具屍體上發現棕色的人造纖維，但警方從衣飾方面追查，沒有什麼收穫，我想起曾經看過的馬頭面具，所以覺得可以碰碰運氣。如果查得出有誰買過這種面具，也就多了些追查的線索——我把編給老八聽的理由重講了一回，但是做了點修改——我沒告訴老八該找馬頭面具。

對老八講出這麼精確的描述，反而會讓我變得更可疑。

酒保聽完，把長髮撥到耳後，問，「我知道警察正在努力查辦那樁連續殺人事件，不過那件事和你有什麼關係？你真的打算改行當偵探啦？」

我一愣，才想起最近到酒館來，為的都是阿剛請託的事，我一直沒把因為救助阿嘉莎而惹上的麻煩告訴酒保。

警方放大聲量誓言全力查緝的動作，看來達到了一定程度的宣傳效果，連一向不大注意新聞的酒保，都知道警察正在努力辦案；但是從老八的狀況來看，警方的緝凶口號雖然喊得很響亮，實際上可能沒什麼進展。

如果那天凌晨我沒有遇上阿嘉莎，警方搞不好連我這個嫌犯都沒得約談。

因為我救了阿嘉莎，但阿嘉莎沒能撐下來，警方找上我，所以我決定要自己查出真凶。因為阿剛請我幫忙找柔伊，但柔伊卻成了一具屍體，就算阿剛沒開口，我也認為自己該找出凶手。

她們的死和我都沒有直接的關係，但我覺得自己對她們都有應負的責任。

我把自己被猩猩找去立法大樓的抗議現場、回程時救了阿嘉莎、老八卻因此找上我、後來居然被扯進連續殺人事件的經過講了一遍，接著說起自己雖然想查出真凶，目前除了多次被老八騷擾之外，仍然一無所獲。難得地說完這麼多，最後我以嘆氣收尾，「運氣很差。」

「的確。」酒保點頭同意，嘴角卻彎出微微的笑意。

居然嘲笑朋友的衰運？真不可取。我皺起眉頭。

「別誤會，我不是在笑你。」酒保注意到我的表情，轉身拿起波莫酒瓶，「這杯我請。」

有免費的威士忌雖然不錯，但既然不是在笑我，何必要請酒賠罪？我懷疑地盯者酒杯，沒有動作。

「這杯波莫沒有下藥啦，快喝。」酒保催促，「我聽說免費的酒特別好喝。」

我並沒有生氣，酒保自然也明白，但她忽然請我喝酒，必然有什麼因由。

3.

波莫的味道嚐起來一如往常，感覺像化學實驗藥品的泥煤味，煙燻味，混著一點點甜，第三杯酒液在舌面化開的時候，已經沒有第一杯感覺到的那種刺激，少了撩撥情緒的意圖，只有溫暖包覆的打算。

「認識你這幾年，我常覺得你除了自己的身分之外，似乎什麼都知道；」待我放下酒杯，酒保開口，「我剛會笑，是因為我發現了一件你不知道的事。」

我不知道的事多得很。酒保這個理由聽起來莫名其妙。

「你記得我把你介紹給阿剛那天，阿剛走了之後，你告訴我警察打人的事吧？」酒保問，沒等我反應，繼續說道，「那時我對你說過，我認識一些警察，其中一個還幫我介紹過男友。」

當時我曾經懷疑，如果警方要包庇自己人，酒保去問會有什麼效果？老八也說知道打人的警員是誰，但警界高層到現在都仍明顯地不打算讓這人曝光。

「你一定知道，打人的警察到現在還沒被揪出來，所以前幾天我向當年為我介紹男友的那個警察發了一頓脾氣，說了一些人民保姆知法犯法之類的酸言酸語；」酒保道，「其實我知道那個警察最近已經為了連續殺人事件忙壞了，沒空理會混蛋警員打人的事，但我只是覺得心裡不平衡，非對他嚷嚷一下不可。」

唔？

「結果那個警察告訴我，高層說連續殺人事件要限期破案，但偵辦其實沒什麼進展，」酒保看看我，「他手上只有一個嫌犯，不過那個嫌犯實在很麻煩。」

等等，我舉起手，「妳認識老八？」

「嗯，」酒保點點頭，「他是我爸。」

酒館下午開始營業，如果老八的勤務有點空檔，就會在酒館開店前來看看女兒、幫忙整理小倉庫。我從來沒有在那個時段來過酒館，也就從來沒有在這裡見過老八，但他肯定常光顧附近的便利商店——我記起老八第一次約我到便利商店時，曾經和店員互相打招呼，也記起昨天老八提到女兒時，曾經說過女兒很有正義感，因為警員打人的事同他鬥過嘴。

我端詳著酒保輪廓立體的五官，對照老八泛著油光的臉，找不出有什麼相似之處，「不像。」

「小時候還有點像，我長愈大就愈像我媽，不像我爸；」酒保道，「而且我會化妝啊。也幸好我們不像，如果長得像，我可能就交不到女朋友了。」

妳也太直接了。

老八昨天對我的表現，已經不像之前那麼尖銳，不過如果老八知道酒保認識我，會不會一開始就減少一些對我的懷疑？

彷彿讀出了我的想法，酒保眨了眨眼，「我剛才會笑，是因為你雖然抱怨我爸一直在找碴，但前幾天他對我說，他很早就認為你不是凶手了。」

4·

酒保的母親過世得早，老八沒有再婚，獨力撫養酒保，父女間的感情很不錯。我想起老八的手上仍戴著婚戒，這麼多年來，他大約一直懷念著亡妻。

因為警務工作的關係，老八有餘暇陪女兒的時間又少又不固定，幸好酒保的個性很獨立，年紀還輕就已經確定了自己的喜好，培養專業知識，離開學校後不久就到飯店的酒吧工作，過了幾年便找到投資人，開了自己的酒館。

「我爸是作風很傳統的警察，也是觀念很傳統的男人；」酒保替自己倒了杯開水，「老實說，他一直把我當成男生在養。我第一次生理期時他很窘，第一次買化妝品時他嚇了一大跳。」

「他知道嗎？」我問。

「你說我做駭客工作的事？」酒保看著我，「還是我喜歡女人的事？」

「都有。」

「你傻了嗎？我剛說他是個作風很傳統的警察，就算他再怎麼寵我，我也不敢把當駭客的事告訴他呀。就算他不會直接把我抓起來，也一定會整天叨唸，要我別接這類案子，我的耳朵是用來聽搖滾樂的，不適合接收精神訓話。」酒保喝了口水，「再說，如果他認為我是被其他電腦玩家帶壞了，卯起來去查我們的聯絡網路，那我豈不是給其他同行找麻煩？」

我想起老八瞪著螢幕戳鍵盤的樣子，「他怎麼查？」

「你看過他打字對吧？」酒保笑了起來，「對啦，他電腦技術很爛，每回我說要教他，他都說沒興趣。不過他在警界那麼多年，總可以把這種事交給有辦法的同僚處理。」

說得有理。

「再說，像他那麼死腦筋的傳統男人，一定也很難接受自己女兒是個同志；」酒保深吸一口氣，「我不是沒考慮過要說，尤其是他催我找對象的時候，好幾次話已經到了嘴邊，我都忍住了。真說出口，他搞不好會怪罪自己對我的教養有問題，其實他已經很辛苦了，還是別讓他傷這個腦筋吧。」

前幾天酒保為了打人警察的事同老八鬥嘴之後，老八同她聊了手上案件陷入膠著的情況；酒保告訴我，其實老八在把我找去警局接受宋太太的音波轟炸時，已經認為我不是凶手，但他一向不放棄任何可能，而且也暫時找不到別的嫌犯，所以才會一直來試探我。

「請你喝酒，是代我爸向你賠罪，我知道他煩起人來會讓人抓狂；」酒保轉身從酒櫃裡拿出另一支酒，「因為你只喝波莫，不然要代我爸賠罪，應該請你喝這支才對。」

酒保手上的酒是一款調和式蘇格蘭威士忌，原名叫「Old Parr」，我聽過有人提及時，大多叫它「老伯」。「你知道嗎？這是我當年偷喝的第一款威士忌，從我爸的酒櫃裡偷出來的；」酒保把酒放在吧檯上，「我爸發現的時候，完全氣炸了。」

我不明白酒保偷喝酒的往事與「代老八賠罪應該請我喝老伯」有什麼關係。

「你不懂？」酒保挑眉看我，「你不知道我爸的綽號是怎麼來的嗎？」

阿狗提過，老八在槍戰裡被打掉兩根手指，所以才有了這個綽號。

「呃，好，原來江湖傳說是這麼回事；」酒保笑出來，「槍戰的事是真的，不過我爸在那之前就已經被同事叫做『老八』了。」

哦。我明白了。

「懂了吧？」酒保輕輕一彈老伯，發出「叮」的一聲，「他會叫『老八』，就是因為他很喜歡喝『Old Parr』啊。」

5.

接下來的這天乏善可陳。我還不確定該從什麼方向去找殺害柔伊的凶手，也還不知道該怎麼查出馬頭人的身分。

警方的查緝工作沒有新的進展。老八沒來煩我，不知道我提供的偵查方向有沒有幫上忙？或者我口中的「面具」範圍太大，警察沒法子從這條線索追出什麼新證據？

抗議行動仍在繼續，立法大樓裡頭和行政機關還在為相關法案爭吵不休。傍晚的時候有個政商關係不錯的過氣黑道大老聚眾出現在抗議現場，警方、黑道和抗議群眾之間發生一些言語衝突，不過事態沒有擴大。

近晚看完新聞，我到店裡幫忙，週四是「淑女之夜」，女客進場消費一律半價，客人一向是週間裡最多的一天，已經持續幾週的抗議期間依然如此。不過或許我的無聊情緒會傳染，素來會在「淑女之夜」到處展現個人魅力的金毛，今天似乎也沒什麼放電的興緻，還在抽菸休息時問我，「你會不會覺得今天特別無聊？是因為來店裡的女生都太醜了嗎？」

我聳聳肩。

安帛匆匆到店上班，下班後又匆匆離去，沒和我說什麼話。大概是趕著回去陪伴受傷的戴門。

凌晨下班之後，我照例去健身房做重量訓練，到酒館喝兩杯波莫，回到地下室，上網檢查拍賣網站。

有個地址吸引了我的目光。

隔天早上我大約十點起床，出門搭了一小段公車，走進一個社區，拐進一條巷子，找到一棟公寓。

公寓屋齡大概已經超過三十年，一樓共用的大門沒關，我看看鎖，發現已經壞了。

先走到最上層的五樓，接著逐層向下直到二樓；這棟公寓每層有兩個居住單位，多數在看起來薄薄的木製門板外加裝了金屬圍欄和鐵門，我在每戶外頭站了幾分鐘，側耳傾聽門裡有沒有什麼動靜。在兩戶門口我覺得好像聽到了什麼，就按按門鈴。

兩戶都沒有人應門。

現在是週五中午，公寓很靜，住戶大概都待在各自的公司或學校裡。

我回到三樓，在一戶門口掏出手機，對著鐵門和門板拍照，連上網路查了一些資料，然後搜尋附近的五金工具行。

接著我用手機登入拍賣網站。

凌晨檢查拍賣網站的個人賣場時，我看到有個買家表示對我要賣的東西有興趣，這個買家留了寄送地址，但也提到他希望可以當面付款交貨；我站在鐵門外鍵入回覆訊息，約買家今天傍晚到河濱公園見面。

過了一會兒，買家傳來確認訊息。

我看著螢幕，心忖自己的運氣或許沒有想像中那麼差。

6.

拎著工具回到公寓，時間剛過兩點。

公寓仍然很靜，彷彿被棄置的荒村。

以防萬一，我仍到每戶門口聽了一下，才回到三樓，拿出剛買的電鑽。鑽頭接觸金屬的聲音比我預計的還要刺耳。我關掉電鑽，等了一會兒，沉靜重新安詳地罩住公寓。

我再度開始工作。

幾天前我決定不要再被老八騷擾，打算主動追查阿嘉莎的案子，於是擬了一個計畫。

從阿嘉莎的記憶裡，可以知道馬頭人對舒伯特的〈魔王〉有特殊喜好，從唱片行店員提供的資訊中，可以知道〈魔王〉有個傳說中的版本，由佛羅倫絲．福斯特．詹金斯這個因為唱得太差反而變成奇葩的女高音演唱。我假造了一個身分，在幾個拍賣網站註冊，上傳了一些歌劇唱片的封面，其中有一張用簡單的線上修圖軟體修改過，留下敘事曲的標題，另外加上詹金斯的大名。我在這張唱片的商品描述當中寫下：這是市面上難尋的詹金斯錄音，最主要的曲目是舒伯特的〈魔王〉。

這棟公寓就在我遇上阿嘉莎的那條巷子裡，先前我已經記下了巷弄的名字；我在賣場表示需要買家留下地址、寄貨到府，原因就是想要看看有沒有住在這一帶的買家對詹金斯版的〈魔王〉有興趣。

拍賣網站擺了幾天，雖然出現零星的詢問，但沒出現住在這附近的買家；我又找了一張東南亞特徵明顯的女性照片當成我的賣家圖檔，並且在自我介紹裡提及自己來自菲律賓。

在唱片行店員給我的網站裡頭，我找到他設計的詹金斯版〈魔王〉封面，看起來比我原來粗製濫造的那張像樣多了；雖然不確定馬頭人有沒看過這張假封面，但我仍決定更換，畢竟唱片行店員設計的這張看起來完全出自專家手筆，比原來的更有說服力。

希望詹金斯的〈魔王〉與菲律賓女性這兩個特點，能夠吸引馬頭人的注意。

我不確定唱片行店員口中那個蒐集各種〈魔王〉版本的常客，是否就是虐打阿嘉莎的馬頭人。如果那個常客就是馬頭人，那麼他可能會在網路上搜尋這張自己遍尋不著的唱片，如果那個常客不是馬頭人也沒關係，因為既然馬頭人喜歡〈魔王〉，就有可能會被這張逸品吸引，加上賣家又是個外籍女子，上鈎的機率就會更高。

雖說我想主動出擊，但這計畫其實只能被動等待，幾天下來，我已經覺得不大可能如願；所以今天凌晨在拍賣網站上看見留言聯絡的買家地址時，雖然明白自己得等到白天才能行動，不過仍興奮得輾轉難眠。

我認為買家希望當面交貨的原因，是他發現賣家是個令他產生興趣的東南亞裔女子，所以想親眼看看；我約他到河濱公園，他爽快答應，更提高了他就是馬頭人的可能。

選擇在工作日的白天行動，一方面是因為我希望到這裡戡查時別遇見他，另一方面是我知道設法開鎖會弄出噪音，所以也希望公寓裡的住戶愈少愈好。目前關於馬頭人的資訊，都來自阿嘉莎的記憶，所以我沒有任何實質證據，首要任務，就是要確認自己沒找錯人。

我不知道馬頭面具底下的長相，因此根本沒打算去河濱公園，約他到河濱公園除了是個試探，也是為了把他支開，不讓他在我工作時忽然返家。

拍鐵門和門板的照片是為了確認鎖頭的樣式，才好在網路上查找開鎖的方法，也才知道得去買什麼工具回來對付門鎖。

原來以為行不通的計畫在卡了很多天之後，靈活地轉動了起來。

我從圍籬縫隙伸進電鑽，鑽開鎖具下方的金屬板，拆下鎖頭打開鐵門，然後把鎖具裝回去，用塑鋼土把剛鑽開的洞填起來；只要他別好奇地彎腰檢查，就不會發現鎖具下方被動過手腳。鐵門後的木造門板安裝的是個喇叭鎖。這個簡單多了。

門開了。

7.

我拎著鞋走進門，反手把門關上，站了一會兒，觀察四周。

居住單位大概十八、九坪，和外頭明亮的日光相比，室內有點暗，雖然位於靠近這城行政特區的精華地段，但採光不算好。

進門這裡是個客廳，窗戶就在我對面牆上，長形的居住單位往我的左手邊延伸出去，隔間形成的短短走道右邊有兩扇門，左邊有個裝設流理臺和瓦斯爐的小廚房，再過去是另一扇門。

多功能電視櫃貼著我右手邊那面牆擺設，櫃子中間的空間有部半新不舊的液晶電視，其他櫃位放著幾支酒瓶、幾個相框，以及沒有插花的花瓶和看起來像東南亞旅遊紀念品的木雕擺飾。正對電視櫃的另一邊牆面有一組三人座沙發，藤製椅架上擺著座墊，沙發前頭有個相同設計的茶几，藤製底座上頭裝了看來厚重的透明桌面。

客廳蠻乾淨的，不過看不出屋主的個性。

小廚房旁那扇門後是浴廁，浴廁對面那扇門後是臥室，窄窄的單人床，灰色的電腦桌上架著和桌面相比有點太大的二十四吋液晶螢幕和小小的防磁喇叭，主機塞在桌下的隔板上，和一把五腳辦公椅靠在一起。

剩下臥室旁邊的門。

我向門上的喇叭鎖伸出手。

下一個瞬間，我走進了阿嘉莎的記憶。

阿嘉莎當時手腳被綑、躺在地上，觀看房間的角度和我現在並不相同，但從牆上厚厚的灰色吸音綿及占據一整面牆的唱片櫃，我知道自己找到那個視聽室了。

我輕輕踏在視聽室的地毯上，一一確認自己在阿嘉莎記憶中看到的東西：單人用的懶骨頭沙發、播放器材架、裝在牆上的薄型螢幕，以及角落裡巨大的名牌音箱。

這個小小的視聽室，才是整個居住單位裡真正表現屋主品味的空間。我想他的同事或朋友可能都只看過屋子裡的其他地方；他不會讓別人進入視聽室，除非是對他而言特別重要的人。

我在地毯上躺下，充斥在阿嘉莎記憶裡的驚惶湧上心頭。

接著我坐起身來，望向牆上展示著蝴蝶的標本盒。盒裡的東西，和我想的一樣。

8.

「你說你想起來了？你現在想起來了？」老八瞪著我，眼神帶著懷疑，「你幾天前什麼都不講，現在說你想起來了？」

「先前心情混亂。」我乖乖地說了謊話。

昨天在公寓裡，我拍了視聽室的照片，小心地搜過所有房間、檢查衣櫥和抽屜，找到只有一個名字的戶口名簿。

這名字我不認識。

離開公寓之前，我巡了一回擺在客廳電視櫃裡的那幾個相框，在幾張相片裡看到一個熟悉的長相。

週五晚上夜店裡一向忙碌，不過因為反覆考慮該怎麼利用找到的證據，所以我一直心不在焉，幫忙金毛替客人停車時，差點讓一部法拉利和一部賓士跑車耳鬢廝磨。

我查出了馬頭人的姓名和長相，也有視聽室的照片可以證明他就是連續殺人案的真凶，但這些證據是非法入侵私人住宅找到的，我沒辦法直接提供給警方。

或許可以弄個匿名帳號上網發表，或者請酒保幫忙？仔細想了想，我認為這法子行不通。因為這樣仍然無法解釋證據從何而來，警方可能不為所動，也可能反而打草驚蛇，讓馬頭人先一步毀掉證據。

找阿剛弄把槍來，直接幹掉馬頭人好了？不成，我沒打算動用私刑，況且這樣對警方而言案子還是沒破，我仍然是嫌犯名單上那個唯一的名字。

我躺在健身器材上流著汗做胸大肌推舉，漸漸把思緒集中在肌肉與槓片重量的對抗上頭。運動雖然不能幫我想出對策，但能幫我先把雜亂的念頭擠到一旁去。

沖完澡，我覺得通體清爽。雙腿按照慣例把我帶向酒館的時候，我腦中靈光閃現。

早上八點，我找出老八的名片，撥了電話。

「心情混亂是吧？哼哼，」老八搖搖頭，掏出小筆記本，「算了，你想起阿嘉莎說了什麼？」

我把老八約到夜店附近的便利商店，告訴他說，我想起遇到阿嘉莎那晚，她曾含糊地提過自己是從哪棟公寓逃出來的。那條巷子裡的幾棟公寓看起來差不多，我也刻意描述得不怎麼精確，不過如果老八按照我的說法去查幾戶公寓地址，其中一定會有正確的那一棟。

「她講得不怎麼清楚啊；」老八瞇眼看著自己寫在活頁筆記本上的字，「那裡有好幾棟公寓都符合咧。」

「我盡力了。」我道。

「還有個問題；」老八擡眼看我，「阿嘉莎死了以後，我們已經查問過那幾棟公寓的住戶了，那天晚上，沒有人聽到有什麼異狀。」

我搖搖頭，「不合理。」

「哪裡不合理？」老八雙臂在胸前交叉。

老八曾說有人打過檢舉電話，檢舉人指稱在那一區聽到施暴的聲音，還看到可疑的墨鏡男子。就算那通電話是無聊人士的惡作劇，或者檢舉人在聯絡警方時不知為何說了謊，情況仍然不合理。阿嘉莎是第四名犧牲者，凶手之前已經殺了三個人。被害者在死前都被虐打了一段時間，就算每個被害者和阿嘉莎一樣都被下藥綑綁、無法反抗，凶手施暴的時候仍然會發出聲響。再說，受害者有些骨頭都被打斷了，就算嘴巴被封住，一樣會痛得尖叫。最近一年半左右，那棟公寓裡已經發生過四次類似的情況，沒有住戶注意到是不合理的。

「先不管那通檢舉電話；你的意思是除了凶手之外，其他住戶也欺騙警方？」聽了我的說法，老八的眉心擠出皺紋；我剛要搖頭，他突然雙眉一舒，「我知道你的意思了！行凶的地方有隔音設備！」

「對。」我點點頭，又道，「還有面具。說不定鄰居看過。」

「你之前說的是那種恐怖的萬聖節頭套對吧？科學怪人或殭屍之類的？」老八轉轉眼珠，「有人會沒事戴那東西出來嚇鄰居嗎？」

「有的不恐怖，戴著好笑。」我道，「我看過馬頭。」

老八的眼中，閃過一抹怪異。

9.

週六早上把線索告訴老八之後，這兩天我感覺心情愉快多了。

雖然我不確定老八聽到馬頭面具時，眼中那抹一閃而過的怪異神色是怎麼回事，但照酒保對老八的說法，他肯定會持續追查。現在我已經告訴他正確的方向，剩下的就是要信任他了。

我也該專心想想如何找出殺害柔伊的凶手了。

零點剛過，日子從週日變成週一，大多數得在工作日早起上班的客人，都會在這個時候離開夜店。我幫金毛和猩猩忙了一陣，瞥見剛下班的安帛已經換回便服，正要離開，我請她稍待一會兒，跑回店裡把范．莫里森的《他的樂隊和街頭合唱團》唱片拿出來。

「早就幫妳買好了，但一直忘了給妳。」我把還沒拆封的唱片遞給安帛，「送給妳。」

「啊？不好啦⋯⋯」安帛在肩包裡摸索了會兒，掏出一個嶄新的長皮夾，「我不能無緣無故收禮物啦。」

我注意到長夾咖啡色的皮面上，低調地壓印著愛馬仕商標。安帛不會自己花錢買這種奢侈品，這肯定是戴門送的。戴門的手頭闊綽，開名車、穿名牌，在城裡的高級地段有自己的設計工作室；愛馬仕皮夾的皮面沒有一點刮痕，應該是安帛剛拿到沒多久的禮物。「沒關係，唱片不是什麼貴重的東西，」我道，「希望妳和我一樣，也會喜歡這張專輯。」

安帛看著我，靜了一會兒，然後開口，「戴門最近有點不大一樣。」

唔？

「是好的那種不一樣，你別擔心⋯⋯」安帛急急地擺手，「他前陣子開始常加班，所以我就有比較多時間讀書，結果有天他回家時發現我在準備考試，居然沒有像從前那樣生氣唸我，還說試試也不錯。」

不想讓妳去唸研究所、看到妳讀書還會生氣？到底要思想多封建的男人才會禁止女朋友進修？這幾句話我沒說出口。

「還有啊，先前他如果發現我在聽向你借的唱片，也會吃醋，而且他愛聽古典樂，老說搖滾樂很吵；」安帛續道，「不過這陣子不但願意和我一起聽你的唱片，上回還幫我把唱片拿去還你。」

聽唱片也要管，根本是獨裁者的行為嘛。

「他先前不希望我繼續在店裡跳舞，所以雖然會來接我下班，但根本不會問我的工作情形；」安帛扁扁嘴，「現在他不但會問同事的事，聽我提到你最近遇上麻煩時，還要我盡量幫你的忙呢。」

難怪我請妳一起調查時，妳可以答應得那麼乾脆。

「戴門愈來愈瞭解我、也愈來愈懂得怎麼照顧我的需要了。」安帛看著我的眼睛，「戴門和你一樣，懂得很多、想法很多，我覺得你們可以變成好朋友。」

我明白。

把唱片送給安帛，只是因為覺得她既然對范．莫里森的創作有興趣，我就幫點忙；雖然我喜歡安帛，但從不認為自己有什麼辦法取代戴門的位置，唱片只是個朋友間的小禮物，不是追求她的手段。

但安帛察覺我對她的心意，委婉地拒絕了我。

10.

我沒再多說什麼，收下安帛遞來的鈔票，婉拒了零頭銅板，安帛也沒堅持。

看著安帛把唱片收進肩包，我發現一件事。

安帛剛說的話裡，有個什麼卡在我的腦袋裡。

「我不知道戴門這麼關心我，請代我謝謝他；」我道，「對了，把他的手機號碼給我吧，等手頭的事忙完了，我再找他出來聊聊。」

「好呀，」安帛笑著背出戴門的手機號碼，剛才不自覺緊繃的肩膀明顯鬆了下來，「我覺得你們兩個一定很有話聊。」

「妳幫我一起去宋家、『勞偉會』和按摩館的事，」我在自己的手機裡存好戴門的號碼，「事先向戴門報備過吧？」

「是呀，不先告訴他，他搞不好就會胡思亂想；」安帛回答得理所當然，「不過我剛說過，他要我多幫幫你嘛，所以不但沒有阻止我，我回家後還問了我當偵探助手的經過呢。」

「妳平常會主動向戴門提到我嗎？」我希望這個問題聽起來不會太奇怪。

「我們常聊天嘛，所以從前我偶爾會在他面前提到你，但他很明顯不想聽，心情也會馬上變糟，我後來就都不講了；」安帛吐吐舌頭，「不過他一定知道我和你比較熟，所以他最近問起店裡和同事的事情時，就會一起問問你的狀況。」頓了頓，安帛補充道，「只是如果他不問，我還是不會主動講啦。」

我想了想，「如果妳喜歡這張范．莫里森，下回要不要和我去逛唱片行？上回去找這張唱片時，我看見那裡還有幾張莫里森的專輯。」

「呃，我先問問戴門吧？」安帛出現遲疑的神情，「他應該是不會反對啦，不過還是先和他確認比較好。我如果現在答應了，之後才發現他有意見，不去的話就對不起你，去的話就對不起他了嘛。」

我繼續留在夜店門口幫忙，然後到健身房做了運動，再到酒館喝睡前的波莫。酒保沒有問我柔伊的事情進展如何，倒是提到老八週末很忙。

喝完酒，我回到地下室的住處，打開筆記型電腦。

從週五晚上開始，到週六午夜為止，馬頭人透過拍賣網站發了幾次訊息給我，我都沒理會。我使用搜尋引擎查找一個我從沒用過的服務，找到幾個提供這款服務的網站。看看網頁，再看看我的指尖，我微微皺起眉頭。

●

皮貌雖然膚淺，但實在是能否爽快生活的最重要因素；他一早醒來，赤裸著身子坐在床沿，心忖：因為我就活在這麼膚淺的世界啊！

用新身分生活已經三個多月了，他覺得自己從來沒有活得這麼愉快過。這具身體原來的主人在住處留下大量筆記，在幾個銀行裡保有鉅額存款；筆記內容有一部分是依日期寫下的條列式生活記事，沒有每天記錄，但已經十分詳細。他瀏覽了最近幾本，明白這個人的家族數十年前移民美國，這個人也在那裡出生，直到去年母親過世才搬回國內。這個人非常喜歡閱讀，也會接受委託搜尋資料，不怎麼在乎酬勞；他讀到這個人在日記裡寫著「搜尋資料本身的快樂就是我最大的滿足」時，不以為然地發出冷哼，心忖：有錢的帥哥講話真虛偽。

不過這個有錢的帥哥倒真是個狂熱的讀者，筆記裡有大量讀書心得，以及到處找書、買書的紀錄，好像這個人搬回這城的原因，就是想要讀書。除此之外，筆記裡還有許多音樂的聆賞感想、電影的觀影評論；他讀了幾篇，認為有些算是有見地，有些只能算是狗屎。

不過，他也不大愉快地承認：這個人的閱聽數量比他大上許多。

搬到這城之後，這個人的生活看起來十分封閉，沒有工作、沒有交際，成天就是找書聽音樂和看電影，雖然有汽車駕照，但連代步的機車都沒有；而且這個人很明顯不懂設計，也不怎麼聽古典樂，住的地方布置很普通，塞滿書和搖滾唱片。這麼有錢，這麼有閒，卻搞不懂什麼才是人生的重點；他想：真是浪費。

幸好現在這樣的人生配備由他接手了。從生活條件到外型樣貌，他才是最適合這款生活的人。

他做了一點調查，發現自己原來的軀體在意外之後持續昏迷；如果他的猜測沒錯，這個人目前正被困在那具身體裡。他希望這個人永遠不會醒來。不過以防萬一，他在這城東區找了一個居住單位，嶄新的住辦大樓，需要電磁鑰匙才能進出，然後扔掉這個人大部分藏書和唱片，只留下那些記錄這個人過往生活、對他熟悉新身分有幫助的筆記，和他一起搬進新居。

如此這般，就算這個人醒來，也已經找不到自己原來的居所。

大學時代，他想成為一個有名的設計師，除了想一展長才之外，也想讓那些不瞭解他、甚或看不起他的老師、同學，以及愚昧的女孩們，對他們的蠢笨平庸感到無比憾恨。現在他要成為設計師很簡單，只要購置必要的設備、再印張名片，就可以開張了；只是過往那些混蛋已經沒法子認得他的樣子，再想讓他們感到遺憾後悔，不大容易。

話說回來，他目前已經不怎麼在意過去那些人會不會醒悟了；事實上，他根本不想再和過去有什麼牽連。

按照律師的說法，父親反正是得去坐牢了；母親一點用都沒有，不過父親未雨綢繆地留了足夠的生活費，母親可以一直待在醫院裡，沒有任何作為地繼續活著，沒什麼問題。過去沒什麼好留戀了，未來才是重點。

他把新住處裝潢成工作室，印了名片，不過不急著接案子——這麼美好的新生活，應該好好放鬆玩樂一陣子，把長年積累的怨氣都發洩乾淨才對。

這三個月他先每晚造訪不同夜店，再把範圍限縮到他認為女客水準最棒的幾家；他最喜歡去的是「Sister Mor」，這家標謗一切設計考量都以女性顧客需求為主的夜店，簡直就是替他挑選臨幸對象的後宮。他發現光憑英俊的長相和剛買的名車鑰匙圈，在夜店裡就已經能夠左右逢源；等他聊到自己的設計師頭銜、眼也不眨地刷卡結帳，身旁那些一直用眼光鎖住他的女人，就會兩腿發軟，想要直接黏在他身上。

他每晚都能帶不同的女人回工作室，每晚都能試不同的體位姿勢，每晚都能伴著不同的古典旋律聽不同的喘息呻吟，更爽快的是，他每個早晨都能毫不留戀地把她們趕出去。

這些女人都只是空殼子，他也沒打算為她們填充什麼知識。帶她們回來除了發洩慾望，在某個層面上，也是對過去學校裡那些美麗空殼子的報復。

這個意外得來的身體是造夢的原料，讓他用一種不可思議的方式美夢成真。

看看錶，現在起來沖個澡，還來得及去吃個時髦的早午餐。他掀開被子，裹在被子裡那個女孩發出幾聲呢喃，翻身攫住被子，裸出緊實的臀部。

他看看女孩高翹的臀瓣，不由自主地伸手，探向床頭櫃上裝著保險套的紙盒。

決定讓女孩成為固定女友，他認為有幾個重要原因。

一，他知道自己是個專情的男人，只要遇到合適的對象，就會想要安定下來。前頭那陣子或許稍微荒唐了點，但那是因為之前遇上的女人都不合適。

二，女友是他帶回工作室的女人當中，唯一一個和他聊到古典樂的——嚴格說起來，女友是在他已經選播唱片、還沒寬衣解帶的時候，談到占星學與古典樂之間的關係，不過既然女友有些興趣，他當然就不吝傳授。

三，神祕感。不只是因為女友聽音樂時講到占星學，他與女友在夜店裡初遇時，女友就已經講過一連串生命靈數和塔羅牌與他倆邂逅之間的關聯，女友講得頭頭是道，他覺得十分新鮮。除此之外，女友身上還帶著他沒看過的藥錠；他知道那是毒品，雖然自己不想嘗試，但光是知道女友可以弄到這種違禁品，他就有種精神上的刺激快感，彷彿女友與世界黑暗的那一面有些連結，增添了女友的神祕魅力。

四，女友臉蛋漂亮身材好，但與其他一夜情對象不同的是，女友的眼睛和嘴唇有種讓他覺得熟悉的特色。

交往兩週，他得知女友有一半菲律賓血統，忽然明白，女友喚醒了他對家裡第一個外籍看護的回憶。他已經很久沒有想到那個外籍看護了。那天晚上，他盡情地在女友身上發洩之後，要女友搬進工作室與他同居。

過了半年，他漸漸對這樣的生活感到不滿。

接案的情況不算順利，案主的程度大多比當年學校老師更差，但批評力道更猛；好不容易成案的幾回酬勞都很糟，他雖然不缺錢，但認為自己接受這樣的酬勞完全是被侮辱了。

天才需要能夠展現實力的場域和時機，他心裡明白這事急不得，況且毋須擔心經濟問題，所以對於工作的不順，還能靜心面對。真正讓他不滿的，是女友。

女友仍然會和他一起聽古典樂，偶爾問他幾個相關問題；但他知道，女友這些動作並不是真的對古典樂有興趣，只是想讓他開心。這本來可以視為女友的體貼，但他發現女友的心態很敷衍，有些事他明明講過了，女友卻完全不記得。

交往一個多月時，女友提及自己認識一個改造槍械的高手，當時他覺得女友的黑暗魅力急速飆升；但接下來幾個月，女友的這種魅力漸次減退，只剩愈來愈重的藥癮。

他對女友用藥的習慣沒有意見，但對處於迷茫狀態的女友興趣缺缺。如果作愛之前女友嗑了藥，他就會覺得女友在床上的反應完全虛假，沒半點兒該有的勁道。

一天晚上，他把工作室裡所有現金帶在身上，出門閒晃。他知道女友這天需要買藥的費用，但他不想再給。他打算在外頭晃久一點，等女友犯癮的症頭過了，再回工作室好好談談。

看完晚場電影，他走到停車場，想起自從和女友在一起之後，已經好久沒去夜店了。開車經過工作室附近街區的夜店，他還在考慮要不要進去耗一會兒；繞過夜店後門，他發現一對男女在防火巷裡扭動。

時常流連夜店的那段時間，他知道有些看對眼的男女會在夜店附近火速地找地方解放，廁所、儲藏室、防火巷都是常見的選擇，但他覺得這類場所太髒，從沒親身試驗，也沒親眼看見。

他停車熄燈，看了一會兒，覺得那女人比男人主動；女人已經在摸男人的褲襠，男人看起來還有點手足無措。

另一部車從旁掠過，車燈閃逝，他忽然看清楚在防火巷裡的是女友。

他甩門下車，大步走近；男人頂著乾瘦的癟三長相，見他走來，顯出驚慌的表情，他什麼也沒問，直接拉開女友，掄起拳頭。

女友靜靜地坐在一旁，看他把男人按在地上狠揍，彷彿事不關己。

他喘著氣站起身，拽著女友胳臂，把女友扔上車，再拽著女友胳臂，把女友扔進工作室。

女友沒有哭，爬過來摸上他的大腿，解開他的皮帶，張開豐潤的雙唇，喃喃地道，「你剛才好猛喔。」

他嘆了口氣，放下拳頭。

等女友舔著嘴唇退開，他從皮夾裡拿出幾張鈔票，女友露出微笑。

隔天，他到銀行辦了自動轉帳，定期匯款進女友的戶頭。他想，讓女友手頭有固定的現金可以滿足藥癮，也讓女友維持他願意提供金錢援助的感覺，至少可以避免女友在他沒發現時給他套上綠帽。

應該先做計畫才對；填寫轉帳表單時，他想到：就是沒做計畫，現在才會搞出這種麻煩。

吃了晚飯，他回到家，從一樓郵箱裡拿出幾封今天寄來的信，上樓到工作室面對兩週前接到的案子。女友癱在床上，一看就知道剛用過藥。他打開電腦，看看自己拖了三天還沒交件的設計稿，皺皺眉，拿起剛收到的那幾封信。

兩封廣告信，一封信用卡帳單，還有一封女友的手機月租費催繳通知。

有空有錢出門買藥，沒空沒錢去繳帳單；煩躁轟地在他心裡爆開，他直起身子，撕了帳單，擡頭看見大樓外頭明亮的燈海。

他不自覺地摸摸胯下，拿起鑰匙。

【八】壞損的心何去何從

是的，這花了我一些時間，但我已想通如何修好被辜負的心

——〈Where Do Broken Hearts Go〉by One Direction

I.

週一晚上，抗議團體的學生領袖之一發表聲明，正式宣布將在週四晚上退出占領數週的立法大樓主要議場。

數十萬人走上街頭已經是一週前的事，政府當局仍然沒什麼正面回應，倒是昨天立法機關的議長在立法大樓外公開表示，會用自己的職權讓爭議法案在審議機制通過之前暫時擱置，並且進入立法大樓，與占領的主要議場的學生及群眾見面。議長的做法肯定有自己的政治算計，不過以目前的狀況而言，倒是個可以順勢推進的出口。

議長所屬的執政黨團隨後發表聲明，表示黨團並不知道議長會做出這種承諾；不過隔天學生領袖宣布退場時間時，執政高層倒是很快速地予以肯定，並且表示「議長的看法與政府的一貫主張並不衝突」，輕鬆自在地上演了一齣自我矛盾的鬧劇，只是不確定他們是沒有意識到這種尷尬，還是故意視而不見。

抗議活動的結局彷彿近了，但我不確定這個結局代表什麼意義？

或許抗議的團體甚或執政黨團也不確定，只是想趁機讓事件告一段落。或許抗爭會使用別的型態繼續，或許政壇會出現新的勢力。

理想中的夢土，似乎還很遙遠。

週二凌晨我做完運動、到酒館喝酒的時候，酒保問起柔伊的事。我告訴她似乎有線索了，雖然我不是很確定；我反問酒保，知不知道老八手上連續殺人案的進度？酒保說週一打手機給老八時他說還在忙，語氣聽起來有點保留，不確定是怎麼回事。

酒保不知道、我也不知道，這個問題的答案，幾小時之後就會出現。

近午我在地下室醒來，發現網路上的新聞頻道出現大量與連續殺人案有關的報導。

一年多之前破獲的地下外籍賣春集團資料殘缺，警方雖然從獄中借提了相關當事人，但問不出更多資訊，是故手腕內側有刺青的第一名死者，身分仍然成謎。第二及第三名死者身分也還沒確認，不過警方畫出時間區段，大規模詢問在那段時間聘雇外籍看護或女工的雇主，也清查當時查獲的偷渡集團紀錄，已經開始朝可能鎖定死者身分的方向前進。

第四名死者是阿嘉莎，有幾個頻道採訪了宋太太，宋太太頻率超高的嗓音從網路影片裡鑽出來說要凶手償命，我連忙調低筆記型電腦的音量。

相較之下，關於柔伊的報導很少。看起來警方仍把她列為系列案件的受害者，但沒有提及太多相關訊息。

連續殺人案的報導數量多得目不暇給，有個關鍵的原因。

警方在今天早上宣布破案。

更讓媒體沸騰的焦點在於警方坦承：這個連續殺害外籍女子的凶手，是個警察。

潛入凶手公寓那天，我知道了凶手的名字、在他的衣櫥裡看到警察制服，還在衣櫥底層的收納盒裡找到馬頭面具。當時我不大確定那套制服是真的，還是和馬頭面具一樣，是他用來扮裝的行頭，但客廳那幾幀照片，讓我肯定了他的職業。

照片顯示了他的長相。我見過這個人執勤時的模樣。

新聞說這個行凶的警察，外號叫做「德哥」。

在新聞畫面裡，德哥戴著安全帽和口罩被押上警車，看不到臉；但緊接著出現的畫面，包括我在內的大多數觀眾應該都印象深刻——那是三月二十四日凌晨，警方在行政大樓外使用暴力驅離抗議群眾的片段。

有部攝影機，清楚地拍到一個在現場揚起鋼棍猛揍民眾的警察樣貌。

那個警察就是德哥。

2.

「連續殺人案破了，你應該鬆了一口氣啦！」阿狗坐在酒館吧檯，一面對我說，一面拿起他的第二杯紅標約翰走路，「後天抗議的學生就要退場了，我大概也可以稍微輕鬆一些囉。」

下午我收到阿狗傳來的簡訊，約我晚上到酒館喝一杯；我心忖週二店裡不忙，老闆也沒交辦什麼事，加上這回的事件我請阿狗幫了不少忙，所以答應赴約。結果等我抵達酒館，發現阿狗已經解決了第一杯威士忌，正向酒保點第二杯。酒保還沒替我準備波莫，阿狗已經又喝掉三分之一杯約翰走路。

「你知道嗎？」阿狗放下杯子，「有件事沒有報出來，所以你也別說出去。根據我在警局的朋友說，他們發現德哥家裡有個設備不錯的視聽室，隔音效果很好，被他用來當成行凶的場所；而真正能把德哥定罪的證據，就掛在視聽室的牆上。」

我點點頭。我看過那幾個標本箱。

標本箱裡裝的不是蝴蝶標本，而是成對的人類耳朵。

根據阿狗今天在警局問到的消息，德哥去年曾經因為風紀問題，接受過內部調查。當時德哥已經在掃黃組待了幾年，成績不錯，但一直沒有升官。

「成績不錯的原因是他在問訊的時候出手非常狠，」阿狗道，「被他盯上的色情業者大多知道這件事，所以常會犧牲一些比較無關緊要的業務，提供幾個頂罪的小角色，這些就成了他的業績。」

「刑求？」我皺眉。

「你要說這樣違法對吧？你知道，我知道，警察當然也知道，但常常還是照揍不誤；」阿狗聳聳肩，「因為他們覺得有效嘛。不過也因為個性如此，所以上級不大想把他升上來，免得捅出什麼太大的婁子。」

德哥對於遲遲未能升職沒有什麼意見，相反的，他看起來對親自出勤、深入隱在城裡各處的地下色情場所，興趣大過坐在辦公桌前處理文書工作；既然德哥喜歡留在第一線工作，上級自然也樂得把他放在原來的位置。

直到那回德哥因行為不當遭到檢舉。

「被人檢舉，自然就得要查；」阿狗對我道，「而且檢舉德哥的，還是警察自己人。」

哦？我揚起眉。

「那個人你很熟啊，」阿狗笑了，「就是這陣子一直煩你的老八。」

老八從一些線民那兒聽到消息，發現德哥有風紀問題，老八認為這件事對德哥執行任務有影響，所以向上報告；上級的確查到了一些狀況，所以意思意思地做了懲處。照說有那種紀律問題，應該要調職的，但那時上級以德哥熟悉相關警務工作、表現優異為由，只記了個申誡，沒有其他處分。

德哥倒是沒有辜負「熟悉相關警務工作」這個評語，背上那個申誡過後不久，他就建了個大功，偵破了一個專門以外籍女子接客的地下私娼集團；如此一來，就更沒有把他調職的理由了。

「那件事我曾經和你提過，你應該還記得吧？」阿狗舉起手指，「連續殺人案的第一個死者，手腕內側有刺青的那個，她就屬於這個集團。」

我點點頭。

「警局的朋友告訴我，德哥被捕後承認，他當時之所以能夠快速地戴罪立功，其實是因為他本來就長期包庇那個私娼寮；」阿狗含了一口威士忌，過了一會兒才道，「控制外籍女子的那夥人本來以為自己拉攏了警察，不會有事，怎麼知道德哥一遇上麻煩，就把他們出賣了。」

德哥有哪種風紀問題？「刑求？」我問。

「不是，會在問訊時揍嫌犯的警察多得很，德哥被檢舉的不是這件事；」阿狗做出一個耐人尋味的表情，「你以為德哥為什麼要包庇那個私娼集團？私娼集團不只給了賄賂，還提供了德哥喜歡的服務。」

原來如此。

除了金錢之外，德哥還接受了對方的性招待。

3.

一年多之前，外籍私娼集團的經營者被捕時，曾經供稱德哥與多名集團內的外籍女子發生過性關係，但這件事被警方壓了下來，沒有對外公開。

「講得直接一點，那些性招待不是私娼集團自願提供的，是德哥利用職權，白嫖不給錢。」阿狗撇撇嘴角，「這也說明了德哥願意待在第一線的原因——他喜歡親自到地下色情場所去挑選對象，不喜歡透過其他管道居中安排。」

德哥對外籍女子情有獨鍾。他特別喜歡膚色黝黑、身材嬌小但體態豐滿的東南亞裔女子。因此他刻意包庇幾個地下色情集團，這些集團按時繳交的賄款能讓他購進自己想要的黑膠唱片、雷射唱盤，以及夢想中的視聽設備；被這些集團控制的外籍女子，則能讓他簡單愉快地滿足慾望。

他並不想與外籍女子戀愛或結婚。他認為外籍女子低俗、愚蠢、粗鄙、骯髒，但也因此讓他在床上感覺特別爽。

這幾個集團裡的貨色都是德哥自己評鑑過的，他也一直覺得和這幾個集團的合作相當愉快，是故當他收到內部調查的通知、指出有人檢舉他的風紀問題時，他有種遭人背叛的憤怒。他輾轉問出檢舉自己的人是老八之後，當面質問老八，但老八不願意透露消息來源。

「我們當警察的有些權力，不過這些權力是老百姓給我們的，該用來幫大家的忙，不該用來滿足自己；」老八對他說，「收斂一點吧。」

假道學！德哥暗暗捏緊拳頭，但不敢與老八正面衝突。

沒能直接閱讀德哥的記憶，不過聽著阿狗繼續轉述供詞，我的腦中浮出畫面：內部調查結束那天，德哥氣沖沖地走進一個自己長期關照的外籍娼寮，隨手攫起一名正在櫃檯旁邊吃麵的東南亞女子，把她扔進內室有點潮溼的床上。女子毫無怨言地承受德哥的撞擊，盡責地呻吟尖叫；他覺得情緒漸漸舒開，在加重動作的同時，哼起一段自己喜歡的旋律。

完事之後，一直沒有說話的女子替他拿來衛生紙和毛巾，忽然開口，「你剛在哼舒伯特的〈魔王〉？」

「妳聽得出來？」德哥非常訝異。

女子點點頭，「我大學時主修古典樂。」

德哥不信，問了幾個問題，女子對答，顯然的確對古典音樂頗有研究。

忽然之間，德哥心裡出現一種奇怪的感覺。

德哥把外籍女子帶回家，破例讓她走進視聽室；女子面對德哥豐富的黑膠及唱片收藏，頻頻發出讚嘆，德哥挑了眾多〈魔王〉版本的其中一張，放進唱機，再度把女子拉向鋪著柔軟地毯的地板。

「這個被德哥帶回去的女子，」阿狗搖搖頭，「讓德哥辦完事之後，就被德哥打死了。她是第一名死者。」

我不解地皺緊眉頭。

「告訴我這些內幕的警察朋友也搞不大清楚德哥行凶的原因。依我看啊，德哥這裡八成不大對勁；」阿狗用食指點點自己的腦袋，「東南亞裔女性對他有無比的吸引力，也讓他莫名其妙地憎恨，更麻煩的是，他幹掉第一個之後，發現這才是真正能讓他發洩情緒的方法，所以後續才會接二連三地犯案。就算第一樁案子是因為他們不知怎麼起了爭執、結果德哥沒控制好下手力道造成的意外，後面幾樁也已經是蓄意謀殺了。」

雖然不能確定德哥動手痛毆那名被他帶回視聽室的女子時，是已經存心殺人，還是一時失手，但可以確定的是，親手結束一個生命，啟動了德哥大腦中的某個開關。

德哥告訴色情集團說那名女子趁他睡覺時逃了，色情集團沒有多問什麼，但德哥並不放心。過了幾天，德哥的風紀處分確定，他想了想，乾脆把這個色情集團抖了出來。

如果色情集團的經營者懷疑德哥與失蹤的女子有關，入獄之後也無法繼續追查，而且就算他們想要追查，德哥的舉動也是個明白的宣告：權力掌控在我手上，你們不要想找我麻煩。再說，把這個集團弄進牢裡，還能把共犯變成業績，把自己從長官眼中的黑名單上解放出來，對德哥而言，一舉多得。

「案子破了，但警方現在很尷尬啊；」阿狗看著剩下的威士忌，似乎在估量應該分幾口喝完，「先前大張旗鼓地說要破案，結果兇手居然是自己人，原來想利用偵破重大案件的成績來扭轉最近民眾對警察打人的惡劣印象，結果好像愈弄愈糟。」

其實這是兩回事。警方偵破連續殺人案，不管兇手是誰，偵辦人員的辛勞都值得肯定，但那天凌晨驅離群眾的過當舉動，並不會因此變得比較正確——我明白阿狗口中警方想要以功蓋過的企圖，但無論警方逮到的兇手有什麼身分，都無法掩蓋他們對民眾使用暴力的事實。

「而且還有第五名死者。」阿狗道，「警方到現在都還語帶保留，沒說清楚這是椿獨立案件？還是得算在連續殺人案裡頭？」

「獨立案件。」我肯定地說。

「是嗎？但我認為警方不見得會這麼公布。這事有個快速簡單的解決方法，把一切問題同時解決；」阿狗下定決心，仰起脖子一口喝乾威士忌，「不過我希望他們不要這麼做。很噁心。」

我點點頭。我知道阿狗講的是什麼。

「該走了。寫報導時我會把事情講清楚。」阿狗站起來，表情帶著一種專業的自信，但肩膀微微一垮，「希望我的讀者也能搞得清楚。」

4·

我坐在吧檯，咂著波莫，任思緒在顱腔裡撞來撞去。

自己被莫名捲入的連續殺人案看起來是解決了，但卻有些讓我無法釋懷的疑點；殺害柔伊的凶手還沒找到，但卻有些部分與連續殺人案裡我在意的疑點隱隱相連。

我知道自己應該拉著線索繼續前進，卻也明白倘若結果真的如我所料，那麼我可能會造成無法彌補的傷害。

「嘿，」酒保走到我面前，「聽說連續殺人案破了。」

我點點頭，「看新聞了？」

「這事鬧得這麼大，不看新聞也會知道；」酒保道，「而且我爸也告訴我了。他平常不會和我聊他工作的事。」

那為什麼這回要特地講？難道是老八一直把我當成嫌犯，所以覺得這樣對待女兒的朋友有點不好意思？

我指指自己，酒保搖搖頭，「我的確要我爸向你道個歉，不過他那人拉不下臉。他把破案的事告訴我，和你沒關係。」

那和誰有關係？

「你記得我說過，我爸曾經幫我介紹過男友吧？」酒保壓低聲音，「當時他介紹給我的，就是那個凶手。」

我揚起眉。

「我們只見過一次面，而且結束得不大愉快；」酒保哼了一聲，「後來我爸沒再提這件事，我以為是他問過了見面的情況，知道我和那個人不怎麼合拍；但他告訴我破案的事情時，提到他後來發現那個人不大對勁，所以就沒再多事撮合。」

「什麼時候的事？」我問。

「兩三年前吧。」酒保想了想。

那個時候老八還沒發現德哥包庇色情集團，可能只是因為德哥表現不錯，又知道他喜歡音樂，所以覺得可能和酒保會談得來；但後來一定開始覺得有什麼不對，所以就不再對酒保提起這事。

「他說幸好他沒繼續要我和那個人交往，否則我就很危險；」酒保笑著搖搖頭，「你看，我爸其實是想要道歉，說自己差點把女兒和殺人凶手送做堆，但說得好像是自己很有先見之明一樣。」

我們都很難清楚自己身邊的人有哪種真實樣貌——有的時候，連我們都難清楚自己的真實樣貌。我也和酒保一樣，笑著搖搖頭。

有人站在吧檯的另一端揚起手要點酒，酒保走過去招呼。

我看看眼前的波莫，還剩一口。

酒館裡很吵。每回我到酒館，都是快天亮的時候，無論是和酒保一起看老電影還是聽音樂，周圍都很安靜。阿狗約我的時間是晚餐過後，現在還不到午夜，酒館裡塞滿客人，我只聽得到模模糊糊的貝斯和鼓點，酒保播的是什麼唱片，我完全聽不出來。

還是先回住處好了。我把酒喝乾，起身，聽到有個聲音在我身後道，「你已經沒事了，怎麼還是見到我就走？」

我回過頭，看見老八。

老八拍拍口袋，「要走之前，陪我到門口抽根菸吧。」

「後來我聽我女兒說，你是她的朋友，她說前陣子我給你添了不少麻煩，現在案子結束了，要我到店裡找你喝一杯；」老八深深地吸了口菸，「警察辦案，有時難免得罪，如果我回頭找每個得罪過的人喝酒陪罪，一定會酒精中毒。」老八看看我，「所以我來找你，不是要賠罪，而是要道謝。畢竟這回能夠破案，你幫了我不少忙；如果以後你有什麼需要是我幫得上忙的，隨時開口。」

我搖搖頭。老八皺起眉，「年輕人別記恨，當初有人檢舉，我自然得查，而且你得承認：你看起來真的很可疑。」

老八曾經提過，阿嘉莎死後，他接到匿名檢舉電話，檢舉者說看到有個戴著墨鏡和口罩的人離開現場。老八一開始來找我，原因是他查出送阿嘉莎到醫院的人是我，這通檢舉電話是後來才冒出來的，是故當老八提及匿名檢舉電話時，我認為這通電話可能是老八編出來唬我的。但老八說過，檢舉電話是真的。

我也記得有個人在柔伊的屍體被發現後，向警方指稱那晚曾經看見一名墨鏡男子在河濱公園附近的酒吧出現——這兩個檢舉者是同一個人嗎？

「誰檢舉的？」我問。

「既然是匿名檢舉，我怎麼會知道？」老八噴出一口煙，「就算知道，我也不能告訴你。不過說實話，雖然我找了你好幾次，但其實那是在蠻幹，因為那時找不到別的證據，我手上也沒別的嫌犯。我早就認為你不是凶手了。」

老八刻意誤導宋家夫婦，讓宋太太在警局對我發動高頻攻擊，但我的反應看起來除了覺得煩，並沒有任何心虛不安或惱羞成怒。他暗忖我可能與案子無關，打算放棄，但又接到檢舉電話，加上後來出現的三具屍體，又讓他覺得不能放鬆對我的調查。

接下來，老八花了不少時間仔細看過抗議現場的錄影紀錄，除了警方自己的存檔之外，他也比對了各家新聞臺的資料畫面，還找了夜店附近的路口監視器。他發現我從三月二十三日傍晚從夜店附近的小吃店離開，到達立法大樓之後，就一直待在抗議現場附近，直到深夜，都沒有離開立法大樓的周圍。

「那時我就明白，你不會是對阿嘉莎動手的人，」老八撣掉菸灰，「雖然有幾段時間我沒在錄影帶裡找到你、拼湊出來的時間線還有幾處空白，但那些時間太短，不夠讓你離開立法大樓、把她打得那麼慘。」

但是老八沒有別的線索，只能盡力查找和我有關的資料。

「可是你實在沒什麼好查的，」老八短促地笑了笑，「你連開車違規的罰單都沒吃過，清白到有點無趣。」

5.

「沒查過德哥？」我問。

老八曾經向內部舉報德哥的風紀問題，應該知道德哥對外籍女子的偏好及暴力傾向，加上德哥就住在我遇到阿嘉莎的那個街區，老八不可能不起疑。

「有想過，但沒深入查過；」老八舉起手，對我晃著快燒到他手指的香菸，「我知道，你會認為那是因為他是個警察，所以我才不去查他。我一直知道他的問題，也知道他就住在那一區，但不是因為他是警察，所以我才沒查。那天晚上警力吃緊，我翻過局裡的紀錄，看到他被調去支援，所以覺得他沒有嫌疑。保險起見，我還確認過他的出勤紀錄，但有件事我那時沒有想清楚。」

三月二十三日，德哥日常執勤時間其實傍晚就結束了，晚間支援是臨時接到的命令。老八確認了德哥當天正常上班、晚上又被調去支援的執勤行程，但沒有想到誘騙、虐打阿嘉莎的過程，就發生在德哥準時下班到臨時出動之間的那幾個小時。

於是現成的嫌犯名單上頭，只剩下我。

「河底那三具屍體被撈上來之後，我查到那三名死者當中，有一個來自他破獲的私娼集團，所以找他問過，」老八快快地吸完幾乎已經燒到濾嘴的菸，把菸頭丟到地上踩熄，再用鞋尖把菸蒂推進路旁水溝蓋的孔洞當中，「結果他和我吵了一架。」

德哥認為老八一直看自己不順眼，才會在內部檢舉之後還繼續找他麻煩，並且譏諷老八徒有虛名，遇上大案子根本就只能被凶手耍著玩，完全束手無策。

「那時我也算是被他說到痛處了吧？」老八重重地噴出最後一口煙，「我開始懷疑：你是不是個超乎我想像的厲害罪犯？你的過往紀錄乾乾淨淨，會不會只是因為你很謹慎？」

因此老八有事沒事就來找我，暗示他仍認為我有嫌疑，試著用一些線索刺探，看看我會不會露出馬腳。「你老闆和我上司聊過，他們有點交情，所以上頭要我別逼得太緊；」老八扁扁嘴角，「不過這案子很大，線索又少，所以上頭也要我別放過任何可能。」

柔伊的屍體被發現時，老八並不認為她是連續殺人案的犧牲者之一。「行凶週期不對，屍體上也有些狀況與先前的死者不符；」老八又摇出一根菸，「不管凶手是不是刻意想要搭順風車，我都覺得這是樁獨立案件。結果局裡再度接到匿名檢舉，我去問了那個酒吧的工作人員，服務生證實案發當晚的確有個墨鏡男子到店裡去；服務生沒注意那人是不是用墨鏡遮住傷疤，但確定那人戴著運動型墨鏡，所以你又登上了嫌犯名單。」

我嘆了口氣。老八燃亮菸，瞇著眼看我，「在出入分子複雜的地方工作，怎麼可能不沾點麻煩？你一定有仇家，不然不會有人老想把你和謀殺案扯上關係。」

6.

「話說回來，」老八吸了口煙，挑起一邊眉毛，「你怎麼會想到面具？」

「面具？」我裝糊塗。

「我提到屍體上的棕色纖維時，」老八盯著我，「你說可能來自面具。」

「萬聖節面具？」我小心地沒露口風，「店裡客人戴過。」

「馬頭面具。」老八盯著我的眼睛，視線直直地穿透墨鏡，「你第一次舉出這個可能，講的是萬聖節面具，第二次再提出來時，講的是馬頭面具。」

「猜的。」

「哦？」老八微微瞇眼。

「為什麼問？」我表現得一無所知。

「因為，」過了會兒，老八放鬆了逼視的眼神，「屍體上那幾根棕色纖維，的確來自一個馬頭面具。那是德哥的東西。事實上，你提到面具可能是個馬頭的時候，我就想到他了。」

一年半之前，有群年輕人在汽車旅館辦慶生派對，找了幾個傳播妹助興，被德哥帶掃黃組逮個正著；從現場帶回警局的證物裡頭，就有一個馬頭面具，一直到偵訊完畢，都沒搞清楚那是誰帶來的。

德哥沒把面具當成證物歸檔。他把馬頭放在自己桌上，看了好一會兒。警局裡的同仁看到了，鬧哄哄地開起玩笑。

「有人笑德哥終於發現待在掃黃組薪水太少，所以打算去當馬伕；」老八回憶著，「我倒是想到了女兒給我看過的電影《教父》裡，有個被擺在床上的馬頭，不過電影裡的馬頭很逼真，那個面具看起來很蠢。」

《教父》裡的馬頭當然很逼真；我在心裡想：因為老八大概不知道，在拍那幕戲時，劇組從狗食工廠裡找來了一顆真的馬頭，導演柯波拉還因為這件事收到不少抗議信函。

「大家都在笑，但德哥的表情變得很正經。」老八繼續說道，「後來，終於有人問他：『你瞪著這個做什麼？』你知道他怎麼回答？」

我搖搖頭。

「他的回答聽起來頗奇怪，我記得很清楚，但一直沒搞懂；」老八轉述德哥的回答，「他說，『我想知道〈魔王〉裡那匹馬在想什麼。』」

原來如此。

敘事曲〈魔王〉由單人演唱，分別代表說書人、父親、孩子以及魔王四個角色；但事實上，這個故事裡還有一個從頭到尾都在、但沒有出聲的角色——那匹馱著驚惶的父子、在黑夜裡狂奔衝過森林的馬。

我聽〈魔王〉唱片的時候，曾經想過：森林裡的妖精之王出聲誘騙孩子，但父親聽不見魔王的聲音，待到孩子害怕地求救，才鞭馬加速，想要早點離開森林。如果魔王也對那匹馬講話了呢？如果馬也聽見魔王的軟語引誘了呢？父親離開森林時，懷裡的孩子已經斷氣了，會不會是因為馬聽從了魔王、在疾奔當中刻意緩下了幾拍腳步？

聽了我簡單的說明，老八搖搖腦袋，「我只記得德哥的回答，也沒往下問。那天他找了個袋子拎走馬頭面具；雖然那是證物，不過也沒人追究。倒是你提到馬頭面具時，我想起這件事，所以重新檢查了德哥在三月二十三日的出勤紀錄。」

老八記得德哥的馬頭面具腦後黏著假鬃，認為那可能就是屍體身上棕色纖維的來源；發現德哥那天並沒有一直待在警局之後，老八申請了搜索票，趁德哥外出執勤，帶著同事和鎖匠去德哥家。「其實證據很薄弱，不過我用了一些關係；」老八搔搔頭，「我本來想，如果沒找到什麼證據，最好能不動聲色地退出來，如果真的被他發現了，最多就是他和我翻臉——反正我們的關係本來就很差。」

證據就在視聽室的牆上等著。

老八走進視聽室時，知道自己破案了。

7·

「德哥供稱，一年多之前，他被我舉報了風紀問題，接受內部調查。」老八說，「他因此心情很差，所以去找了個外籍妓女發洩，後來還把那個女的帶回家。」

我點點頭。這部分剛才阿狗說過。

「德哥說，因為那個女的懂音樂，他一時覺得新鮮，所以帶她回家聽唱片，並不是想要行凶。」老八續道，「德哥在視聽室和那女的一起聽〈魔王〉，兩人脫了衣服，德哥忽然把馬頭面具找出來，套在自己腦袋上。」

「啊？」我蹙起眉心。

「怪吧？那女的做的是皮肉生意，當然知道不該多問，加上德哥又是個有權力控制她們的警察，她當然知道該乖乖配合。但沒過多久，德哥就發現那女的搗著嘴在偷笑。」老八搖著頭，「然後他就抓狂了。」

德哥覺得自己一時心軟，帶了個骯髒的女人進視聽室，而對方居然還嘲笑自己，於是開始對女子拳腳相向；待到打累了，德哥想起，帶這種女人來聽音樂，完全玷汙了自己熱愛的樂曲，於是割下女子的雙耳。

這個時候，他才發現女子已經沒了呼吸。

雖然失手殺人，但德哥並不驚慌。他一面盤算如何棄屍，一面發現：結束這種女人的性命，才是真正能發洩狂暴怒氣的方式。

因此，後續的案件，德哥都做了詳細的計畫。

他定期到河濱公園觀察外籍女子，見到合意的就用手機拍照記錄，待到心中的衝動無法扼抑時，德哥會檢查紀錄，篩去常出現的、以及與友伴同行的女子——這類女子明顯有固定工作和社交圈子，當成目標，危險太高。

篩去危險目標後，德哥便伺機上前與落單的外籍女子攀談，視情況表明自己的警察身分，觀察女子的反應。第二及第三名受害者在面對德哥時，都顯出驚惶的神情，德哥再以關懷的姿態套話，認為她們極有可能是逃脫的外籍幫傭或看護後，便會趁機以預備好的麻醉針劑將她們迷昏，載回住所。德哥先凌辱她們，接著以塑膠布覆蓋視聽室的地板及牆面，避免血跡沾汙，然後開始虐打，殺害，割耳，棄屍，最後把被害者的雙耳裝進標本箱，成為視聽室裡的壁飾。

我抱著阿嘉莎狂奔時讀到的記憶，就是德哥開始布置凌虐現場時的過程。德哥認為阿嘉莎也是脫逃的外籍看護，但阿嘉莎知道德哥身分後並沒有特別緊張，會順服地先隨德哥離開河濱公園，其實是擔心真正的脫逃者阿妮絲會被德哥撞見。

阿妮絲當時正躲在暗處看著，不知道那是自己最後一次見到好友。

「接到臨時出勤的通知時，德哥正對阿嘉莎拳打腳踢。阿嘉莎已經奄奄一息，德哥認為她快死了，所以先換回制服，到行政大樓執勤——德哥說因為他急著想回去清理現場，所以在執行驅離時下手比較重，但我認為，他根本是因為還沒發洩完畢，所以找抗議群眾出氣。」老八嘆出一口煙，我注意到老八仍很小心地沒有提到上級是否授意警員使用暴力。

「但他沒料到阿嘉莎不但醒了，還掙脫了綑綁，逃到街上。」老八清清喉嚨裡的煙痰，「我想，阿嘉莎那時不確定自己身在何處，所以在公寓裡不敢呼救，只想早點離開，沒想到離開公寓後，遇上了你。」

「她很堅強。」我道，「所以才敢到外國尋夢。」

「我們這城是個有夢的地方嗎？對外籍勞工而言，或許是吧？」老八想了想，搖搖頭，「但她們心中的夢土，並沒有善待她們。」

那個晚上阿嘉莎出現在河濱公園，是為了拯救阿妮絲。她並不知道，雖然自己沒見到阿妮絲，反倒落入惡人之手，但阿妮絲仍然為她所救。

阿嘉莎被德哥暴力砸毀的夢，阿妮絲是否可以替她完成？

8.

「自責?」我問。

「不。」老八明白這個問句的意思,「我當刑警很多年了,早就把這種事看得很清楚。雖然第一名死者遇害的原因,可以牽扯到我舉發德哥這回事上頭,但真正的問題不是我害他心情不好,而是他的心本來就壞掉了。」

我點點頭。

老八望向對街,「因為他的心壞掉了,就有好幾個人無端送命,這世界很不公平吧?我們有回聊到正義,你覺得在這樣的世界裡,正義有什麼好堅持的呢?雖然我還在調查另外三名死者的身分,但不確定上頭什麼時候會喊停——我覺得失蹤移工的紀錄裡八成找不到相符的資料,她們沉在這個異鄉的河底,根本沒人在意。」

如果宋仔和歪歪來幫忙,是不是有可能確認這三名死者的身分?但如果把老八介紹給宋仔,老八是否可能因此發現他們在協助脫逃移工,反而給宋仔帶來麻煩?我決定找機會先問問宋仔再做決定。

「還有一件事;」老八深深地吸了口氣,菸頭倏地發亮,剩下約莫五分之一的菸快速燃至濾嘴前端,「關於第五名死者,你提過的犯案週期和棄屍地點的確都有問題,但我之所以認為不是德哥幹的，還有一個原因——這名死者與前四名有個關鍵性的差異。」

我知道老八口中的關鍵是什麼。不過老八說出來的時候，我沒忘記該配合地做出訝異的表情。

「雖然如此，但我還是不確定上頭是否會繼續調查。」老八踩熄菸蒂，動作有點狠，好像這是他唯一使得上力的事。

當然。既然逮到德哥，把這樁與他完全無關的案子也壓到他頭上，是最省事的做法。

「我得走了。」老八伸伸懶腰，忽然像想起什麼，「對了，你和我女兒很熟？」

「是。」

「身為老爸，我應該要女兒小心一點，少和你這種看起來就會惹麻煩的男人交往；」老八看看我，「不過我知道我女兒，嗯，雖然她不知道我知道，但是……」

啊？我眨眨眼。

「總之，」老八清清喉嚨，「她個性很倔，有必要的話請你多照顧她啦。」

老八大概已經察覺酒保是個同志，但不知道怎麼開口和她談這件事吧。

離開之前，我問老八能否把警方從阿嘉莎房間拿走的筆記本給我。老八反問原因，我向他保證這無關案件，未來會再找機會解釋。

老八答應了。

或許老八覺得這是在還我一個人情，或者他覺得這是要賣我一個人情，無論他是怎麼想的，我都無所謂。我只是想要把筆記本交給阿妮絲。

阿嘉莎和阿妮絲曾經想要一起合寫小說，由阿嘉莎提供素材、阿妮絲動筆撰寫。我認為筆記本裡有阿嘉莎的生活觀察，那是她想要交給阿妮絲的寫作題材。把它放到阿妮絲手上，她們的夢，就有可能延續下去。

老八走後，我繼續在酒館外頭站了一會兒。

如果我有機會讀德哥的記憶，我會讀到哪些情緒？德哥的個性究竟為什麼產生偏差？在他成長的過程裡，是否出現過什麼讓他對外籍女子同時懷抱兩種極端情緒的因素？或者這必須歸因於某種偏差的教育？或者這必須歸因於某種更根本的、屬於人的卑劣根性？

我極少主動閱讀他者的記憶。我認為這是一種窺探，甚至是一種褻瀆。但如果真的能閱讀德哥的記憶，我會很想知道這些問題的答案。

德哥已被逮捕，我不會有機會經由閱讀記憶解答我的疑問了。

但還有一個人的記憶，是我現在很想探讀的。

我掏出手機。

9.

「你居然會約我喝酒，」喝下第三杯龍舌蘭，戴門講話已經有點不大清楚，「我好意外啊。」

「為了感謝你的關心。」我微笑。

「安帛說的吧？」戴門斜眼睨我，「我知道你們走得很近。」

「只是朋友。」我拍拍戴門的肩，「她心裡只有你。」

戴門做出一個「這還用你說？」的表情，「破案了，警察應該不會再煩你了？」

「沒那麼簡單；」我聳聳肩，對戴門解釋，刑警認為第五樁案子仍有疑點，而且有人檢舉，說我曾經在警方推測的棄屍時間出現在棄屍地點附近，所以刑警還是常常不請自來。

「運氣不好哇；」戴門把酒喝乾，「知道是誰檢舉的嗎？」

我搖搖頭，舉手請酒保送上第四杯。

酒館裡沒別的客人了。酒保送上龍舌蘭，戴門笑道，「有這麼漂亮的酒保，我以後每天都要來。」

「嘴好甜吶，」酒保對戴門笑笑，「但這杯還是要付錢。」

「沒問題！」戴門豪氣地一飲而盡，重重把酒杯扣在吧檯上，「再一杯。」

酒保旋身備酒，再走過來時，朝我扮了個鬼臉。

我轉過頭。戴門已經趴在吧檯上睡著了。

想要閱讀戴門的記憶，不是因為我想偷窺他和安帛一起生活的私密片段，而是因為我想確認一件事。

但真的閱讀戴門記憶時，我讀到了意料之外的資訊。

兩年多之前，我遇上火車出軌意外，那場意外毀了我的臉和聲音，也奪去我關於自己的記憶。我從戴門的記憶裡發現：戴門也在那列火車上。

事實上，他就坐在我旁邊。

這可能只是個巧合，但箇中有個古怪之處。

根據戴門記憶裡的畫面，他坐在列車座位上，鄰座那人看起來是我；古怪的是，從戴門的眼中看出去，坐在他對面的那人，長得和他一模一樣。

眼前坐著一個與自己同樣長相的人，戴門不覺得怪嗎？從他的記憶裡，我讀不到這種感覺。

我順著這條夢線往下讀，跳過因意外造成的中斷，戴門在醫院醒來，初次照鏡子時，嚇了一跳。接著他仔細地檢視身邊的個人物件，從中翻出身分證件，彷彿在確認自己是誰。

記憶繼續開展，我明白了一件事：戴門其實不是戴門。

「你在做什麼？」突然聽見戴門的聲音，我吃了一驚，意識猛地回到現實，快快地收回按在他額上的手，看見他勉強地撐開眼簾。他什麼時候醒的？

「在叫你。」我道，「酒來了。」

「我該走了。」戴門保持趴在吧檯上的姿勢，「不喝了。」

「酒保會很失望。」我低聲道，「你住哪裡？我幫你叫車。」

戴門喝了一口酒，咕噥出一串地址，「幾點了？安帛下班沒？叫她過來和我一起回去。」

「好。」

「不能讓美女失望。」戴門又喝了一口，重新把頭埋進臂彎。

10.

「他的手有傷，你居然讓他喝這麼多酒？」安帛看著戴門，有點生氣。

「抱歉。」我道，「剛已經幫他叫車了。」

「算了，他的酒量本來就不怎麼樣；」安帛嘆了口氣，愛憐地撫著戴門的背，「你記得他第一次到店裡的樣子嗎？」

記得。那天戴門在安帛跳舞的檯前猛喝龍舌蘭，喝得不省人事。

「聊得開心嗎？」安帛看著我。

我遲疑了一下，點點頭。

安帛笑了，「我真的覺得你們可以變成好朋友。」

「妳去過戴門的設計工作室嗎？」我問。

「沒有，我喜歡保留一點個人空間，戴門已經夠黏我了，呃，」安帛眨眨眼，揮掉還沒爬上她雙頰的紅暈，「問這個做什麼？」

「只是好奇他工作時聽什麼音樂，」我答，「他的唱片收藏應該很可觀。」

「家裡的確擺了不少，我猜工作室也一樣，」安帛微笑，「不過他聽過的音樂絕對沒有你多。」

幫著安帛把戴門放進計程車，再確認一次地址，關上車門。我看著遠去的車燈，皺眉思考。

剛才閱讀戴門記憶的過程裡，他是什麼時候醒來的？拉出夢線、閱讀記憶的能力，只會在對方失去意識的時候啟動，所以如果他醒了，我的閱讀應該會自動中斷才對。

戴門第一次到店裡、在安帛檯前喝得爛醉那天，我曾經意外地從戴門額上拉出夢線。那是我首次發現自己的異能，當時我還不知道，這些絲線是由記憶凝結而成的。戴門和我之間，是否有什麼奇妙的連結，會自動誘發我的能力？或者，我的能力已經進階，就算在對方清醒時也能發揮？

我按上自己的額頭。什麼事都沒發生。

電磁門鎖發出一聲「嗶」。

我悄悄進門，摸到電燈開關，室內泛起柔和的亮。

這裡是本城東區諸多住辦合一大廈中的一個單位，距「Sister Mor」不遠，走路不用十分鐘。一年多之前，猩猩為了幫一個醉酒的設計師叫車，從設計師口袋裡翻出名片，得知這裡的住址——幾天前我和阿剛去「Sister Mor」時，我還想起這事。

只是那時我不知道，幾天後自己會潛入這裡。

這裡是戴門名片上的工作室地址。

一個小時前，戴門趴在酒館吧檯睡覺時，我從他的薄西裝口袋裡搜出這裡的電磁鑰匙。說要幫他叫車時問到的地址，並不是這裡；安帛把他帶走時，我又確認了一次。戴門和安帛不住在這裡。但如果戴門有什麼事瞞著安帛，那麼我可能在這裡找到線索——我剛問過安帛，她說她沒來過戴門的工作室。

進門的空間看起來是進行設計工作的地方，十分寬敞，靠近門的一側有組小巧精緻的沙發和茶几，對面是工作區，一排書櫃靠牆擺放，旁邊還有幾個塞滿唱片的層架。安帛說戴門喜歡的是古典樂，但我的眼光快速掃過唱片盒標，看見其中也有幾張搖滾唱片和西洋流行老歌精選輯。

電腦桌很大，疊著幾本書，最上頭那本的封面和桌面覆著一層薄塵，可能有一陣子沒被移動過了。我環顧四周，看到書櫃的一層放著切割墊、刀片、顏料、畫筆等等美工材料，似乎也已經靜置了一段時間。

靠近書櫃角落的地上放著一組啞鈴，上頭積累的灰塵更厚。

工作間右側是廚房，水槽裡堆了幾個杯盤，還有些泡麵包裝袋、微波食品的紙盒，被隨手扔在流理臺上。

書櫃左下角、靠近工作桌的那兩格，擺放著一整排厚厚的硬殼筆記本。我拿出最後一本翻了幾頁，發現那是日記。工作桌的那疊書下頭壓著幾個信封，我把它們抽了出來，一封封檢查：寬頻帳單，電費帳單，還有手機帳單。

我把信封塞回原位，走進工作間左側，隱隱聞到一股奇怪的味道。

加大型的雙人床上沒有床單、枕頭和被褥，只有名牌床墊，像在睡夢間被剝光衣服的裸身。我巡了一回，在衣櫃裡找到備用的床單枕套，但沒看到被子和枕頭。除此之外，衣櫃裡只有些男性衣物，有點空。

臥室的一側是全套浴廁，鏡臺前擺著漱口杯、牙膏牙刷和刮鬍刀，毛巾架上有一大一小兩條毛巾，洗衣籃是空的。我站在浴室門口，試著分辨那股氣味是什麼，室內濃厚的空氣芳香劑味道，把其他氣味分子干擾得似有若無。

我想了想，回到工作間的唱片架前頭，仔細地檢查起來。

●

最近這段時間，他感覺自己恢復了單身生活，重新在各大夜店尋找目標，不同的是現在遇上看對眼的女人，得另外找個賓館才能脫下褲子。

當然，到那些女人的住處去也可以，但他不喜歡完事之後自己得從床上起身、乖乖離開那裡的感覺。在還沒與女友同居、每天帶不同女人回工作室縱慾的那段日子裡，爽完之後把那些女人趕出去，讓他覺得自己君臨天下、掌控一切；在賓館還是可以這麼做，到那些女人的住處去，就會缺少這種愉悅。

他知道女友不會發現。

或者女友就算發現，也不會有什麼意見。

只要他繼續供應女友買藥的資金，女友就對他言聽計從；有時他興緻一來，賞給女友幾個巴掌、幾記拳腳，女友都不曾抵抗。

喔，女友其實享受得很，甚至還會扭著腰要他多打幾下呢。

這晚為了轉換心情，他決定另闢戰場，選了一家他一直沒造訪過的夜店。店裡的裝潢頗有品味，洛可可式的浮奢風格與流動在空氣中的電音舞曲意外地合拍。他的心情不錯，坐到舞臺前頭，打算先享受一下舞孃獻上的視覺挑逗，喝杯龍舌蘭，再開始在場內梭巡、尋找目標。

舞曲順暢地在DJ的混音當中迴轉，舞臺燈光亮起，他仰頭喝下Tequila Boom，眼光落在臺上，大吃一驚。

伴隨燈光出場的舞孃，是大半年前拒絕自己的學妹。

他在剎那間憶起，學妹曾經告訴過他，自己在這家夜店表演。

是不是因為這樣，他才一直下意識地沒有走進這家夜店？他不知道，只知道與學妹共處的回憶畫面，正在相互磨蹭，撞進他的顱腔。學妹開朗的笑靨，學妹專注的眼神。對照意外之後自己撫摸揉捏過的那些女人，包括女友在內，沒有任何一個同他有那樣深入真誠的交流。

學妹當時雖然拒絕他，隔天不是寫信來道歉了嗎？那封被他快快刪除的電子郵件裡，不是提到如果兩人有緣，還是可能成為情侶嗎？他現在成為一個全新的人，再度遇到學妹，不就代表兩人很有緣分嗎？想得更遠一點，讓自己擁有目前完美狀態的變化契機，就是從遇到學妹那時開始的啊。

所以學妹才是他命中的真愛。

他喝乾第二杯Tequila Boom，看著學妹在閃爍燈光下舞動的肢體，心忖：或者這次偶遇不是一個再續前緣的起點，而是一個實現當初報復慾望的機會？

他舉手又叫了一杯酒，視線沒有放開學妹，腦中混亂地思考。

隔天醒來的時候，他心裡已經有了計畫。

無論將來怎麼處理學妹，他都得先把學妹弄到手。

重回夜店，簡單；找機會約學妹，簡單；讓學妹對他產生好感、不要把他當成一般急色的客人，也很簡單——他還記得學妹的喜好和習慣，只要留意一些細節，學妹就會把他當成命中注定的心靈伴侶。

和學妹從閒聊到上床所耗用的時間，比他對付其他女人漫長許多，不過他並不急躁；如今他面對異性充滿自信、充滿經驗，知道什麼時候要先踩剎車，什麼時候該猛力推進。

他在這城中區租了另一套居住單位，待學妹的住處租約到期，就順理成章地邀學妹搬了進來。

學妹並不是一個事事對他百依百順的伴侶。例如他認為待在學術圈根本沒用，但學妹仍然一心想要唸研究所，例如他不喜歡學妹繼續在夜店跳舞，但學妹會一再重申自己對舞蹈的熱愛。

有時他會動手教訓學妹。

他知道因為自己下手節制，所以學妹知道他只是想要威嚇一下；他也知道學妹心裡已經把他當成這輩子的唯一伴侶，不會因為幾下拳腳就決定放手。只要等他氣消了，一切就會沒事了。

或者這只是他想得太美好？

和學妹在一起半年了。他白天出門，有一搭沒一搭地接案子，有時和客戶開會後直接留在外頭的咖啡館裡打開筆電擺姿勢，有時進工作室面對那些搆不上他設計格調的委託案，工作不順利時，就上床找女友消消火氣，懶得離開工作室或女友臨時有什麼要求，就告訴學妹說自己得留在工作室加班。晚上如果學妹在夜店排班，他會去接學妹下班，一方面讓學妹覺得他十分體貼，另一方面也是對夜店裡的其他男人宣告自己的擁有權。

同時應付學妹和女友，對他來說不成問題。

學妹白天的時間大多耗在舞蹈教室和圖書館。雖然他對學妹的升學計畫和舞孃工作都很有意見，但還沒有強迫學妹放棄，原因在於他覺得允許學妹在白天固定去讀書或練舞，學妹就會覺得他還是尊重她的想法，他也暫時不用思考怎麼和女友分手——在沒有身陷藥物泥淖的時候，女友仍然是個很不錯的床上伴侶。

而只要他沒有停掉每個月匯進女友戶頭的自動轉帳，女友對他就百依百順。

但最近他發現，學妹似乎與夜店裡的一個傢伙走得很近。

夜店裡有個髮色金棕、長相英挺的圍事，不過這人沒什麼知識、談吐粗鄙，不會讓學妹產生興趣。不，如果學妹真的對這個圍事有興趣，那學妹可能只是一時被對方的外貌迷惑而已；他當然會覺得不高興，不過這不是什麼大問題。

但讓學妹感興趣的不是這個外貌出眾的圍事，而是另一個醜怪的男人。

他本來以為這個醜男也是圍事，而且應該是個在道上混過的幫派分子，因為醜男的臉上有許多傷疤，一看就是在械鬥當中留下的，雖然戴著寬幅的運動眼鏡試圖遮掩，但沒法子全都蓋住，這種遮醜的方式，只是欲蓋彌彰的愚行。不過學妹說醜男其實是夜店老闆的特別助理，幫老闆處理許多雜事，所以醜男連圍事都不是，只是個打雜的而已。

會注意到醜男，是因為學妹與他閒聊的時候，有時會提及醜男講的事情。醜男對古典樂和設計大概沒什麼研究，但對搖滾樂、電影和小說似乎都很在行。他在接學妹下班時仔細地觀察過，醜男平常幾乎都不講話，偶爾開口時聲音很怪；但從學妹引述的內容聽來，醜男一定對學妹講過不少東西。

一想到醜男用那種粗嘎的聲音對學妹口沫橫飛地長篇大論，他就覺得噁心。學妹怎麼能忍受這種情況？或許學妹對醜男的那些低俗知識也感到好奇，但當年學妹不就是對他的長相不感興趣，所以才拒絕他的嗎？他換了個長相，就輕而易舉地把學妹的衣服剝下來了呀！那學妹現在為什麼又能接受滿臉是疤的醜男黏在身邊？

他開始在學妹的提包裡發現搖滾唱片或小說，知道這些東西肯定是醜男的，他在學妹的手機裡發現傳給醜男的簡訊，談的大多是學妹需要的補充教材之類無聊資訊，不過看起來依然十分礙眼；學妹可能覺得他不會察覺，但在交談當中不經意提及醜男的次數愈來愈頻繁。

也許報復學妹的時機到了?他可以趁學妹仍對他萬般依戀的時候把學妹甩了、趕出這個兩人同住的舒適居所,讓學妹充滿不解但悔恨地在夜晚的街頭獨自哭泣;但他想像著這個畫面的同時,他也發覺:自己完全不想這麼做。

他明白了。他心裡的確已經認定學妹是此生的真愛。

這樣的話,他該擬定的就不是報復學妹的計畫,而是讓醜男遇上麻煩的計畫。還有,也得解決女友;他提醒自己:畢竟我是個專情的男人,既然認定要和學妹在一起,就應該斷絕和女友的牽扯。

女友已經開始要求更多的錢了。最近一次和女友作愛時,他驚覺女友已經變得瘦削乾癟,與學妹健康柔韌的身體完全無法相提並論;他不在乎錢,但把錢花在一個形容枯槁的醜女身上,一點用處也沒有。把錢省下來還有個好處;他告訴自己:畢竟我是個專情的男人,得為了自己和學妹的未來多存點資金。

雖然已經站在夢土上,但這裡其實不是真正的終點;相反的,女友只是橫在真正目標之前讓他分神的誘惑,他現在已經看清楚了,不會再受騙。

雖然確定了目標,但他還不確定對付醜男的計畫該從哪裡開始進行。

一天晚上,他接了學妹回家,學妹進浴室沖澡,他坐在客廳看新聞。最近的新聞大多在報導已經持續一陣子的社會運動，他認為那些占領立法大樓的團體完全是違法亂紀的無聊分子。

螢幕裡的光影晃動，他忽然瞥見群眾當中有名戴著墨鏡和口罩的男子。抗議現場戴口罩的人不少，但三更半夜戴墨鏡的只有那一個。這個傢伙是和學妹糾纏的那個醜男嗎？他瞇起眼看了一下，覺得很像；還沒確認，螢幕裡的影像已經切換成另一段畫面。

學妹沖完澡，香噴噴地窩進他的懷裡，他正要對學妹解釋他認為占領立法大樓毫無意義的原因，學妹忽然坐直身子、指著螢幕，「你看。」

他轉頭望向螢幕，看見螢幕下方連續幾個跑馬訊息，提及一樁外籍看護被虐打致死的案件。

「我同事很倒楣，被捲進這個案子裡了；」學妹道，「他只是半夜正巧遇見那個受傷的女孩，協助送醫，沒想到警察就認為他是嫌犯。」

「臉上都是疤的那個同事？」他問。

「對呀。」學妹點點頭。

「那傢伙為什麼三更半夜在街上閒逛？」他按著遙控器，找到一個正在播報這宗案件的新聞頻道，主播提及死者被發現的大致區域，就在這城的行政特區附近。

「嗯……」學妹有點遲疑，「我不知道。」

他看看螢幕，哼了一聲，「沒事找事，活該。」

「快睡吧，」學妹拉著他的手，「你明天還要上班呢。」

他跟著學妹走進臥室，腦子快速運轉。

雖然學妹聲稱不知道醜男半夜出現在那一帶的原因，但他認為醜男八成參與了搗亂秩序的抗議行動，自己剛才看見的那名墨鏡男子一定就是醜男；學妹極度不擅長說謊，只是因為明瞭他對抗議行動的看法，所以才刻意隱瞞。

這是個絕佳的機會；他脫下衣服，鑽進被窩，心想：該開始擬定計畫了。

學妹偎了過來。他伸手探進學妹的浴袍裡，滿意地呢喃著他對學妹的暱稱。

【九】拷貝貓

每個人都做相同打扮，每個人都玩相同遊戲

——〈Copycat〉by The Cranberries

I.

「幸好你撿到我的鑰匙，」戴門關上計程車門，走向我，「我就知道掉在酒館裡了。昨晚實在喝得太醉。」

我站在戴門工作室大廈的樓下大門口，對他點點頭。

「這棟大樓省下管理員費用的原因，就是管委會覺得電磁鎖很安全；」戴門接過我遞給他的電磁鑰匙，「不過要重新申請就比較麻煩。」

「既然來了，」我問，「能參觀一下你的唱片嗎？安帛說很精采。」

「哦？安帛一直在我面前誇獎你的音樂知識，說不定我的唱片你根本看不上眼。」戴門道，「而且我喜歡的是古典樂，搖滾唱片不多。」

「她太過獎了。」我頓了一下，補充道，「不會花太久時間。」

戴門想了想，一歪頭，「沒問題，上來吧。」

「如何？」戴門問。

「很棒。」我從唱片架前回頭，「很難得可以一次看到這麼多古典時期和浪漫時期的唱片收藏，果然是位行家。」

「好說。」戴門的表情有點意外，「你也聽古典樂？」

「沒你這麼厲害，我只知道一些皮毛，」我道，「還得請你多指導。」

「呃，改天吧，」戴門看看手錶，「那個，我還有事……」

「啊，抱歉。」我走向工作室門口，在門前轉身，掏出手機，點開一張照片，「對了，你認得她嗎？」

戴門一怔，接過手機端詳了會兒，狐疑地遞還給我，「不認識；我應該認識嗎？她是古典樂的演奏者？我從沒見過。」

「她叫柔伊。」我把手機收進口袋，「幾天前被棄置在河濱公園那名死者。」

「你給我看死人照片做什麼？」戴門露出噁心的表情，「你怎麼會有死人的照片？」

我沒理會他的問題，「昨晚我對你說過，警方認為第五樁命案仍有疑點。」

「是啊，我記得你提過，」戴門點著頭，「有人檢舉你嘛。」

「沒錯。但那不是最主要的問題。」我向戴門說明，阿嘉莎和柔伊的命案間隔太近，不符合德哥的犯案週期，而且，你可以從照片上看出來，柔伊的身材姣好但偏瘦，與其他死者豐腴有肉的體態不同，加上柔伊的長相沒有太明顯的東南亞特徵，這不符合德哥挑選被害人的偏好。」

「所以警方認為這宗案子不是那個德哥幹的，」戴門一臉恍然大悟，「加上檢舉，因此就繼續把你當成嫌犯。」

「其實，這是整個事件裡最奇怪的部分。」我道。

2.

「有什麼好奇怪的？」戴門不解，「安帛說過，你會被警察盯上，不就是因為在巷子裡發現那個受虐的外傭，把她送到醫院，所以在她死後才倒楣被當成嫌犯？」

「一開始是這樣沒錯；」我道，「但警方調查之後，找不出我與案子有任何關聯。我只是個熱心人士而已。麻煩的是，有人匿名檢舉，說看到一個戴墨鏡和口罩的男子是施虐者，所以警方仍然沒放過我。」

「檢舉人是另一個熱心人士。」戴門短促地笑了一聲。

「那晚我的確戴著墨鏡和口罩出現在鄰近的立法大樓附近，但先前並沒有去過遇上阿嘉莎那個街區。這個熱心人士為什麼要這麼做？我那時並不明白。」我微微聳肩，「諷刺的是，後來刑警清查了抗議區域的錄影畫面，發現我一直待在那裡，不會有時間去行凶。」

「所以那個熱心人士反倒幫你製造了不在場證明，」戴門扁扁嘴，「真巧。」

「第五樁案件發生之後，又有熱心人士檢舉，」我道，「說一名戴墨鏡的男子在棄屍地點附近的酒吧出現，這回熱心人士連墨鏡的款式都講得清清楚楚，酒吧裡的服務人員也證實當晚的確有名墨鏡男子到店裡消費。」

戴門似乎聽出興趣來了，「這回你有不在場證明嗎？」

「沒有。」我略略搖頭，「那晚我收到一封朋友傳來的簡訊，但赴約後空等了一陣子，朋友並沒有來。當天是愚人節，我直覺認為那是個無聊的玩笑；簡訊裡朋友約我去唱片行，我明明知道唱片行已經打烊，仍傻傻地上當了。但是因為我一個人在唱片行樓下等朋友，所以沒有人能證明我的行蹤。」

「熱心人士這回整到你了。」戴門看起來有點樂。

「我不知道兩次檢舉的熱心人士是不是同一個人，」我看著戴門，「但是你應該聽得出來，真正把我捲進案子裡、讓警方咬著我不放的，其實就是這兩次匿名檢舉。想通了這點，我開始懷疑：有誰想要陷害我？」

「呃……」戴門遲疑了會兒，「你在工作上多少會和人結怨吧？」

「就我所知，沒有。」我答，「到店裡消費的客人，大多以為我是圍事，他們不會想和圍事有什麼過節；如果是其他業務裡遇到的道上兄弟，自有道上的解決方式，不會用匿名檢舉這種手段。」

「你確定嗎？」戴門揚眉，「夜店生態很複雜，說不定你惹到哪個人但自己不知道？我就一直告誡安帛，不要繼續到夜店跳舞……」

「我後來仔細想想，」我打斷他的話，「近半年來，有個人的確可能看我不順眼。」

「你做了什麼讓人討厭的事？」戴門很好奇。

「那個人認為，」我道，「我和他女友走得太近。」

3.

「就為了這種原因，所以想把你變成殺人犯？你的懷疑不合理吧？」戴門笑了，「如果那人就是檢舉你的熱心人士，那他的醋勁未免也太大了。」

「熱心人士一開始可能沒想那麼多，只是希望警察來找我麻煩而已。」我回答，「熱心人士看到抗議現場的新聞，從人群中發現我。雖然我戴著口罩，但夜裡還戴著墨鏡，反而成為明顯的目標。接著他聽說我送外籍女子就醫、反倒被警方當成嫌犯的消息，所以就向警方檢舉，說看到一名戴墨鏡和口罩的男子離開施虐的公寓。他的確達成了部分目的，因為那幾天刑警沒事就來找我，不過他可能沒料到，刑警認真地看過錄影紀錄，確認我一直都在立法大樓附近，沒有嫌疑。」

「既然他已經成功地讓警察去找你麻煩，後來為什麼又檢舉了第二次？」戴門問，「嫌整你整得不夠？」

「你的推論太快；」我指出，「我們還不確定兩個熱心人士是不是同一個人。」

「喔對，」戴門有點不悅，「你說得沒錯。」

「第二個熱心人士因為某些原因，本來就想要殺掉柔伊，」我忽略戴門的表情，「連續四名外籍女子遇害的案件給了他靈感。他知道柔伊有東南亞血統，所以認為如果殺了柔伊、在相關地點棄屍，警方就會把這樁案子與連續殺人案聯想在一起。」

「原來如此。」戴門頷首。

「這裡就出現了兩個熱心人士是同一個人的可能。」我解釋，「我被警方當成嫌犯的事，並沒有對大眾公布，但第二個熱心人士知道這件事，顯見他是在我交友圈子裡的某個人，所以他也知道我戴什麼墨鏡，甚至知道、或問得到我的手機號碼。他在棄屍那晚，利用簡訊把我支開，然後到河濱公園棄屍，接著戴上同款墨鏡到附近的酒吧喝酒，讓服務人員留下印象。兩個熱心人士的確是同一個人，他先是因為吃醋所以藉警方之手找我麻煩，再是想讓我變成他犯行的替死鬼。」

「所以你知道他是誰嗎？」戴門看著我。

我摘下墨鏡，直視戴門雙眼，「他就是你。」

4.

「等一下等一下，」戴門失聲笑了出來，連連搖手，「你這個才叫推論太快吧？我為什麼要讓警方去找你麻煩？」

「剛提過了，你醋勁很大。」我把墨鏡收進襯衫胸口的口袋。

「說句老實話，你的臉這樣……」戴門的手指在空中劃過我臉上的疤，「你還覺得我會擔心安帛和你走得太近？你自大的程度很驚人啊。」

「驚人的不是我的自大，」我平靜地道，「是你的嫉妒。」

「我也不知道你在抗議現場呀；」戴門搖著頭，「你剛說熱心人士從抗議現場的新聞認出你，但我根本不關心抗議的事情啊。」

「我知道你認為抗議分子是在擾亂社會秩序，而且你肯定看過抗議現場的新聞；」我道，「安帛說過，你會邊看相關新聞邊開罵。」

「就算我真的覺得你和安帛太親近好了，」戴門嘆了口氣，似乎是老師正在面對一個冥頑不靈的學生，「那我可能真的是第一個說謊檢舉的熱心人士，但你認為兩個熱心人士是同一人就沒道理了。因為你說第二個熱心人士原來就打算殺人、利用你頂罪，但我根本不認識那個女的。」

「那個女的？別講得那麼生疏。」我瞪著戴門，「你不但認識柔伊，還是她的男友，你們同居了一年多，直到你上個禮拜殺了她。」

昨晚我約戴門到酒館，就是計劃將他灌醉，讀他的記憶。

我當時並不確定戴門就是兩次匿名檢舉、讓老八成天煩我的人，也不確定他和柔伊有沒有關係，只是與安帛閒聊時的一些片段資訊，讓我產生懷疑。

安帛提過戴門幫她還我唱片，這指的是放在我住處門口的那張瑪麗安．菲絲佛專輯。我當時想過，為什麼安帛不直接拿到店裡給我？安帛說起這事時，我才明白唱片是戴門放的。那張專輯盒子裡放了一張小卡片，約我有空一起去逛唱片行，雖然沒有署名，但我當時覺得是安帛寫的。

四月一日晚上，我接到安帛署名的簡訊，約我到唱片行，但安帛並沒有出現。過了幾天，我把范．莫里森的專輯拿給安帛時，問過要不要一起去逛唱片行，安帛很自然地說要先問過戴門的意見。從這裡可以推斷，安帛並不會主動找我出門，所以那張邀約小卡片並非來自安帛，而是戴門；再往前推一點，把兩個熱心人士連在一起，就會發現簡訊可能也是戴門發的。

如果真是如此，那麼戴門就與柔伊的案子有關。戴門不知道四月一日晚上我在哪裡，所以刻意利用簡訊把我約到唱片行；既然看起來是安帛約我，所以他判斷我不會帶其他朋友，而且這會確保我不在河濱公園附近，他就可以利用墨鏡偽裝成我去那裡的酒吧露臉。

我不確定這些推論是否正確，也沒有機會蒐集相關證據。最直接的方法，就是閱讀戴門的記憶。

在戴門的記憶裡，我找到了他和柔伊之間的關係。

5.

經歷火車出軌意外之後，戴門獲得一個新的身分。我不確定他原來的長相，但從他的記憶裡可以明顯得知，他那時長得與現在不同。不知何故，在意外之後，他變成列車上坐在我們對面的那個乘客。

那是個似乎不用工作，但生活優渥的人——我昨天匆匆翻過的幾本日記是那個人的生活紀錄，最後的日期停在兩年前。戴門使用了那個人的身體，承繼了那個人的身分，並且拋棄了那個人的大多數藏書與唱片，搬進現在這個工作室。

日記內容寫得很詳細，我還沒有時間一一讀完，但認為正因內容詳盡，所以戴門才沒把那些日記一起扔掉。保留日記，他就可以從中獲得許多與新身分相關的資訊，完全以另一個人的樣貌生活，如果那人的親友找上門來，也才有辦法應付。

我不確定那個人的親友有沒有登門拜訪過，但從最後一本日記看來，那個人剛回國不久，或許在這城沒有認識什麼人，加上戴門又搬了住所，是故我認為這個情況可能一直沒有發生。

戴門的記憶顯示，火車出軌之前，我就坐在他旁邊。不過我的長相普通，意外之後又增添許多傷疤，加上戴門在火車上的心緒很亂，所以再見面時並沒認出我來。

令我好奇的是，戴門變成對面的乘客，那麼對面的乘客在意外之後，是否仍以戴門的身分繼續活著？我那時又在火車上做什麼呢？工作室裡的日記再詳盡，也沒法子提供這些答案。

但戴門獲得新身分之後的生活，我可以經由閱讀他的記憶獲得。

「你大約兩年前在附近的夜店『Sister Mor』認識柔伊，開始交往，後來同居。你們就住在這裡。」我指著工作間左側的臥室，臥室的門關著，「她就死在那個房間。」

戴門看著我，眼神不解，沒有說話。

「柔伊在認識你的時候，已經再度開始使用毒品；你們同居之後，她的藥癮愈來愈重，除了用你給她的錢去買藥之外很少出門；」我道，「你沒染毒，晚上仍然常到各大夜店找樂子，遇到互看對眼的異性，就瞞著柔伊在外頭搞一夜情。你認為柔伊成天嗑藥，不會發現，你也沒打算和她分手——你的手頭很闊綽，那些買藥的錢對你而言不算什麼，柔伊長得很漂亮，你很喜歡利用她發洩慾望，不管是性，還是暴力。這樣過了一段時間，你在我們店裡看見安帛。」

講太多話，喉嚨泛乾；我清清嗓子，繼續道，「你另外租了住處，追求安帛；你們開始交往後，安帛從沒到過這個工作室，也不知道你的工作室裡還睡著另一個女友。說到這裡，我想請教，你到底是設計什麼的？你在我們店裡的出手大方，衣服和車子都是名牌，能在這城租下兩個居住單位，這裡又是高檔地段，想來應該是很有名氣的一流設計師，但為什麼從沒聽說你有什麼了不起的作品？」

「我很低調。」戴門開口，聲音粗嘎。

「這倒不假。」我接下他的話頭，「所以你覺得安帛與我走得太近、看我不順眼的時候，沒有直接找我談，反倒是在看抗議新聞時想到找我麻煩的方法——這是你向警方匿名謊報的原因。很低調，真的。」

戴門瞇起眼睛。

6.

「安帛因為要考研究所的事和你有些意見相左，你想把她控制得更緊一點；柔伊長期花錢吸毒，你也開始有點不耐煩。你想把柔伊趕出去，但又覺得柔伊的個性大概不會乖乖聽話，說不定還可能找上安帛，把你們的事抖出來。你的確想要好好地和安帛在一起，不想讓柔伊從中搗亂。」

我微微搖頭，「身為安帛的朋友，我認同你想和她安定下來的想法，但我沒辦法認同你想出來的解決方案。」

近半年來，戴門對柔伊愈來愈不耐煩，但一方面不知如何結束與柔伊之間的關係，另一方面也因為柔伊在床上仍然是很令他盡興的性伴侶；更何況柔伊可以愉悅地讓他施暴，有時他和安帛意見不合時忍住的拳頭，還能發洩在柔伊身上。

好幾次痛揍柔伊的時候，戴門想過乾脆把柔伊殺了；他考慮過直接用枕頭悶死柔伊，也記得柔伊提過，她藏著一把改造槍，警方無法從彈道追查來源，所以也考慮過要找出柔伊把槍藏在哪裡、利用這把槍來辦事。但無論採取哪種方式，戴門都很清楚，棄屍會是個麻煩，還沒想好怎麼處理屍體前，他決定先按兵不動——他是要解決一個麻煩，不是要製造另一個麻煩。

一定要把柔伊處理掉，只要先做好計畫——這個念頭讓戴門想在殺害柔伊之前，盡量把握最後享受的時間。在戴門眼中，柔伊只是一具洩慾用的女體，而且已經不大新鮮、快過期了——這是前陣子安帛提及戴門時常加班的原因。

三月二十六日，外籍女子連續遇害的新聞爆開。戴門靈光一閃，發現自己想出了個一石二鳥的計畫。

戴門第一次向警方匿名舉報之後，就開始詢問安帛關於我的狀況；安帛以為戴門的嫉妒終於淡了，十分開心，戴門問了什麼，她都據實以告。因此戴門知道，那次謊報發揮的效果沒有達到他的期望，雖然安帛說我被刑警找去問話，但並沒有被拘捕審訊。戴門本來以為問出那些事情只是浪費時間，但在想出計畫的時候，便發現安帛口中關於我的那些資訊，全都派得上用場。

隔天，戴門說要幫安帛還我唱片，利用這個機會在唱片裡放了小卡片，讓我以為安帛想要約我去逛唱片行。

接著，戴門購入與我同款的運動型墨鏡，四月一日那晚留在工作室，打算最後一次在柔伊身上發洩慾望後，就結束她的性命。

當晚柔伊用了藥，昏昏沉沉地睡著；戴門沒料到，在他完事、打算動手的時候，柔伊醒了。

戴門與柔伊發生爭執，柔伊拿出改造槍想要威脅戴門，戴門奪下槍，揮拳揍昏柔伊，接著依據媒體上連續殺人案件新聞裡提到的死者狀況，開始虐打柔伊。

最後，他拿槍抵住柔伊的臉。

7·

「你沒想到那把改造槍會膛炸吧？」我擡擡下巴指向戴門包紮著繃帶的手，「你告訴安帛說因為做設計割傷手，但其實是被炸傷的。」

戴門的手不自覺地微微抽動，若有所思。

「雖然手被炸傷了，但計畫還是得繼續進行。」我續道，「你刻意用安帛的名義發簡訊給我，把我騙到已經打烊的唱片行空等，然後把柔伊的屍體運到河濱公園。」

改造槍的膛炸不算嚴重，戴門檢視傷口，雖然需要縫合，但可以晚點再說。他先簡單清理傷口，用綳帶包裹，再回頭繼續進行計畫。

轟爛柔伊半邊臉並不在戴門原來的計畫當中，那是他看見柔伊拿出槍來之後的洩忿舉動。原來他有點後悔，改造槍發生膛炸更在他的意料之外，但他隨即發現，這麼做沒有壞處。

柔伊的臉雖然被炸壞了一半，膚色也不深，但膛炸沒有傷及帶著東南亞風情的嘴唇，這個特徵肯定還能讓警方辨識出她的東南亞血統。戴門記得柔伊說過，她認識會改造槍枝的人，這把槍就是那個人的作品，當時戴門覺得這件事很酷。但以眼前的情況來看，那個人做的槍蠻差勁的。

其實把柔伊的臉毀掉也好；戴門想：我只打算讓警方把柔伊和連續殺人案的犧牲者聯想在一起，並不想讓會改造槍枝的那個人發現柔伊已死，以免節外生枝。雖然剛才一時氣憤，不過眼前這具面目難辨、但仍看得出是東南亞裔女子的屍體，其實十分符合計畫需求。只要棄屍時小心點，別留下可以辨識柔伊身分的東西，不但可以讓柔伊與外籍女子連續遇害案件連結在一起，那個人也可能永遠不會知道柔伊已經死了。

戴門從連續殺人案件的新聞裡知道，每個遇害的外籍女子都曾被毆打，然後裝進黑色的大型垃圾袋棄置；他也用大型垃圾袋裝著柔伊，但抵達河濱公園時，他想起應該讓柔伊的屍體早點被發現，所以收走垃圾袋，直接把柔伊扔在河堤邊。

接著他戴上運動型墨鏡，到河濱公園附近的酒吧，待了足夠長的時間，讓服務人員留下印象，才離開酒吧到醫院急診室去縫合傷口。

返家之後，戴門對安帛說自己工作時不小心割傷手，隔天不加班了。是故四月二日，我接到安帛的訊息，說那天晚上的演唱會約定必須取消。

這是我從戴門的記憶裡讀到的事件經過。

「你說完了？」我結束長長的說明，過了會兒，戴門開口。

我直視他的雙眼。

「你真的很喜歡安帛對吧？喜歡到可以編出這麼一大段小說情節，我真是開了眼界。只不過，你說的這些啊，」戴門咧嘴笑了起來，「全是鬼扯。」

8.

「我原來就住在工作室這裡沒錯，但只有我一個人住。」戴門輕鬆地道，「你說那個女的叫柔伊？她也住在這裡？你可以隨便找找，看這裡有沒有女人住過的痕跡，盥洗用具啦、衣服之類的，住在這裡總會有這些東西吧？」

「柔伊到『Sister Mor』買藥時穿得很居家，」我指出，「從這裡走到『Sister Mor』不用十分鐘。」

「這種證據太牽強了吧？」戴門誇張地睜大眼睛，「你知道『Sister Mor』附近的大樓裡住了多少人嗎？」

「我知道你這幾天已經清理過這裡，把和她有關的東西都清走了，從事發當天到現在已經過了一個多禮拜，你一定認為那些東西都已經混在垃圾裡頭，被處理掉了。」我道，「但一個人的生活痕跡不是那麼容易可以抹去的。鑑識人員可以查出來。」

「你用什麼理由找鑑識人員來啊？」戴門從鼻孔裡哼出笑聲，「我認為柔伊肯定是連續殺人案的犧牲者，警方會查出來的。」

「刑警並不這麼認為。」我靜靜地道。

「是啦，你剛說過什麼週期之類的疑點嘛；」戴門揮揮手，「連續殺人犯是神經病，哪有什麼道理可言？」

「不只那些疑點。」我冷冷地道，「連續殺人者都有固定模式。殺害外籍女子的德哥除了虐打她們，還會割下她們的耳朵。」

戴門出現一個古怪的表情。

「這件事沒有告訴媒體，所以你不知道；」我想起照片上的柔伊，左耳有一個耳飾，右耳則有一整排，「柔伊的兩隻耳朵都在。這種特定儀式，連續殺人者是不會漏掉的。」

「你說的這個所有人都不知道，不單是我呀；」戴門的表情恢復正常，「還有，你說我用簡訊把你騙去唱片行，但發簡訊給你的人不是安帛嗎？」

「我會認為是安帛，是因為那封簡訊最後有她的署名；」我道，「但在等她的時候，我重新檢查訊息，發現有件事不大對勁。」

無論是用哪種通訊軟體，大多數人發送簡訊時都不會多事地加上署名，因為簡訊裡本來就會顯示發送者的身分。但我收到的那封簡訊，來源是個我不認得的號碼，如果不是加上署名，我不會認為是安帛發的。

這幾天我查了一下，發現有些手機系統業者會提供經由網際網路發送簡訊的服務，這類簡訊會統一以一個系統號碼作為發送時的來源號碼。從那個來源號碼，我查出了發送的系統業者。

昨天潛進戴門工作室的時候，我檢查過戴門的手機帳單，確定他使用的就是這家手機系統。

9.

「還是一樣，我用同一家業者的門號，不代表我發過簡訊給你。」戴門搖著頭，「你嘴裡那些所謂的證據，都沒法子直接證明我和柔伊有關；事實上，你說我曾經和柔伊交往後來把她殺了的這一大段，你全都無法證明。那些全都是你編出來的三流小說情節。如果你說的是真的，為什麼沒有報警？因為你很清楚，你的情節完全禁不起推敲。」

戴門說的沒錯。我之所以會認為戴門有嫌疑，只是因為一些間接的疑點，促使我決定主動閱讀他的記憶。我所確認的事件來龍去脈，全都來自戴門的記憶，如果光憑我原來的那些疑點，並不足以推論出所有真相。

我的確沒法子拿著我的懷疑向警方指控戴門，也沒法子用「閱讀記憶」這件事來說服警方。但我不打算依靠警方解決這件事。

「把繃帶解開。」我道，「膛炸和刀割的傷口不同。安帛相信你，所以沒有看過你的傷口，也沒有懷疑你。讓我看看，證明我的說詞是編出來的。」

「你分得出來？」戴門舉起包著繃帶的右手，「不簡單啊，我聽說你從前是黑道殺手，所以這個傳聞是真的？」

我不知道我從前是做什麼的。「我看得出兩種傷口不同。」

「所以就算我的傷口看起來不像割傷，你也不能確定是被炸的嘛。」戴門看看自己的右手，再看看我，搖著頭，「搞了半天，還是三流小說。安帛老說你腦子又好，見識又廣，希望我們可以成為好朋友，但今天和你多聊了會兒，發現她真是言過其實。早知如此，剛才就不該讓你進來。浪費我的時間。」

「我也許不能確定你的傷口是不是被炸傷的，」我道，「但有人可以。」

「你又要說鑑識人員了？」戴門哼哼地笑了幾聲。

「不。」我向室內邁步，戴門明顯戒備起來，但我沒有走向他，而是向左走了幾步，敲敲臥室的門，「這個人比警方更合適。」

臥室的門打開，阿剛走了出來。

今晚約戴門到工作室之前，我已經先找來阿剛，並且用電磁鑰匙進門，請阿剛在臥室等待。我對阿剛表示，我認為戴門就是殺害柔伊的凶手。我會先設法說服戴門讓我進工作室，倘若沒有成功，至少要說動他上樓進工作室看看，不要直接離開。如果他沒讓我跟上樓，我會發訊息通知阿剛，讓阿剛守在門後，等戴門進工作室時制服戴門，再用電磁鑰匙讓我進來。

我相信阿剛一定帶著槍，但我請他先讓我和戴門談談。我沒有任何直接證據，但會說出疑點及推論，戴門肯定也會有他的說詞；我告訴阿剛，等聽完我們各自的說法，他可以自行決定如何處理，我不會有任何意見。

阿剛答應了。

IO.

戴門看見阿剛，愣了一下，接著轉頭看我，「所以你早就進來過了？還安排了幫手？好極了，如果警察真能在這裡找出什麼，我也會說是你們栽贓的！」

「警察不會來。」阿剛的聲音非常自制，「我是柔伊的哥哥。柔伊先前真的和你住在這裡？」

「我不認識柔伊！」戴門的聲線繃得很緊，有點嘶啞，「他在胡說八道。」

「你長得很帥，」阿剛打量了一下戴門，「小妹的確會喜歡你這種型的男人。」

「神經病！你們兩個到底有沒有在聽我說話？」汗珠從戴門的前額掙了出來，一起掙出喉頭的聲音有點發抖，「你們再不走，我要叫警察了！」

「先別急。」我站在唱片架前，抽出一張昨天找到的專輯，遞給阿剛，「看看這個。」

昨天潛入時，我檢查過唱片架，找到這張唱片；剛剛參觀戴門的唱片收藏時，我再度確認了一次。

那是湯米·愛德華斯的精選輯。

阿剛端詳了一會兒唱片，擡眼望向戴門，「這是小妹的唱片。」

「我不知道那是什麼，」戴門搖著頭，「我……」

話沒說完，他突然轉身，朝大門衝刺。

但我已經等在門前。

發現我擋著去路，戴門發出無意識的吼叫，壓低身子向我撞來。他的動作比我想像得快，我的閃躲稍慢，感覺他的肩頭撞進我的左胸，剛收進口袋的墨鏡發出悶悶的碎裂聲響。

趁戴門還沒收住勢子，我旋腰勾腿，把他絆倒。戴門翻了一圈重新站起，捏緊拳頭。

「沒想到我有兩下子吧？」戴門喘著氣，「你們快滾！」

我想起戴門記憶裡毆打柔伊的過程。我想起曾在安帛的記憶裡，讀到戴門對她動粗的片段。

我覺得胸口有股火焰爆開，跨步向前，戴門愣了一下，剛要揮拳，我的拳頭已經摜進他的腹部。軟軟的。沒什麼肌肉。我瞥了一眼角落蒙塵的啞鈴。戴門或許真有兩下子，但已經太久沒運動了。

戴門呲牙咧嘴地往前彎腰。

沒讓他喊痛，我擰腰迴肘，準確地轟中他的臉頰。

戴門雙膝一軟，像失去重心的疊疊樂木條，嘩啦啦地垮了一地。

我回頭，看見阿剛的手上握著槍。

阿剛找來剪刀，剪開戴門的繃帶，露出傷口。

那個傷口，看起來與製槍師傅手心的傷很像——阿剛的記憶裡，一直鮮明地保留著那個畫面。

「我的推論你聽到了。」我對阿剛道，「我知道那是事實。但我沒有更多實證。」

「有這個，」阿剛指指愛德華斯的唱片，再指指戴門的手掌，「和那個，對我來說已經夠了。況且，我信任你。」

口袋裡發出咔啦咔啦的聲音，我摸了摸，掏出一根斷裂的眼鏡腳。

「我買新的送你。」阿剛道。

「這裡可能有。」我想起戴門為了嫁禍，買過一付相同款式的運動型墨鏡。

阿剛點點頭，又搖搖頭，「這傢伙把相關的東西都清掉了，墨鏡可能也在其中。」

「無妨。你付過酬勞了。」我道，看看昏迷的戴門，「你打算怎麼辦？」

「委託你把凶手找出來時，我就說過我的打算了。」阿剛也看著戴門，「至於細節，你不要知道比較好。」

「你在叫誰？」一個聲音從他身下傳來。

他一驚睜眼，正好對上女友看起來剛剛走出藥錠迷霧的清澈視線。

「你沒有這樣叫過我，」女友從他的壓制中抽離，坐起身子，「你叫的是哪個女人？」

「關妳什麼事？」他拉下保險套，打了個結。

「人家都說開飯的時候作愛最爽，但我知道你不喜歡在我嗨的時候搞我；」女友瞪著他，「今天你爬上床時我還覺得奇怪，原來你搞我的時候，想的是別的女人。」

「我搞不懂妳們這些毒蟲為什麼把『吸毒』叫做『開飯』，」他冷哼一聲，「看看妳，成天開飯，結果現在又瘦又醜。」

「你有什麼資格講我？」女友反唇相譏，「剛認識的時候你身上還有些肌肉，現在只剩下肥油；外頭那組啞鈴多久沒用了？你的肌肉大概只剩老二還能硬一下了吧？」

他反手一甩，準確地摑上女友的臉頰，女友失去平衡，跌出床緣。他跨下床，站在女友面前，「站起來，我讓妳知道我的拳頭有多硬。」

「軟趴趴。」女友摀著臉，吃吃地笑了起來，「我來告訴你什麼最硬。」

女友的手鑽進床墊底下，他還沒意會過來，女友已經抽出一段金屬短管，一面指著他，一面站起身子。

「這是什麼？」他看著金屬短管，「特大號的口紅？」

「笨蛋，」女友哼哼笑著，「這是槍。」

「想騙誰啊？」他皺起眉。

「我說過我認識改造槍械的高手，」女友道，「這就是他的作品。」

「妳要因為我喊了一個妳沒聽過的暱稱對我開槍？」他拉起嘴角假笑，「太誇張了吧。」

「我早就知道你在外頭還有別的女人，」女友的頭髮覆著臉龐，看起來像個俗氣的鬼魂，「我只是不爽你在搞我的時候想著別人。」

「既然妳知道，那我們分手吧，」他攤開手，「妳開槍，就什麼也拿不到；放下槍好好談一談，我還能給妳一筆錢。」

「真的？」女友略略放低舉著短管的手臂。

他走近了些，左手捧起女友的臉，點點頭。女友抿出一個淺笑，下一個瞬間，他的左掌錮緊女友頭顫，右拳擊向女友的太陽穴。

這個步驟結束了。他看著癱軟在地毯上的女友，心想：再幾個步驟，計畫就完成了。

那椿外籍看護遇害的案子，後來變成連續殺人案的其中一宗，醜男雖然被警察盯上，但卻一直沒有遇上什麼更像樣的麻煩，再加一具屍體，應該可以加快警方偵辦的動作。他已經詳細蒐集了所有與案件相關的新聞資料，知道那些死亡的外籍女子被如何虐打、在哪裡丟棄，也知道除了最近的那名死者，其他犧牲者的身分都還沒查出來。

只要把女友扔到警察發現其他死者的河濱公園，警察就會把女友和連續殺人案連結起來；只要加上幾個簡單的步驟，醜男的嫌疑就會加深。

他調查過河濱公園一帶的店家，勘查過河濱公園人潮的狀況，備妥了大型的黑色垃圾袋，買好了和醜男相同款式的墨鏡。雖然他不會有任何嫌疑，但以防萬一，他的計畫裡還列入了清理工作室、消抹所有女友生活痕跡的步驟。

這是個完美的計畫。現在，他得先確實地打死這個女人。

用拳頭太累人。他準備了包著布的槌子代勞。

他拿起金屬短管，研究了一下，確定裡頭的確裝填著火藥和彈頭。

這真的是一把槍呢。

我的匯款讓妳在藥裡爽了那麼久，我的老二讓妳在床上爽了那麼久，妳居然拿槍指著我？

他用槍口抵住女友的眼窩，不自覺地哼起〈魔王〉的前奏。

【十】抵達夢土通知我

每當你聽見哨音響起，你知道你就該妝扮上戲

——〈Call Me Up In Dreamland〉by Van Morrison

I.

躺著做完胸大肌的推舉訓練，坐起身來擦汗，調勻呼吸。

除了我的喘息，健身房裡只聽得見大樓空調運轉的聲音。

我按照慣例，等清潔人員離開了以後才獨自來使用健身器材。平常運動的時候，我總覺得空調運轉的聲音很奇妙：明明單調無趣，但忽然停止時出現的空白，又會隱隱有種不祥，讓人疑惑。

彷彿整棟大樓倏地死滅。不確定會不會恢復呼吸。

好像所有紛擾塵埃落定。又好像隨時會再度騷動。

一如我現在的感覺。

手上的事情似乎都辦完了。

我完成阿剛的委託，找出殺害柔伊的凶手。

經由我的協助，老八逮捕虐殺阿嘉莎及其他三名外籍女子的連續殺人犯。

連我只參與了幾個小時的抗議活動，都已經退場了。

但這些結束都像是空調運轉週期裡的那些小小頓點，在無聲的生命片刻裡偷偷暫停，悄悄地問：就這樣？然後呢？

週三晚上，我幫阿剛把昏迷的戴門塞進跑車後座。跑車是戴門的，我知道戴門現在躺臥的位置，就是柔伊屍身躺臥的地方。

因為我讀過戴門的記憶，所以等於親身經歷了他殺害柔伊的整個過程。我也因此知道，摧殘我的五官、搗毀我的記憶那場火車出軌意外，同時讓戴門獲得了全新的身分；我和戴門不但都在那列火車上，意外發生之前甚至比鄰而坐。

戴門因為意外獲得新的身體，這是件古怪的事，但這也是儲存在戴門記憶中的資訊，所以一定是真的；我可以拉出夢線、閱讀記憶的能力，是否也與意外有關？

如果戴門與對面的乘客因為某種緣故，在意外發生時互換了身分，那麼對面乘客的……內在，現今應該就在戴門原來的身體裡。他到哪兒去了？當他醒來、發現自己變得不是自己的時候，他有什麼反應？

我認為戴門原先的生活，並沒有不知名的對面乘客這麼優渥閒適、離群索居。正因如此，戴門才會乾脆放棄原來的身分，進入一個全新的人生；在這個嶄新的人生裡，他毋須擔心收入，可以時常進出夜店，放浪形骸，與柔伊同住，與安帛相戀。

假若這個猜想正確，那麼對面乘客發現自己變成另一個人、必須面對一個物質生活相對不輕鬆的人生時，他該怎麼辦？他會怎麼面對戴門舊生活裡的親友？他會不會說出事實，但被那些不屬於他的親友視為瘋狂？

或許那些日記裡會有線索。如果知道他過去是怎麼樣的人，就有機會推論出他在被迫變成另一個人後可能會怎麼做；或許可以請酒保查查這兩年來精神病院的就診紀錄，如果他真的被當成瘋子。

接著，我忽然想到：有沒有可能，我現在的身體，其實也不是我的？

2.

三月二十四日凌晨，部分警方使用暴力驅離抗議群眾；鏡頭清楚地拍到一個警員揚起鋼棍攻擊的畫面，但警方一直推託，說找不到任何一個施暴的員警。

接下來的兩個多禮拜，我追查自己被無端捲入的連續殺人案件，最後查出凶手德哥，發現他就是畫面上痛毆抗議人士的警員。

德哥先是因為連續殺人案被捕。這系列案子裡的犧牲者都是外籍女子，在抗議活動持續的期間，本來可能不會受到太多注意；但因為連續殺人案鮮少發生，加上警方驅離時的暴力行為飽受批判，於是警方在媒體上一再強調會快速破案，希望轉移社會輿論的焦點，重新建立人民保姆的良好形象。

只是他們沒料到，連續殺人案的凶手就是個警察。

破案時逮到自己人，但是先前已經高調放話，所以警方沒法子另行掩蓋。德哥的照片隨著破案新聞登上網路及傳統媒體版面，沒過多久，警方就在民眾認出德哥的長相之前，宣布德哥也要為驅離時的暴力行為接受懲處。

那個凌晨的施暴員警還有很多。但警方明白，既然德哥已經被推上檯面，那麼讓他成為具體目標，就能轉移大多數民眾的注意。

關注抗議事件發展的阿狗提過，他會把報導寫清楚。我已經讀過他的報導，的確條理分明。我希望讀過那篇報導的讀者，也能保有清晰的思緒。

在暴力驅離的過程裡，德哥只是動手的員警之一。其他沒被拱上檯面的警察、授意動粗的高層，乃至於整個有問題的制度，都需要清醒的群眾力量持續向下追索，持續推動改變。

否則，德哥就只是一個承擔所有惡名、成為輿論討伐焦點的靶子而已。

真正龐大的問題，仍然不動如山地矗立。

「是嗎？但我認為警方不見得會這麼公布。這事有個快速簡單的解決方法，把一切問題同時解決；不過我希望他們不要這麼做。很噁心。」剛破案那天晚上，阿狗曾在酒館裡對我說過這句話。

阿狗的顧慮成真了。

殺害柔伊的凶手是戴門，而戴門已經被阿剛帶走，可能就此從人間消失。這樁案件的證據已被戴門處理乾淨，找不到其他證據。警方不會希望這樁高調宣布要偵緝凶手的案子變成懸案。

在最新發布的新聞稿中，警方提及連續殺人案共有五名受害者，表示他們已經正式把柔伊的死算在這系列案件當中；這就表示，警方打算讓德哥直接擔起殺害柔伊的罪名。

如此一來，柔伊的事件就成為連續殺人案的其中一樁，而這個凶手不但已經落網，同時還會為驅離群眾時使用暴力負起責任，所有問題都能一次解決。

我相信老八會堅持繼續追查，但我不確定老八的堅持能發揮什麼作用。

阿剛曾在酒館要求我，如果查到凶手，就把凶手交給他。彼時我並沒有馬上答應，但當我發現沒法子找到足夠分量的證據指控戴門之後，認為交給阿剛處理，是一種正義的選擇。

改編自真實案件的電影《鐵面無私》當中，由勞勃·迪尼洛飾演的私酒頭子艾爾·卡彭，雖然涉及多起殺人案件，卻一直清清白白，沒沾上任何會被定罪的證據。偵辦人員知道他得為許多人命負責，但就是拿他沒辦法，直到偵辦人員發現，卡彭有逃漏稅的紀錄。

偵辦人員利用這條相對輕淺的罪名把卡彭關進大牢，然後用盡方法不讓他假釋；卡彭最後死在舊金山灣孤島的監獄裡，再沒能回到他稱霸的街頭。從某個角度來看，這是一種正義。德哥因為連續殺人案被逮捕，接著被冠上他本來就得負責的暴力罪名，這或許也算是一種正義。但我讓阿剛帶走戴門，間接讓德哥多扛了一宗與他無關的罪狀，這樣還能算是正義嗎？對阿剛而言，親手處置殺害妹妹的凶手，或許是種正義；我明知道阿剛會在戴門身上施加某種私人懲罰，但仍決定協助阿剛——我的協助，也能算是正義嗎？

把思緒往內裡推得更深一點：我這麼做，難道沒有任何一絲對戴門的怨妒？

我走到槓鈴區，提起一組槓鈴，開始做三頭肌的重量訓練。

3.

剛過去的週二，最大的新聞，就是抗議活動退場。

從三月中旬那個占領議場的晚上算起，到昨天傍晚抗議團體撤出議場為止，歷經二十四天的公民運動，正式告一段落。

我在三月二十四日的凌晨遇見阿嘉莎，在三月三十那天參加了在行政特區的街頭靜坐。整場活動，我只參與了幾個小時，但這場活動帶來的影響，比我原來想像的巨大。

這城、乃至於這個國家的住民，已經有了某種變化。

連原來認為抗議行動沒有意義的金毛，在這段時間裡都有了轉變。週四傍晚在夜店門口遇到他的時候，他正在讀剛出刊的八卦週刊；我瞄了一眼，發現他不是在找女星的走光照片，而是在看抗議事件的整理報導。

猩猩到店上班時，金毛把已經讀過的週刊遞給猩猩，道，「這期我看完了，送給你。」

「你平常不是都看我的？」猩猩接過週刊，表情莫名其妙，「難道這週有什麼特別勁爆的女明星露點照？」

「我只是想搞清楚這個月鬧了半天的抗議到底是怎麼回事。」金毛抓抓頭。

猩猩笑了。

三月三十日靜坐那天，在大道上各個舞臺發言的，除了向群眾闡述自身主張、列舉政府失職的公民團體代表，還有很多長年受到公權力壓迫的各種自救會成員；他們上臺的第一句話，常是感謝有這麼多人願意犧牲週末來聲援他們。

每個道謝，都讓坐在臺下的我覺得心虛。

他們多年來孤獨地抵抗巨大的權力，我只是花了幾個小時，實在沒什麼接受謝意的資格。從他們口中聽到的那些不公平的待遇，很可能會著落在任何人頭上。

只是我先前一直沒有好好關注這些。

所以這些團體只是主張要做正確的事。當天和我一起坐在那裡的五十萬人當中，或許也有不少人是這麼想的。

但只是要做正確的事，卻花了這麼多人這麼長時間的這麼多心神氣力。

而且，我很明白，權力核心還沒有被真正撼動；對這塊土地懷抱夢想的人，仍在墨黑的密林裡試圖擺脫魔王、尋找出路，或許還得付出極大的代價，才有可能抵達真正的夢土。

樓下的夜店仍然繼續營業，但這個週四連接到週五的夜裡客人與往常相較，數量並不算多。可能有很多人到立法大樓那一帶去了，所以沒到店裡消費——我知道自己在健身房裡流汗的這個時候，有人正在行政特區舉行一場網路直播的露天活動，架設了簡單的講桌，邀請大家上臺聊聊在近一個月的公民運動時間當中，自己有什麼感想；任何人都能上臺，內容不忌葷腥，罵得愈是痛快，響起的掌聲就愈是爽快。

也有可能這只是我的想像。就像我在三月二十三日晚上到立法大樓外頭時的感覺一樣：雖然我沒去，但很多人去了。

說不定每個週四，店裡客人的總數都差不多。今天其實也不例外。

畢竟週四是本店的「淑女之夜」啊，女客進場消費，一律半價優待。那四名死去的女子，曾經有機會光臨本店嗎？在她們離鄉背井、試圖圓夢的日子裡，是否擁有過一些可以稍微輕鬆、稍微揮霍的放肆時刻？

這城的居民會到夜店尋夢，但這種夢不是那些女子在這城追尋的目標。她們以為這城會是她們的夢土。她們沒想過，自己會被想像中的夢土吞噬。

我喘著氣停下訓練腹肌的動作，發現自己忘記剛做了多少個仰臥起坐。

4.

週三晚上幫著阿剛把戴門塞進跑車後，我把戴門的車鑰匙交給阿剛；阿剛道了謝，說他用完車子就會處理掉。

我點點頭，但不知道這是不是件正確的事。

閱讀戴門記憶的時候，我專注在搜尋與柔伊相關的部分，加上後來戴門醒了，是故我沒能繼續往過去探尋。我不知道戴門原來的長相、原來的生活，但我知道他穿上了新的皮貌之後，將坐在我們對面那個乘客的生活占為己有。

安帛提過戴門的知識淵博，對很多事情自有看法。我相信這不是意外之後瞬間就有的特質，所以戴門先前可能就喜歡吸收許多資訊，和我一樣。

唔。我在心裡哼出苦笑。

和我一樣？

我根本不知道自己從前過著什麼生活。

5.

事實上，把戴門交給阿剛之後，最讓我我感覺忐忑的，是不知如何面對安帛。

戴門殺了柔伊，身為柔伊的哥哥，阿剛有懲戒他的理由；戴門會對安帛動粗，身為安帛的朋友，我有替她出氣的藉口。但這些並不代表我可以瞞著安帛，自己決定如何處置戴門。

安帛對我並沒有異性之間的愛戀，但她也沒有因為戴門的善妒而同我疏遠。相反的，安帛一直希望戴門和我可以成為朋友。在這個層面上，我其實辜負了安帛的期待。

而且，我還讓阿剛帶走戴門。

所以，我是在沒有告知安帛、沒有讓她有任何選擇的情況下，私自結束了她和戴門的關係。

一部分的我認為自己做得沒錯。我認為戴門對待安帛的方式是不對的。

另一部分的我認為自己錯了。因為他們的事，我根本沒有任何立場干涉。這是一種自私的僭越。對友情的背叛。

6.

「混了很多年，我才學會怎麼在我的能力範圍內，利用這個體制給我的權力去對抗不正義的事，我知道這樣做不夠，但我只能盡力做到我能做的。」老八曾經這麼對我說。

我救了阿嘉莎，也沒真的救了阿嘉莎。但我利用自己蒐集資訊、拼湊線索的能力，替她和前三名死者找出凶手。我沒有在警務體制內工作，在偵查過程中的某些行動甚至是違法的，不過我利用了自己的能力，對抗了不正義的事。

阿剛委託我尋找柔伊，我替他找到的是柔伊的屍體和該為此事負責的人，並且因而對安帛產生永遠無法明說的內咎。如果我是個更有智慧的人，或許可以想出某種兩全其美、既讓阿剛滿意、又不傷害安帛、而且還能伸張正義的方法。但我已經盡力了。

這或許是我在現實情況裡，能做到最好的極限。

「正義是個夢，現實他媽的複雜多了。」老八還說過這句話。

我知道他是對的。

7.

站在蓮蓬頭下，重量訓練後的肌肉發燙，水有點涼。水柱沖走浮在皮膚表層的汗液，但沖不走塞在顱腔裡的混亂。

我用毛巾擦乾身體，站在鏡子前，看了看自己的臉。

兩年多之前，我遇上那樁意外，在醫院醒來之後，我覺得這張臉全然陌生。

或許是因為那時臉上有太多還沒痊癒的傷疤，或許是因為我想不起來自己是誰。

但我沒法子將時間倒回意外發生之前。已經發生的就已經發生，我要想的是怎麼繼續往未來行走。

那時如此，現在仍是如此。

我還留著戴門工作室的電磁鑰匙。我打算仔細地搜尋那裡，在某個角落、某本日記裡，可能藏有某些資訊，能夠讓我明白戴門獲得新身分的原因。

那是個不合常理的事實，一如我閱讀夢線的能力。

說不定我還能從戴門身分轉換的事件當中，推論出自己能力的由來，甚或對自己的過去做出猜測。

機會很渺茫。但不像回到過去那樣完全不可能。

我把掛在置物櫃裡的襯衫長褲穿上，戴好昨天新買的運動型墨鏡。

8.

接近酒館門口的時候，手機響起，來電顯示出安帛的名字。

我遲疑了一會兒，點選接聽，把手機湊近耳朵。

安帛的聲音，帶著我沒聽過的雜訊，緊張，而且惶急，「戴門和你在一起嗎？」

「沒有。」

「你知道他在哪裡嗎？」

「不知道。昨天晚上我把工作室鑰匙還給他之後，就沒再和他碰過面了。」從某個角度來說，我沒有撒謊。

「我也一樣。他昨晚出門找你拿鑰匙，就沒再回來，我以為他不顧自己的傷，又留在工作室加班；」安帛道，「接著一整天，他都沒有出現。我剛下班回家，但他不在家裡，我打他的手機，他也沒有接。」

「可能在忙吧？」

「他在工作室忙的時候的確會不接手機，從前我抱怨過這事，還被他唸了一頓。」手機裡傳來安帛短短的笑，似乎略略放鬆了些，「他說他專心工作的時候，最討厭被人打擾。」

戴門在工作室裡沒接手機的那些時間，很可能並不是在專心工作；我在心裡這麼想，沒有說出口。

「我剛還想，或許可以打給他的朋友問問；」安帛沒注意到我的沉默，「接著又想到，我根本沒有他任何一個朋友的聯絡方式，因為他從來沒告訴我他有哪些朋友。我們在一起一年多了咧，很好笑吧？」

不好笑。「再等看看吧？」

「好。」安帛頓了頓，又道，「雖然他之前也會像這樣不接手機，但不知怎的，這回我覺得特別不安。幸好和你聊了一下，感覺安心了點。我沒吵醒你吧？」

「沒有。我剛從健身房出來。」

「喔，那早點休息囉。」安帛的聲音稍稍回復了一點開朗，「不聊了，說不定戴門正要打電話給我。拜拜。」

「再見。」

拿開手機，我看著螢幕逐漸黯去。直到它完全溶進黑暗，我才長長地吁出一口自己也不知道摒住多久的呼息。

9.

「你知道嗎？」酒保拿走我眼前剛喝乾的空杯，對我道，「你現在看起來和我爸很像。」

我的眉毛在墨鏡後方皺起，「完全不像。」

「你現在的表情和他某些時候的表情很像啦，別以為戴著墨鏡我就沒注意；」酒保補充，「有些時候，明明已經結案了，但他不知有什麼地方不滿意，晚上坐在客廳裡，臉上就會出現類似的表情。」

我想起老八那席關於正義的話。「常見嗎？」

「從前我還住在家裡時，算是蠻常見的；」酒館裡僅剩吧檯區還留著柔和的亮，酒館雙手撐住髖部伸了個懶腰，暖光映出她美好的胸部線條。

我點點頭。體制賦予老八某些超越一般百姓的權力，自己是善用體制主持了正義、還是被體制所限反倒無法伸張正義？酒保說的那些時候，是老八自我質疑的時刻。

「事情結束了，但五官還是很糾結；」酒保道，「所以我才說你們兩個的表情很像。」

我沒辦法向酒保解釋自己情緒糾結的原因，酒保似乎也沒打算問，自顧自地繼續，「阿剛今天打了電話給我，說你已經幫他把事做完了，謝謝我介紹你們認識。」

完成委託是件好事，但我不確定我的決定是否正確。

「如果我沒猜錯，這就是你苦著臉的原因，」酒保鑿下一方冰角，擺進威士忌杯裡，「所以我要送你一句我爸的話。每回他出現這種有夠難看的表情、在客廳裡坐了老半天之後，就會起身倒一杯Old Parr，然後說這句話。」

嗯？

「喝吧。」酒保把波莫放到我面前，「明天又是另外一天。」

「Tomorrow is another day」，《亂世佳人》中的經典臺詞。

我看看眼前的波莫，點點頭。

「沒別的客人了，」酒保問，「你想看電影嗎？」

「好。」我腦中亮起一部片名，「看《淘金熱》吧。」

「沒問題。」酒保蹲下身子找光碟，「對了，你記得我們幾個月前跨年的時候也看過這部片嗎？」

「嗯。」那次看《淘金熱》，酒保想到跨年時到夜店的人群，我想到越洋後到這城的移工。

「所以你應該也記得，那時我請你幫我送女友回家。」

「妳那天說才和她認識幾個小時。」

「未免也記得太清楚了吧你；」酒保拿著光碟站起身來，白了我一眼，「總之我和她後來沒發展下去。」

「因為？」

酒保揚揚手中的光碟，「她相中有錢的凱子，淘金去了。」

10.

螢幕裡的卓別林，用他特有的滑稽步伐走在山路上，渾然不知後面跟著一頭熊。邁向前方找尋夢想的人，並不知道：有時危險不在未知的前方，而在身旁。

客死異鄉的外籍女子們如此。柔伊如此。或許，安帛也是如此。

所以我應該換個方式想：戴門會對安帛動粗，還不讓安帛進行自己的進修計畫，本來就不算什麼優質男友，我設了陷阱捕熊，偷偷幫了安帛，沒有什麼不對。

但我明白這只是彆腳的自我安慰。

跟著卓別林的熊拐了個彎，走進山洞，卓別林這才回過頭來，不明所以地看看身後。

酒館入口的門鈴，響起一聲「叮」。

我和酒保一起轉頭。

安帛站在門口。

「好久不見，」酒保露出微笑。「到吧檯坐吧。」

「妳還記得我？」安帛有點訝異。

「當酒保的基本功，就是記住客人；」酒保眨眨眼，「尤其是美女。」

「謝謝；」安帛坐上我左邊的高腳椅，對我道，「我就知道你在這裡。」

「怎麼出來了？」我問。

「沒等到電話，睡不著。」

酒保看看我，又看看安帛，笑著開口，「我來幫妳調杯睡前酒吧。」

「謝謝。對了，」安帛拿出一張唱片，遞給酒保，「可以播這張專輯嗎？」

「范．莫里森？」酒保看著唱片封面，「品味不錯唷。」

安帛看看我。我點點頭。

「直接播第五軌吧。」我道，「播〈抵達夢土通知我〉。」

【後記】或許某日，我們終會抵達夢土

約莫二十年前，一九九五年，我到建築工地做過一陣子臨時工。

早上五點起床、買早餐，然後騎車到仲介公司門外排隊等待。彼時那個城市正在大興土木，路邊圍牆上常見仲介只有一句問話加上電話號碼的噴漆廣告：「你需要臨時工？」六點左右，仲介公司的電話開始不停地響，每個工地的監工會告訴仲介今天需要多少人手，仲介再把蹲在門外啃早餐的我們派出去。

再度跨上車循址找到工地，聽工頭分派工作，掏錢訂便當，八點上工，一路做到中午十二點。吃了便當，躺在地上睡午覺，下午一點起身繼續做到五點。日薪一千五，仲介抽兩百；根據今年聽到的行情，日薪沒什麼變化，仲介的抽佣倒是倍數成長。

臨時工經驗的一年之後某日，我在火車站附近的唱片行翻找唱片；拿起一張槍與玫瑰（Guns N' Roses）的現場專輯，旁邊忽然傳來一個聲音，講著腔調濃重的英語，「我在老家也很喜歡槍與玫瑰！」

轉頭一看，說話的是個膚色黝黑的外籍移工。這位外籍移工和幾個同鄉朋友趁假在市區胡逛。和他聊了一下槍與玫瑰，我忽然覺得十分奇妙。

當臨時工的時候，我從其他專業工人和臨時工口中聽過許多人生故事，沒有人同我提過槍與玫瑰。這無關品味高低（有位大哥當時同我聊過他對林強專輯的看法），純粹只是生活背景差異。

我開始覺得好奇：這些離鄉背景到這個島上來做粗活的人，原來有什麼樣的人生？懷抱著什麼樣的想像來這裡？這裡和他們的想像，又有多少差異？

約莫二十年後，二〇一四年，一群人在深夜衝進立法院。

「三一八學運」最初和後續發展裡的參與者都不只學生，而是各界人士都盡皆參與的大規模公民運動——從另一個角度看，就算沒有實際參與、或是對這運動持負面看法的群眾，也都被動地在這樁巨大的社會事件裡，開始或多或少地審視自己的思考邏輯及政治理念。

彼時我的長篇小說《碎夢大道》正要出版，手上還有一本厚重翻譯小說的編輯工作，是故公私兩忙。不過下班之後，我都會繞到立法院外圍去待幾個小時，對運動現場所呈現的奇妙氛圍留下深刻印象。某個凌晨，我從立法院外圍返家，打開電視，赫然發現警方正在我剛離開不久的那個街區，進行暴力驅離行動。

看著螢幕，我想：「我必須把這件事寫下來。」

《碎夢大道》的主角是名失去過去的男子，不確定自己與社會之間的關聯，得過且過地混著。讓他到靜坐現場去看看想想，正是許多吾等之輩在面對這場運動時的真實狀況；身為一個故事的敘述者，我一直認為故事的可貴之處，並不在於告訴讀者某種「答案」，而是讓讀者從不同面向進行思考，將角色的經歷轉換成自己的體悟。

構思故事的時候，我意外地察覺，這場運動與多年前我對外籍移工的好奇，有個隱在內裡的連結。

約莫五十年前，一九七〇年，范．莫里森（Van Morrison）發行了單飛後的第四張專輯《他的樂隊和街頭合唱團》（*His Band and the Street Choir*）。其中的第五軌，叫做〈抵達夢土通知我〉（Call Me Up in Dreamland）。

〈抵達夢土通知我〉是首輕快的大調，莫里森擔任主唱與吉他，以及次中音薩克斯風獨奏，歌詞唱著自己受困某處，但希望友人抵達夢土之時，以各種可能的方式捎回訊息。那時莫里森才二十幾歲，或許沒有想過、或不願去想：倘若抵達夢土後不知還能通知故鄉的誰，那該如何是好？又，留在故鄉的人，是否可能將故土變成夢土？

這就是外籍移工與三一八學運之間的連結。

每個人對「夢土」的樣貌都有不同想像，但也都會認為那是某個可以讓自己夢想成真的所在。無論是因為故鄉社會狀況太糟、決定出國尋找能夠圓夢之境的人，或是認為仍需勉力抗搏、將本土改造成理想夢土的人，做的抉擇雖然各異，但核心都是為了實現自己的夢。

莫里森的曲名於是成了這個故事的名字。

故事從某年的三月二十四日凌晨開始，到大約兩週後的四月十日晚間結束。對照二〇一四年的現實，這是三一八學運當中起於行政院暴力驅離事件迄於學運退場的時間裡，發生在臺北城裡的幾樁虛構事件；不理會現實時間的話，這是一宗巨大社會變動進行時，城裡其他人物其他角落面對的真實遭遇。

感謝沈嘉悅的邀約以及SOS平臺提供連載機會，讓這個故事在尚未出版前以另一種型式與讀者見面；感謝衛城總編輯莊瑞琳不厭其煩地與我討論故事角色與社會現實之間的距離與定位，感謝提供連載照片的「萊兒費可」唱片吳政樺及負責封面的設計師蔡南昇，當然，也感謝閱讀這個故事的你。你是出版品得以完成的最重要關鍵。

寫這篇後記的時候，立法院三讀通過《就業服務法》修正案，自此外籍移工毋須在聘雇滿三年後至少需出國一日，才能再入國。原先這個規定不但增加外籍移工的經濟負擔、圖利仲介業者、造成雇主不便，也讓許多雇主走偏門扣留外籍移工，使得不諳法令的移工從原來合法入境變成非法居留，更增被剝削的風險。

惡法刪除，會讓我們的國家離理想狀況更近一點。

或許某日，我們終會抵達夢土。

夢與醒之間：讀臥斧的臺灣冷硬派偵探小說

吳叡人

＊本文涉及《碎夢大道》、《抵達夢土通知我》情節，請自行斟酌閱讀

"We thought we could do something different, and then we found out we couldn't."

——*Van Morrison*

I.

冷硬派偵探小說（hard-boiled detective fiction）誕生於幻滅與破碎的夢想之中，所謂「冷」、「硬」不只是一種風格或美學，它還負載著具體的社會內容與時代精神。

冷硬派小說最初是一次大戰後興起於美國的一種寫實主義的本土大眾文學形式，它既是與從柯南．道爾到克莉絲蒂以來的英國古典偵探小說傳統——特別是同時代的「黃金期」（Golden Age）偵探小說——的決裂，同時也是對十九世紀以來無止盡地歌頌「美國夢」（American dream）的美國通俗小說傳統的反彈。冷硬小說的思想根源可追溯至二十世紀初的所謂「扒糞派」（muckrakers）文學和進步史學對美國繁榮表象下的黑暗現實，如政商勾結、階級壓迫與乃至所謂「強盜公卿」掠奪公共財產以致富的揭露，但其興起的直接背景則是一次大戰以後的禁酒年代，乃至二〇年代末期經濟大恐慌後的犯罪猖獗、政治腐敗、司法不公與經濟蕭條——換言之，也就是「美國夢」的徹底破滅。

英國古典偵探小說的美學結構是喜劇式的——偵探的推理，挽救了一個受到犯罪（外來者）威脅的社會，使其回復原有的良好秩序與規範。這當然反映了某種英國式世界觀與對戰前社會的鄉愁，然而誕生自幻滅與破碎之夢的美國冷硬小說遵循的卻是傳奇（romance）的傳統：社會秩序瀕臨解體，人人自私自利，處處誘惑陷阱，而我們孤獨的偵探無力也無心挽救這個不值救贖的黑暗社會——挽救是徒勞的，如今他只能嘗試從無休止的誘惑與欺騙中，挽救一點自己的正直與道德信念而已。與英國和美國黃金期偵探小說（如范達因〔S.S. Van Dine〕的菲洛・凡斯〔Philo Vance〕系列）的「本格派」傾向相較，美國冷硬小說確實經常帶有鮮明的「社會派」風格，不過主角的「硬派」作風所表達的，與其說是憤怒，不如說是某種混雜著感傷的犬儒主義。

儘管如此，在隻身面對強大黑暗勢力，如組織犯罪、財團、豪門或腐敗的官僚、政客和警察的冷硬英雄身影中，我們依然讀到了美國作者對個人自主性的高度理想化。一場不道德與反正義的洪水吞噬了社會和國家，但吞噬不了我們孤獨、潦倒、正直，而且還帶點浪漫的偵探。這是幻滅中殘存的夢想，或者夢想的碎片。[1]

2.

前面所勾勒的文學社會學圖像，只是一種原型，不是寫作公式。美國冷硬派偵探小說從一九三〇年代的漢密特（Dashiell Hammett）和錢德勒（Raymond Chandler）初創典範至今，早已

1 本段參照 Charles J. Rzepka, *Detective Fiction* (Cambridge, UK: Polity, 2005), Chapter 6.

形成一個綿長多產而且精采的系譜，同時也開枝散葉，擴散到歐洲、拉丁美洲、日本等地，形成了一種全球性的偵探小說文類。一個具有如此縱深與廣度的普世文類，自然會隨之產生無數變形，衍生出各種新的可能性，顛覆傳統語法，例如跨越傳統冷硬派社會（私家偵探）與國家二元對立的**冷硬刑警**（如藍欽〔Ian Rankin〕的蘇格蘭探長雷布斯〔John Rebus〕和奈斯博〔Jo Nesbø〕的奧斯陸頹廢警探霍勒〔Harry Hole〕），以及揚棄所謂*femme fatale*固定性別角色的**冷硬女偵探**（如派瑞斯基〔Sara Paretsky〕筆下芝加哥大學畢業的女偵探華沙斯基（V.I.Warshawski），和桐野夏生的歌舞伎町偵探村野美露〔村野ミロ〕）的出現。

儘管如此，幻滅的夢想、某種崩解或衰頹的社會秩序、以及孤獨的薛西弗斯式偵探（我們不朽的山姆．史培德〔Sam Spade〕和菲力普．馬羅〔Philip Marlowe〕！）依然是冷硬小說不變的原型精神，滲透到後世不同地區冷硬作者的想像，再被他們轉譯到各自國家的脈絡之中，如大隱隱於於慾望與犯罪之都紐約的馬修．史卡德，如受困於奧斯陸的政治腐敗與種族主義暴力的哈利．霍勒，還有在東京警視廳公安部內部鬥爭夾縫中生存的「新宿鮫」鮫島警部，乃至和令人窒息的日本全面決裂的惡女村野美露。

3.

放在這個脈絡中觀察，臥斧在他的兩部推理小說——《碎夢大道》和《抵達夢土通知我》——中嘗試承續冷硬傳統的意圖是非常明顯的。確實，臥斧在小說中（過度）精心布置的冷硬形式已經夠多也夠清楚了：喪失記憶與身分的孤獨偵探，活在大城市邊緣和底層的人物（夜店舞孃、圍事、跨性別者、女同性戀駭客、外籍移工、娼妓、吸毒與販毒者、私槍製造者）、處於法與非法黃昏地帶的角色（惡德警察、腐敗政客）、打鬥場景、第一人稱敘事、（讓人不由想起古龍武俠小說的）簡潔機鋒的對白，以及不重推理解謎，而以大量伏筆透過敘事開展讓真相逐步自我揭露的寫法，還有過剩的美式都會（紐約？）文化元素（搖滾、老電影、Pall Mall and Old Parr）。然而比這些熱鬧的形式更重要的，是**「碎夢」這個關鍵詞所指涉或致意的冷硬精神**——一個社會秩序正在衰頹或崩解，所有人的夢想都碎裂破滅，犯罪則是其表徵，而孤獨的偵探以冷硬的姿態面對社會的崩解，他／她解決犯罪事件，不為了救贖社會，也不為了救贖任何人的夢想，而只是為了守住一點自己最後的正直，然後如果可能，順便拉起身邊一兩個溺水的靈魂而已。臥斧這兩部小說所書寫的，正是某種集體秩序崩解過程中，個人的幻滅、沉淪、死亡、掙扎與救贖。在這個意義上，他們確實遵循了古典冷硬派偵探小說的精神。

不只如此，臥斧筆下破碎的夢想是鑲嵌在具體的時空脈絡之中的——儘管運用了大量的美國元素，最終他寫的仍然是碎裂在當代臺北，碎裂在當代臺灣的夢，而不是山姆·史培德的舊金山，菲力普·馬羅的洛杉磯，或者馬修·史卡德的紐約。就此而言，臥斧的小說意味著一種臺灣本土的冷硬派小說，或者**臺灣冷硬派**偵探小說的書寫嘗試。

4.

如果美國冷硬派興起於一次大戰後對「美國夢」的幻滅，當代的北歐冷硬派背後徘徊著某種「斯堪地納維亞夢」的幻滅暗影（比方說，從舉世欽羨的社會民主烏托邦墮落為種族主義和新納粹橫行的社會），而日本冷硬派則是對某種「日本夢」幻滅的回應（例如六〇年代高度成長期的物質主義，或者九〇年代泡沫經濟破滅後的悲觀主義），那麼（真正意義下的）**當代臺灣冷硬派興起，必然面對某種「臺灣夢」的幻滅**。然而這個破滅的「臺灣夢」又具有甚麼內容呢？

命運多舛，長期受困在帝國夾縫之中的小國臺灣，到底曾經擁有甚麼足以被讚頌為「夢想」，足以為世人所稱羨渴望的事物呢？除了豐富美麗的自然景致之外，大概就是二次戰後驚人的經濟成長奇蹟，以及九〇年代以來的民主化吧。財富、自由與正義——或許還可以加上多元——構成了所謂「臺灣夢」意識形態的內容，曾經吸引了眾多島內島外的人們，近悅遠來，共同追逐這個夢想。「臺灣夢」的神話在九〇年代末期達到高峰，然而在兩千年代初期即開始出現破綻，接著就迅速崩解、破滅。新自由主義全球化的腐蝕力量、中國的崛起與對臺灣的包圍，以及臺灣認同與民主體制的脆弱，共同促成了這個結果。財富、自由、正義——以及獨立自主——的逐步流失，還有來臺外籍移工被歧視遭遇所揭露的多元寬容表象下根深蒂固的，可鄙的種族主義，一一具體地表徵了「臺灣夢」的終結。

某個意義上，臥斧的小說可以視為對「臺灣夢」破滅的一種評論與注解。對於一個衰頹時代可以有無數種文學表現方式，費茲傑羅用蓋茨比的個人命運象徵「美國夢」的虛幻，而臥斧則將個人行動嵌入歷史命運的脈絡之中，但又使其保持某種距離，讓個人與歷史交錯、碰撞、參照、展演，最終重新合一。

這點從臥斧小說的敘事看得非常清楚。他在兩部小說中都構築了平行的兩條逐夢／幻滅的子敘事，一條代表歷史，一條代表個人，然後讓二者隨著大敘事的開展碰撞、交融，產生意義：在《碎夢大道》中，（紹興）老社區拆遷事件代表歷史，舞孃玻玻失蹤事件代表個人；在《抵達夢土通知我》裡面，三一八太陽花運動代表歷史，東南亞女性移工殺人事件則代表個人。失蹤或殺人事件是偶然（contingency），老社區強制拆遷（或農地強制徵收）與服貿協定的簽訂則是大歷史結構開展進程的一環（新自由主義思維下的土地開發、都更和兩岸終極統一視野下的自由貿易），具有非任意性，乃至某種結構的必然性。**當個人的偶然事件被鑲嵌入大歷史結構的進程中展演，**

偶然之中的必然，個人命運的歷史性就被暴露出來——玻玻和攝影師被殺是偶然，但是在強制拆遷的結構性暴力過程中必然會出現犧牲者；菲籍看護阿嘉莎被殺是偶然，然而一旦國家暴力、種族主義與性別歧視體制同時啟動，被視為「他者」的外來女性必然受害。在這裡，推理小說的殺人事件創造了歷史行動者的典型性。

5.

儘管如此，臥斧的臺灣冷硬派小說終究不夠冷也不夠硬，因為作者心太熱太軟，忍不住在筆下傳遞或偷渡了過多的集體救贖的希望——冷硬派小說美學所不容許的救贖與希望。於是我們看到了失憶而沒有身分的冷硬英雄被三月三十日五十萬人的示威擾動了心情，竟然產生了「以後也許會不一樣」的希望，於是小說時間從夢醒時分推回到夢與醒之間。當然不是不能希望，而是希望干擾了冷硬的美學，也干擾了冷澈的目光，那足以洞視極度不完美，極度殘缺，乃至極度殘酷的社會現實的，冷澈的目光。當然不是不能寫希望，甚至集體救贖的希望，救贖臺灣的希望，但是不能寫得如此平板，如此天真，而是要先徹底絕望，徹底不信，徹底犬儒——像坂口安吾在《墮落論》說的，要一無所有，跌落谷底——然後你才能開始搜尋希望的蛛絲馬跡，在惡、平庸與怯

懦的層層覆蓋之下。

這是冷硬派，還有一切絕望而不願絕望者——例如臺灣人——的存在主義。

最後必須附帶一提的是，臥斧的臺灣冷硬派偵探小說雖遵循了合古典冷硬精神，但其實也不完全符合正統冷硬的寫實主義，因為他令人意外地加入了若干超現實或奇幻的元素，不只使我們的冷硬英雄具備了超人一等的探知能力，也因此增加了小說敘事的複雜與懸疑性，以及讀者推理的困難。這個寫作策略當然徹底違背了Father Knox在一九二九年為黃金期偵探小說立下的十戒第二條戒律「**所有超自然或不可思議的手段都應該被排除**」[2]，不過臥斧寫的本來就不是本格派推理，所以倒也無可厚非。然而這種可以稱之為「**奇幻冷硬**」（magical hard-boiled）的變種或後現代偵探小說——讓人想起西沢保 一九九六年的《人格移転の殺人》——再一次提醒了我們，從古典到當代，從美國到世界，冷硬派偵探小說已經跋涉了一段多麼漫長而迂迴曲折的道路，孕生了多少不同面貌的精神後裔。

（二〇一六年十一月十七日，草山）

2 編注：Father Knox是Monsignor Ronald A. Knox（一八八八—一九五七），為英國天主教神父，同時也是偵探小說作家。

島嶼新書

24

抵達夢土通知我
Call Me Up In Dreamland

作者——臥斧
總編輯——莊瑞琳
美術設計——蔡南昇
排版——宸遠彩藝
社長——郭重興
發行人兼出版總監——曾大福
出版——衛城出版
發行——遠足文化事業股份有限公司
地址——二三一四一 新北市新店區民權路一〇八－二號九樓
電話——〇二－二二一八一四一七
傳真——〇二－八六六七一〇六五
客服專線——〇八〇〇－二二一〇二九
法律顧問——華洋法律事務所 蘇文生律師
印刷——盈昌印刷有限公司
初版——二〇一六年十一月
定價——三五〇元

國家圖書館出版品預行編目資料

抵達夢土通知我／臥斧作.
－初版.－新北市：衛城出版：遠足文化發行，2016.11
面； 公分.－(島嶼新書；24)
ISBN 978-986-93518-3-6(平裝)

857.7　　105020070

填寫本書線上回函

ACRO POLIS 衛城

EMAIL acropolis@bookrep.com.tw
BLOG www.acropolis.pixnet.net/blog
FACEBOOK http://zh-tw.facebook.com/acropolispublish

● 親愛的讀者你好，非常感謝你購買衛城出版品。
我們非常需要你的意見，請於回函中告訴我們你對此書的意見，
我們會針對你的意見加強改進。

若不方便郵寄回函，歡迎傳真回函給我們。傳真電話 —— 02-2218-1142

或上網搜尋「衛城出版 FACEBOOK」
http://www.facebook.com/acropolispublish

● 讀者資料

你的性別是 □ 男性 □ 女性 □ 其他

你的職業是 ______________ 你的最高學歷是 ______________

年齡 □ 20 歲以下 □ 21-30 歲 □ 31-40 歲 □ 41-50 歲 □ 51-60 歲 □ 61 歲以上

若你願意留下 e-mail，我們將優先寄送 ______________ 衛城出版相關活動訊息與優惠活動

● 購書資料

● 請問你是從哪裡得知本書出版訊息？（可複選）
□ 實體書店 □ 網路書店 □ 報紙 □ 電視 □ 網路 □ 廣播 □ 雜誌 □ 朋友介紹
□ 參加講座活動 □ 其他 ______

● 是在哪裡購買的呢？（單選）
□ 實體連鎖書店 □ 網路書店 □ 獨立書店 □ 傳統書店 □ 團購 □ 其他 ______

● 讓你燃起購買慾的主要原因是？（可複選）
□ 對此類主題感興趣 □ 參加講座後，覺得好像不賴
□ 覺得書籍設計好美，看起來好有質感！ □ 價格優惠吸引我
□ 議題好熱，好像很多人都在看，我也想知道裡面在寫什麼 □ 其實我沒有買書啦！這是送（借）的
□ 其他 ______

● 如果你覺得這本書還不錯，那它的優點是？（可複選）
□ 內容主題具參考價值 □ 文筆流暢 □ 書籍整體設計優美 □ 價格實在 □ 其他 ______

● 如果你覺得這本書讓你好失望，請務必告訴我們它的缺點（可複選）
□ 內容與想像中不符 □ 文筆不流暢 □ 印刷品質差 □ 版面設計影響閱讀 □ 價格偏高 □ 其他 ______

● 大都經由哪些管道得到書籍出版訊息？（可複選）
□ 實體書店 □ 網路書店 □ 報紙 □ 電視 □ 網路 □ 廣播 □ 親友介紹 □ 圖書館 □ 其他 ______

● 習慣購書的地方是？（可複選）
□ 實體連鎖書店 □ 網路書店 □ 獨立書店 □ 傳統書店 □ 學校團購 □ 其他 ______

● 如果你發現書中錯字或是內文有任何需要改進之處，請不吝給我們指教，我們將於再版時更正錯誤

____
____
____
____
____

請沿虛線剪下

廣　告　回　信
臺灣北區郵政管理局登記證
第　1　4　4　3　7　號

請直接投郵•郵資由本公司支付

23141
新北市新店區民權路108-2號9樓

衛城出版 收

● 請沿虛線對折裝訂後寄回, 謝謝!

ACROPOLIS 衛城出版

島嶼新書